남명 그 위대한 일생

행장·비문의 번역

이 책은 2009년도 경상남도 지원금에 의해 개발되었음

경상대학교 남명학연구소
남명학교양총서 15

남명 전기 자료

남명 그 위대한 일생

행장·비문의 번역

허 권 수

景仁文化社

남명묘소

신도비(송시열 작)

용암서원 묘정비

里斗洞丑坐未向之原從先兆也夫人韓山李
氏贈領議政之蕃之女克配君子賢有行先
公二十七年而歿至是遷墓同塋而塟公賢有一子
命龍東宮洗馬側室有一子二女皆幼洗馬
以字顯於公有知心之分泣血而屬於侯誌其
慕我不敢辭謹敍其顛末以竢銘彝鼎者考撰
焉

行狀

南冥先生行狀

先生姓曹氏諱植字楗中甫自號曰南冥曹氏

행장(김우옹 작)

行狀

先生姓曹氏諱植字楗仲系出昌山高麗太祖德宮
公主下嫁生子瑞爲刑部員外郎於先生始祖尚祖
諱巤中郎將妣郭氏縣監興仁之女曾王父諱安習
成均生員妣文氏學諭可容之女王父諱永不仕妣
趙氏監察瓊之女考諱彦亨通訓大夫承文院判校
娶忠順衛李菊女以弘治辛酉六月壬寅生先生於
嘉樹縣之兎洞未冠以功名文章自期有駕一世軼
千古之意讀書喜左柳文字制作好奇高不屑爲世
體屢捷發解名震士林嘉靖丙戌遭先大夫憂廬墓

행장(정인홍 작)

○是日先生旣斷藥物米飮不入口終日沉呻了了
不亂仁弘進曰藥物之斷固關命矣至於米飮不入
口恐非自然底道理先生爲進少許日夕而稍蘇更
留連二十餘日而終先生雖在甚病之中未嘗一刻
慮擭存之意殆古人所謂一息尙存此志不容少懈
者世

行錄 ○嘗職人獻時禮官 與之　　　裴　紳

先生天禀甚高襟懷洒落自必慕古好義以名節自
砥礪嘗躋山海亭左右圖書以爲藏修之地自號南
冥遠樂科擧之業專以尚友千古爲志中年入頭流

행록(배신 작)

墓碑文　　　　　　　　　　　　成大谷撰

曹故爲普姓稱世有人其先有仕高麗太祖特爲刑
部負外郞諱瑞者德言公主其母也其後相繼昌顯
至諱殷爲中卽將校公爲高祖是生諱安習成均生
員生負生諱柬不仕其嗣曰諱彦亨始以寸藝選爲
吏曹正卽佾介寢舍室至承文院判校以卒其配李
氏忠武衛翰之女有閨範事君子無違德公其第二
子楠名而槿仲共字也生而岐嶷容貌粹然有爲兒
藍靜延若成人不逐輩流與戲游美之丹亦莫肯近
其平判校公愛之自能言把置勝上授詩書應口輒

묘비문(성운 작)

南冥曹先生神道碑銘 幷序

先生歿而葬于山天齋後岡樹之碑其文大谷成先生
撰也成先生柏先生同道友也先生學問工程道德
範守與系派源流詳載無以復如也後三十餘年胤
子以舊碑石品下剝鈇已多不可圖久遠代石將改
村適泮儒上章請加　賜諡蒙　允遂以新
代石為神道碑文辭未獲為蒼卷月月者得其形其
能得其眞亭亭先生諱植字楗仲昌山人也始祖曰瑞仕
高麗為刑部員外即其母抱宮公主也後有生負安
習柏先生當大文也先生諱永不仕是生判校焉亨判
校隱仁川李氏生弘治辛酉六月壬寅也先生早
厥擧子業高於道德就高峯溟川上構茅屋曰雷龍舍

南冥曹先生文集卷首十三
四

自號南冥晚于頭流德川洞卽遷焉齋曰山天內　中
朝廷已有除命不許　明廟宣廟兩朝　召命小仲前後
濟多又不肯就後以兩端判官趙謝　恩命君臣之義籃
對說便還山以至易簀其年七十二世之人或謂
廟朝一節惟在時辭人所能知彝存側微居深山之
世世或示一節其吳其不知道也嗚呼君子依
乎中庸遯世不見而不悔惟先生庶幾焉夫中之
輕世或亦為一節其吳其不知道也嗚呼君子依
非堯終焉執兩端用其中不而在彝乎三遍門不八禹
用無定體惟在時辭人所能知彝存側微居深山
槩為中一聲熟在匪巷頓氏大可見也試以學言欷直
高亢乃曰依乎中庸其義大可見也試以學言欷直

신도비명(정인홍 작)

記言卷之三十九　東京記庫

德山碑

先生姓曹氏諱植字楗仲甫其先昌寧縣人也
麗刑部員外郎瑞之後而中郎將殻之四世孫
也曹大父國子生負安習大父永不見父承文
院判校彥亨母徵人李氏皇明弘治十年甲月
壬寅先生生於嘉樹縣少豪氣絕倫學文章好
讀在柳氏自負其奇十二十六見魯齋心法志

記言卷之三十九

伊尹之志學顏子之學出則有為慶則有守憫
然自失嘗然嘆息而言曰古人為巳之學蓋如
此刻意奮厲勇往直前旣博於百氏反而守約
剛毅方嚴已無滔耳無側聽荏敬不惰自成
一家之學以太一為宗以和恒直方為符以克
治為先以冲漠為本不喜論難答述以及徒言
無益於躬行尚志潔身不苟從不苟默不自輕
言曰譬如登高萬品皆低然後惟吾所行自無
不利以行巳大方出處大節為重作神明舍銘
又書之曰九竅之邪三要始發動微勇克
有曰尸居而龍見淵默而雷聲復含持三日娘以示

덕산비(허목 작)

南冥曺先生神道碑銘　并序

吾道之東久矣本朝　列聖率先登道岸亦異端尊
孔黜異載被擢養庫膠庠玄纁禮聘㫄及穴至
中仁明三世元加意斯術於是松都得徐花譚湖西
得成大谷湖南得李一齋南冥曺先生並峙于嶺南實
按乎其革　先生諱植三嘉人也隱於頭流山下踐蹻
矩矱佩服仁義必齊識準繩學以顏子爲準繩志以
伊尹爲標的卷之不露釣之不知躬之不憂不二所樂爲世意顧
萬鍾之不受自得之不知辭之樂爲世意招
之禮歷　三聖不解益尊先生不得已而起赴　闕

龍洲先生文集卷之八

下　上賜對前殿卽　明廟時也　上首問爲治爲
學之方俱質言理對又問三顧草廬事先生對曰圖
復漢臺必資英雄談至於三顧
初先生辭丹城疏曰伊上疏屬言國事非天下嘉主
人心離上及　慈殿乘與亦忌諱
太直欲罪之煩大臣力救而止其后　宣廟元年先
生上封事論人主出治之本又論晉吏專國之弊數
十百言劈領劃痛折挑批識者以爲觀破二百年
國家養賜雖余衒相銜者累年　先生一決去就不復幡然
音粟內前後相銜者累年　先生一決去就不復幡然

신도비명(조경 작)

宋子大全　卷一百五十四　碑　十二

南冥先生既沒士益苟偷俗益偷有識者思　先生益甚
然人尚知貴義賤利怙退之可尚貪冒之可羞則
先生之功豈大矣哉天分絶異于九歲嘗疾甚先
生告母夫人曰我幸爲男子天必有所與入曰豈憂
天死乎甫成童目見己卯士禍之慘遂不赴舉以親
命嘗一就爲文慕之柳一日讀濂溪志伊學顏之語
慨然發憤曰山齋揖諸生歸曰讀六經四子及宋時
諸賢書研究力索夜以繼日手摹先聖及周程三
子像以寓景慕之誠窒欲懲忿克相浚養以大
學心經等書先生輒書曰自得此書㦤然如負丘山

宋子大全

益從事於朴實之地時　文定正位大小尹相搆先
生益無當世意汞拖搏士業人智異山德室以居扁
曰山天齋一意進修所造益求高明嘗以晦齋先生
薦授齋郞不就後晦齋志歸亦辭謝　明廟三
年特命超叙兩拜主簿退溪李先生枉朝以書勸起
終不肯又除丹城縣監上疏辭二十一年陞判官
召旨再下仍賜對　上引見問
以治道　先生對曰道枉方束不須臣言臣以爲必須
君臣之間情義交孚然後可有爲也因極陳生民
困悴之狀　上問爲學之方對曰必須心得不可徒

신도비명(송시열 작)

南冥曹先生墓誌銘 并序 ○ 壬子

皇明弘治十四年我 朝燕山主七年辛酉六月二十六日南冥先生

于三嘉縣之兎洞有虹起于宅井光紫滿室隆慶六年我 昭敬大王五

年壬申二月初八日考終于晉州之頭流山下絲綸洞正寢有山崩木稼

之異其生也天地爲之榮其歿也天地爲之哀哲人彥自古則然叶其

胡爲哉先生之葬在寢後壬坐之原遵遺命也先生之友大谷成先生運

叙其碣極道先生進德成德之實出處動止之節有若鄉黨之耆聖人百

世之下讀之者怳然如復見先生也特其所以誌之玄鑱而備陵谷之遷

者闕焉不事且吾家之百三百年餘先生遠孫庸相以諸君子之命命易

先生嘗曰吾家之敬義也先生之沒其心猶不泯卽萬古不可易吗乎先生之敬義也

卽當日有象之敬義也先生之沒其心猶不泯卽萬古不可易吗乎先生之敬義也

묘지명(곽종석 작)

門人從仕郞權知承文院副正宇金宇顒謹狀

行錄

中廟朝用李霖李彥迪爲除獻陵叅奉

○惺惺子 癸亥歲宇顒初拜門下先生出所佩囊

中鈴子以贈曰此物淸響解敬書人佩之覺甚佳吾

以囊寶與汝汝其堪保此否又曰此物在汝衣帶間

凡有動作視警諸責甚可敬畏汝其戒懼無得罪於

此士也問莫是古人佩玉意否先生曰固是抑此意

甚切不止於佩玉也

○所居書窒窖施丹雘盖取其明淨也宇顒嘗問丹

행록(김우옹 작)

서 문

『논어論語』「향당편鄕黨篇」을 보면, 공자孔子의 제자들이 공자의 생활습관生活習慣, 행동거지行動擧止에 대해서 마치 그림 그리듯 상세하게 형상화해 놓았다. 만약 『논어』에 「향당편」이 없었다면, 후세 사람들이 공자를 이해하는 정도가 아주 미미했을 것이다.

우리 선현先賢들은 일반적으로 겸손謙遜하기 때문에 글을 지으면서도 자신에 관한 이야기를 잘 하지 않는다. 그래서 정작 본인의 글에는 본인에 관한 내용이 거의 없다.

사후에 그 제자나 후학後學들이 스승이나 선배학자에 대한 행장行狀, 묘지명墓誌銘, 비문 등 전기문자傳記文字를 저술해서 남기는데, 어떤 인물을 연구하는 데는 이런 글들이 필수적이다. 대개 이런 글들은 부록附錄이라는 이름으로 한 데 묶어 문집 뒤에 붙인다.

간혹 어떤 선현의 경우 부록문자가 없어, 본인은 많은 저술을 남겼는데도, 정작 당사자의 생년조차 파악하지 못하는 사례도 없지 않다.

우리 나라를 대표할 만한 위대한 학자 남명南冥 조식曹植 선생은 그 당대에는 부자夫子로 일컬어질 만큼 대단한 추앙을 받았다. 그러나 인조반정仁祖反正 이후 여러 가지 사정으로 많은 굴절을 겪으며 그 위상位相이 부침浮沈을 거듭하였다. 최근 1980년 이후에 이르러서는 다시 위상이 격상되고 있다.

　　다행히 남명은 본인의 저술은 적어도, 그에 관한 전기문자는 여러 종류가 많이 남아 있어, 그를 연구하는 데 귀중한 자료가 되고 있다. 행장行狀 2편, 묘갈명墓碣銘 1편, 신도비명神道碑銘 4편, 묘지명墓誌銘 1편, 행록行錄 2편, 연보年譜 1종, 편년編年 1종이 있다. 또 사제문賜祭文 2편, 제문祭文 20편, 만사挽詞 34편이 있다. 이 밖에도 각종 서문 발문跋文, 기문記文, 상량문上梁文, 문묘종사文廟從祀를 요청하는 상소문 등이 있다.

　　남명학연구소南冥學硏究所에서 『남명집南冥集』, 『학기유편學記類編』은 번역 간행하여 학계에 배포하였지만, 이런 전기문자傳記文字는 지금까지 번역에 착수하지 못 했다. 앞으로 이런 전기문자를 연차적으로 번역 간행하여 배포할 계획을 본 연구소에서는 세우고 있다.

그 일차적 사업으로 남명의 행장, 묘갈명, 신도비, 묘지명, 행록을 번역하여 책자로 만들어 세상에 내놓는다.

번역은 평이平易, 명쾌明快하게 하여 누구나 쉽게 이해할 수 있게 하려고 노력했으나, 부족하고 잘못된 곳이 적지 않을 것이다.

전기문자를 읽으면서 남명의 생애를 연대별로 정확하게 이해하는 데 도움을 주고자 하여, 간략한 남명연보南冥年譜를 작성하여 뒤에 붙였다.

이 책의 역간譯刊을 계기로 남명에 대한 이해가 더 깊어지고 나아가 우리 문화 전반에 대한 국민들의 관심이 커지기를 바라는 마음이 간절하다.

2010년 1월 23일

허권수許捲洙 근서謹序

목차 *contents*

전기문자 -해제解題-

Ⅰ.

1995년 남명학연구소에서는 『남명집南冥集』을 현대어로 번역 간행하여 학계나 유림의 큰 호응을 얻었다.

그 뒤 2001년 남명 탄신 5백주년에 즈음하여 약간의 수정 보완을 가하여 다시 출판하여 지금까지 4쇄를 거듭할 정도로 읽히고 있다.

뒤이어 남명의 독서차기讀書箚記라 할 수 있는 『학기유편學記類編』을 2002년에 번역 간행하였다.

그리고 역자는, 2001년에 남명의 학문과 사상을 포괄한 일대기인 『절망의 시대 선비는 무엇을 하는가』라는 책을 간행하여 이후 4쇄를 거듭하였다.

그러나 정작 남명을 가까이 모시거나 사귀면서 그 언행을 직접 접한 인물이 지은 행장行狀이나 묘갈명墓碣銘, 신도비명神道碑銘 등이 번역되지 못한 상태에 있다. 관심 있는 많은 사람들로부터 빨리 번역해서 간행하라는 독촉을 줄곧 받아왔다.

이에 본 연구소에서 남명의 전기傳記에 해당되는 글들을 번역, 간행하기로 기획하여, 본인에게 행장 비문 등의 번역을 의뢰해 왔다. 번역 의뢰를 받은 지는 여러 해가 되었지만, 여러 가지 일로 지연되어오다가 이제 겨우 번역을 마쳐 출판하게 되었다.

일반적으로 한 인물에 대한 전기문자傳記文字는 행장, 비문, 묘지명墓誌銘 등 세 편 있는 것이 보편적이다. 그러나 남명의 경우는 특이하게도 전기에 관한 글이 여러 편 있다. 행장이 2편, 묘갈명이 1편, 신도비가 무려 4편, 행록行錄이 1편, 묘지명이 1편이다. 이 밖에도 언행록言行錄에 해당되는 것이 두 편 있다. 하나는 동강東岡 김우옹金宇顒이 지었고, 나머지 하나는 편자를 정확하게 알 수 없다.

Ⅱ.

「남명행장南冥行狀」 두 편은, 남명 서거 직후에 남명을 가까이서 모시던 제자인 동강東岡 김우옹金宇顒과 내암來庵 정인홍鄭仁弘이 거의 동시에 지었다. 정상적인 경우 한 사람이 지으면 되는데, 스승의 행장을 두 사람이 동시에 짓게 된 연유는 지금 알 수 없다. 중재重齋 김황金榥은 "동강이 먼저 지어 놓았는데, 정인홍鄭仁弘이 나중에 『남명집』 편찬을 주도하면서 다시 지었다"고 주장했지만, 무엇에 근거했는지 알 수 없다.[1]

동강이 지은 행장은 남명의 정신세계를 좀 더 상세하게 서술

남명 그 위대한 일생

하였고, 내암이 지은 행장은 출처대절出處大節을 부각시켜 서술하였다.

아무튼 가까이서 모시던 두 제자가 자신이 보고 느낀 것에 따라 따로 따로 행장을 지어 남긴 일은, 오늘날 남명의 연구자료라는 측면에서 보면 오히려 다행한 일이다. 남명에 관한 기록이 하나라도 더 필요한데, 일생을 상세하게 기록한 행장이 한 편 더 있다는 것은 전기 자료를 풍성하게 해 주는 것이다.

이 밖에 행장에 준하는 낙천洛川 배신裵紳이 지은 「남명선생행록南冥先生行錄」이 있다. 남명이 세상을 떠났을 때, 조정에서 남명에게 증직贈職하기 위해서 남명의 행장을 들이라고 명하여 지어 올린 글이다. 내용은 간단하게 되어 있는데, 체재에 문제가 있고, 내용도 사실과 맞지 않은 것이 적지 않아 약간의 문제가 있었다. 『남명집』을 편집할 때, 수록여부로 논란이 있었다.

동강東岡이 지은 「남명선생행록」은 26조로 된 언행록言行錄이다. 동강은 남명의 외손서로서 남명을 가장 가까이서 오래동안 모셨는데, 직접 보고 들은 남명의 언행을 기록한 것이다. 행

---

1) 중재重齋 김황金榥은, "「남명선생행장」은 우리 동강東岡 선조의 손에서 완성되었는데, 그 당시 믿어서 다른 말이 없었고, 통행하여 막히거나 미혹함이 없었다. 직접 배우기를 오래하고 적전嫡傳의 명망이 있고, 능히 진면목을 묘사해 냈기 때문이다. 그 뒤 가야伽倻의 정鄭(仁弘)이 『남명집』의 편집을 주도하면서 따로 「남명행장」을 지었는데, 그 의도가 무엇인지 모르겠다"라고 하여, 동강이 먼저 「남명행장」을 지었는데, 나중에 「남명문집」을 편찬하면서 정인홍이 「남명행장」을 따로 지었다고 주장했다. 그러나 정인홍이 지은 「남명행장」 뒤에는 지은 일시가 "임신壬申(1572) 윤2월"로 되어 있으니, 중재는 어떤 자료에 근거했는지 모르겠다.

장이나 묘갈명 등 체재를 갖춘 글에 들어가기 어려운 친근한 언행이 담겨 있어 남명의 기상과 생활상, 사고방식 등을 아는 데 중요한 글이다.

Ⅲ.

　묘갈명墓碣銘은 대곡大谷 성운成運이 지었다. 대곡은 어릴 때부터 남명과 친교를 맺고서 남명을 보아왔고, 또 남명과 기질과 생활방식도 비슷했고, 남명을 잘 알기 때문에 남명에 관한 여러 편의 전기자료傳記資料 가운데서 가장 남명을 잘 묘사했다는 평을 받아왔다.

　남명은 생전에 벼슬하지 않았고, 사후에 대사간大司諫에 추증追贈되었으므로 남명은 그 품계品階의 제한으로 인하여 묘갈명墓碣銘 밖에 세울 수가 없었다. 그러나 대곡이 지은 묘갈명은, 이름은 비록 묘갈명이지만 실제로는 2207자에 이르는 대작大作으로 왠만한 신도비보다 규모가 크고 내용도 상세하다. 남명의 학덕學德과 기질을 잘 묘사하였다.

　남명의 제자인 한강寒岡 정구鄭逑는 이 묘갈명을 극도로 칭송하여, "이 묘갈명의 대현大賢의 기상을 잘 형용하였으므로, 각자자리 옆에 걸어두고 보았으면 한다"라고 했다. "하지만 탁본을 계속 뜨면 비석을 두드려 상할까 걱정된다[2]"라고 하여, 자신이

---

2) 『남명별집南冥別集』 제7권 12장, 「산해사우연원록山海師友淵源錄」 정한강鄭寒岡.

남명 그 위대한 일생

안동부사安東府使로 나갔을 때, 묘갈명을 목판에 옮겨 새겨 덕천
서원德川書院으로 보내어 많은 사람들이 찍어가서 자기 집에 걸
어두고 읽을 수 있도록 조처를 취하였다.

이 묘갈은 탁계濯溪 전치원全致遠이 글씨로 새겨 남명 묘소
앞에 세웠고, 그 뒤 세 차례 개비改碑하여 오늘에 이르고 있다.

Ⅳ.

1609년 남명에게 영의정領議政이 추증되었다. 영의정이란 품
계는 신도비神道碑를 세울 수 있는 자격이 있다. 남명의 산소에
도 신도비를 세울 필요가 있었다. 이에 남명의 큰 아들 조차석曹
次石이 당시 남명의 제자 가운데서 가장 영향력이 컸던 정인홍鄭
仁弘에게 신도비명을 지어 줄 것을 부탁하였다.

정인홍은, 남명의 산소 앞에 대곡大谷이 지은 묘갈명이 있어
남명의 생애에 대해서 상세히 기록되어 있다는 점을 감안하여,
간단하게 지었다. 모두 861자에 불과하다. 글씨는 당시의 명필이
고 정인홍의 제자인 모정慕亭 배대유裵大維가 썼다.

그러나 정인홍은, 세상에서 남명을 두고 '고상하고 뻣뻣하다'
라고 비판한다는 것을 너무 의식하여 남명의 출처出處를 정당화
하는 것에 너무 신경을 기울였다. 그리고 곳곳에 『주역周易』을
지나칠 정도로 인용하여 내용이 상당히 난삽하게 되어 있다.
1622년에 간행한 임술본壬戌本 『남명집南冥集』에 수록되어 있다.

그러나 1623년 인조반정仁祖反正이 일어나자, 대북파大北派의

전기문자 -해제-

영수인 정인홍은 서인西人들에 의하여 역적으로 몰려 처형되었다. 그러자 역적으로 몰린 사람이 지은 비석을 세워둘 수가 없었다. 정인홍이 처형된 그 날 당장 글자를 지워 없애버렸다.[3]

또 정인홍과 밀접한 관계를 가져왔던 진주晉州를 중심으로 한 경상우도慶尙右道의 유림사회에서는 정인홍과의 관계 있는 흔적을 없애려고 다투어 노력하였다. 『남명집』개간改刊 작업도 시작되었다.

그 뒤 얼마간의 세월이 지난 뒤 남명의 맏손자 찰방察訪 조진명曹晉明이 겸재謙齋 하홍도河弘度에게 신도비명神道碑銘을 지어 달라고 부탁했다.[4] 그러나 겸재는 허락하지 않았다. 대신 당시 청서파淸西派의 영수로 명망이 높았고, 청나라에서 막 돌아와 좌의정으로 있던 청음淸陰 김상헌金尙憲에게 비문을 받을 것을 권유하였다. 그리고 겸재는 조진명을 대신해서 청음에게 올리는 서신까지 지어 주어 비문을 받을 수 있도록 조처를 취했다. 이 때는 1648년이었다.[5]

남명의 학통을 이은 겸재가 서인의 영수인 청음에게 남명의 신도비명을 받도록 지도한 이유는, 인조반정 이후 매우 어려웠던 남명학파南冥學派의 존속을 위해서 그런 착상을 했던 것으로 여겨진다.

---

3) 하홍도河弘度『겸재집謙齋集』제4권 24장, 「대조군진명상김상서상헌代曹君晉明上金尙書尙憲」. "逮癸亥其人爲國家罪人, 卽日磨去".
4) 하홍도河弘度『겸재별집謙齋別集』『사우연원록師友淵源錄』9장, 「조찰방조曹察訪條」.
5) 『겸재집』제4권 24장, 「대조군진명상김상서상헌代曹君晉明上金尙書尙憲」.

조진명이 직접 서울 청음의 집을 방문하여 청문請文하였으나, 받아들여지지 않았다.

그 뒤 1657년 조진명은 사촌 조준명曺浚明과 함께 여러 선비들의 뜻을 모아 다시 남인南人의 영수인 용주龍洲 조경趙絅에게 찾아가 간절히 부탁했다.

그러나 용주는 시일을 지체하여 지어주지 않았으므로, 지어줄 뜻이 없는 것으로 알고, 이번에는 용주의 후배로 남인의 영수가 된 미수眉叟 허목許穆에게 청문하여 비문을 받아 산소 아래 신도비를 세웠다. 미수가 남명 신도비문을 지은 것은 1672년 그의 나이 78세 때의 일이었다.[6]

미수가 지은 신도비를 세우고 난 뒤, 용주가 신도비를 지어 보냈으므로 용주가 지은 신도비명은 새겨 세우지는 못하고 『남명집南冥集』 부록에만 실었다.[7]

거의 동시대에 남명 후손들이 노론老論의 영수인 우암尤庵 송시열宋時烈에게 신도비명을 청문하였다. 우암이 비문을 완성하여 보낸 날짜는 정확히 알 수 없으나, 1673년 11월 24일 현석玄石

---

6) 『미수연보眉叟年譜』, 제1권 19장.

7) 『남명집南冥集』 권5, 25장, 26장에 다음과 같은 주석이 붙어 있다. "효종孝宗 8(1657, 丁酉)년에 덕천서원德川書院 유생 1백 명과 선생의 여러 후손들이 서로 의논하여 조용주趙龍洲에게 연명으로 서신을 올려 신도비명神道碑銘을 요청하였다. 그러나 오래 되어도 지어 보내지 않았다. 선생의 여러 후손들이 다시 허미수許眉叟에게 요청하여 이미 돌에 새긴 뒤에서야 이 신도비명이 또 도착했다. 그래서 아울러 여기에 수록하여 참고에 대비하도록 한다".

박세채朴世采에게 보낸 서신에서 "남명 비문의 초고를 만든 것이 이미 10년 전입니다[8]"라고 했으니, 청문을 받고서 10여년 만에 완성했음을 알 수 있다.

그리고 비문을 지으면서 박세채, 명재明齋 윤증尹拯 등과 상의를 하였는데, 특히 신도비문 가운데,

성인은 백세百世토록 스승인데, 바로 백이伯夷와 유하혜柳下惠 같은 사람이 그런 사람이다"라고 하였다. 주부자朱夫子가 이 말을 인용하여 동계東溪 고공高公을 칭찬했다. 만약 주부자께서 다시 살아나신다면, 남명선생에게 이 말을 쓰지 않을 것인지? 쓸 것인지? 반드시 이에 대해서 아는 사람이 있을 것이다.

라는 이 단락을 두고 상호간에 논의가 많이 오갔던 것 같다.[9]

우암은 "영남선비들의 요청으로 비문을 지었다[10]"이라고 했는데, 구체적으로 청문자가 누군지는 밝히지 않았다. 단지 비문을 찾아간 사람은 남명의 후손이었고, 중간에 소개한 사람은 우암의 제자로서 천안군수天安郡守로 있던 조경빈曹敬彬이었다.[11]

이에 앞서 우암尤庵은 덕천서원德川書院 유생 최경崔絅의 요청에 의하여 『남명집』 산개删改의 방침을 지시하였다.[12]

그러나 미수眉叟가 지은 신도비가 산소 아래 세워졌으므로

---

8) 송시열 『송자대전宋子大全』 제66권 2장, 「답박화숙答朴和叔」.
9) 『송자대전』 제67권 9장, 「답박화숙答朴和叔」. 제111권 2장, 「답윤증答尹拯」.
10) 『송자대전』 제67권 9장, 「답박화숙答朴和叔」.
11) 『송자대전』 제66권 19장, 「답박화숙答朴和叔」.
12) 『송자대전』 속습유續拾遺 제1권 22장, 「답덕천원유최경答德川院儒崔絅」.

우암이 지은 신도비문은 그 당시는 신도비로 쓰이지 못하였다. 다만 비문 가운데 있는 자손록子孫錄을 삭제하여 삼가三嘉 용암 서원龍巖書院의 묘정비廟庭碑로 쓰이다가 1926년에 와서 미수가 지은 시도비를 없애고, 우암이 지은 신도비를 남명 산소 밑에 세 웠다. 지금은 남명기념관南冥記念館 경내로 옮겨 놓았다.

미수가 지은 신도비에는 자손록子孫錄이 없고, 정인홍鄭仁弘 의 이름이 실려 있고, 남명의 기절氣節만 부각시켰고, 그의 문집 『미수기언眉叟記言』에서는 「남명조선생신도비명南冥曹先生神道碑 銘」이라 하지 않고, 「덕산비德山碑」라는 제목으로 실려 있는 것 등을 후손들이 나중에 문제로 삼았다.

용암서원에 세워졌던 우암이 지은 비문은 1868년 용암서원 이 훼철되고, 그 뒤 1984년 합천댐 건설로 용주면龍州面 죽죽리 산 위에 옮겨 세워져 있는데, 삼가면 토동兎洞에 새로 복원된 용 암서원으로 옮길 계획을 하고 있다.

V.

묘지명墓誌銘은 본래 무덤 속이나 무덤 앞 땅속에 묻어 난리 나 재해 등으로 산소가 유실되는 것을 방지하기 위한 것인데, 내 용은 비문과 크게 다를 바가 없다. 보통 장례지내면서 묻는 것이 관례다. 그러나 남명 같은 위대한 인물의 행적이나 학문을 단시 일에 평가하여 짓기가 어려우므로 장례 때 지석誌石을 넣지 못 했다.

그 뒤 이왕 늦었으니, 남명南冥이 문묘文廟에 종사從祀되게 되면 남명을 추숭推崇하는 일이 다 끝나므로 문묘종사를 기다려서 묘지墓誌를 작성할 생각을 하였다. 그러다 보니 조선왕조가 망할 때까지 남명의 문묘종사는 이루어지지 않고 말았으므로 결국 묘지명도 짓지 못했다.

나라가 망하니, 문묘종사文廟從祀라는 제도 자체가 없어진 마당에 더 이상 기다릴 필요가 없어, 남명의 후손 조용상曺庸相이 집안의 의견을 모아 당시의 대학자 면우俛宇 곽종석郭鍾錫에게 묘지명을 지어줄 것을 요청하여 1912년에 완성하였다.

이 묘지명은 모두 3164자에 달하는 장편으로서, 남명에 대한 전기문자傳記文字 가운데서 가장 포괄적이고 종합적인 서술이라 할 수 있다. 남명 전기문자의 최후결정판이라 해도 좋을 정도로 남명에 관한 것을 빠짐없이 수록해 놓았다.

VI.

이상에서 2편의 행장, 2편의 행록, 4편의 신도비명, 1편의 묘지명을 그 저술하게 된 과정과 배경 및 특징을 고찰해 보았다.

남명이 직접 지은 시문詩文만 보아서는 남명의 언행과 생활상을 이해할 자료가 거의 없는데, 제자나 친구 후학後學들이 남긴 이런 다양한 종류의 전기문자傳記文字는 남명을 연구하는 자료로서 아주 가치가 높은 것이다.

이런 자료들을 면밀히 검토하면, 남명의 생애와 학문 사상을

남명 그 위대한 일생

더 깊게 정확하게 밝혀낼 수 있을 것이다.

번역의 대본은 『남명집南冥集』에 실린 것을 위주로 하되, 저술자의 문집과 일일이 대조하여 원문을 교감校勘하였다. 원문에 구두를 떼어 달아놓았으니, 관심 있는 독자는 대조해서 읽어도 좋겠다. 주석은 남명南冥이나 남명학파南冥學派를 이해하는 데 도움이 될 만한 것은 상세히 달아 독자들의 편의를 제공하고자 하였다.

2010년 1월 23일
허권수許捲洙 작作

남명선생南冥先生 행장行狀

김우옹金宇顒[1] 지음

선생의 성은 조씨曺氏[2]요, 휘諱는 식植, 자는 건중楗仲,[3] 스스로 남명南冥이라고 호했다.

조씨는 창산昌山(昌寧의 별칭)의 이름난 성이다. 고려高麗 태조太祖의 신덕왕후神德王后[4]가 덕궁공주德宮公主[5]를 낳았는데, 공주

---

1) 김우옹金宇顒(1540~1603) : 조선 중기의 문신, 학자. 자는 숙부肅夫, 호는 동강東岡, 본관은 의성義城, 성주星州에서 살았다. 문과에 급제하여 이조참판吏曹參判을 지냈다. 문집 『동강집東岡集』을 남겼다. 남명南冥의 외손서로써 남명에게 학문을 전수받았다. 퇴계退溪 이황李滉의 문하에도 출입하였다.

2) 조씨曺氏 : 남명 자신도 '曺'자를 썼는데, 조선 후기 영조英祖 이후로부터 주로 '曹'자로 쓴다.

3) 건중楗仲 : 원문에는 건중楗仲 뒤에 '甫'자가 붙어 있는데, '보'는 남자에 대한 미칭美稱이다.

4) 신덕왕후神德王后 : 『고려사高麗史』나 『고려사절요高麗史節要』 등 문헌에는 보이지 않는다.

5) 덕궁공주德宮公主 : 『고려사』나 『고려사절요高麗史節要』 등 문헌에는 보이지 않는다.

가 조씨曹氏에게 하가下嫁하여 형부원외랑刑部員外郞[6]을 낳았다. 이 분이 시조다. 그 뒤 9대 동안 계속 평장사平章事[7]를 지냈고, 대대로 훌륭한 인물이 나왔다.

선생은 홍치弘治[8] 신유辛酉(1501)년 음력 6월 26일 진시辰時(아침 7시~9시)에 태어났다. 나면서부터 특이한 자질이 있었는데, 어린 나이에 호걸스럽고 용기가 있어 얽매이지 않았다.

조금 자라나서는 글 짓기를 좋아했다. 기발하고 옛스럽게 하려고 애썼는데, 문장으로 자부를 하였다.

판교공判校公[9]께서 과거科擧를 위한 공부를 권하자, 선생은 스스로 그 재주가 뛰어나다고 생각하여 "과거는 허리를 굽혀 물건 줍듯이 쉽게 할 수 있다"라고 쉽게 생각하였다.

25세[10] 때 친구들과 산 속의 절에서 과거를 위한 공부를 하

---

6) 형부원외랑刑部員外郞 : 고려시대 형부刑部에 속하는 정6품의 관직명.

7) 평장사平章事 : 고려시대 중서성中書省 문하성門下省의 정2품 관직명.

8) 홍치弘治(1488~1505) : 명明나라 효종孝宗의 연호.

9) 판교공判校公(1469~1526) : 남명의 부친 조언형曹彦亨. 자는 언지彦之, 문과에 급제하여 승문원承文院 판교判校를 지냈으므로 이렇게 일컬은 것이다.

10) 25세 : 정인홍鄭仁弘이 지은 「남명행장」에는 26세로 되어 있고, 『남명연보南冥年譜』와 면우俛宇 곽종석郭鍾錫이 지은 「남명묘지명南冥墓誌銘」에는 26세로 되어 있다. 그러나 남명 자신이 쓴 「서규암소증대학책의하書圭菴所贈大學册衣下」라는 글에는 "드디어 과거를 그만두었다. 다만 동당시東堂試에 나가서 1등을 세 번 하였는데, 어떤 때는 합격하기도 하고 어떤 때는 불합격하기도 하였다. 나이가 이미 30여 세가 되었다. 또 문장이 과거 시험 규정에 맞지 않는 것일까라고 걱정하여, 다시 평이하고 간결하면서도 실질적인 책을 구해서 보았다. 비로소 『성리대전性理大全』을 가져와 읽다가 허씨許氏의 설에 이르러,…"라는 글을 보면, 남명이 처음으로 『성리대전』을 읽은 것은 30세 이후라는 것을 알 수 있다.

였는데, 『성리대전性理大全』[11])을 읽다가 노재魯齋 허씨許氏[12])가 한 다음과 같은 말에 이르렀다.

　　이윤(伊尹[13])의 뜻에 뜻을 두고, 안자顔子[14])의 학문을 학문으로 삼아, 세상에 나가서는 하는 일이 있고, 세상에 나가지 않고 물러나 있으면서는 지킴이 있어야 한다. 대장부는 마땅히 이러해야 한다.

이에 선생은 흠칫하며 깨우치고, 멍하니 어쩔 줄을 몰랐다. 지금까지 자신이 지향하던 과거 합격을 위한 공부가 잘못됐고,

---

11) 『성리대전性理大全』: 송宋나라 원元나라의 성리학자 120여 명의 저술을 모아놓은 책. 명나라 초기 영락제永樂帝의 칙명勅命을 받아 호광胡廣 등이 편찬하였다. 우리 나라에는 조선朝鮮 세종世宗 때 전래되어 조선 중기 이후 성리학자들의 필독서가 되었다. 노재魯齋 허형許衡의 말은 『성리대전』 제50권에 나온다.

12) 노재魯齋 허씨許氏 : 원나라의 성리학자인 허형許衡. 노재는 그의 호이다. 자는 중평仲平. 정주학程朱學에 정통하였는데, 원나라 세조世祖가 불러 국자좨주國子祭酒에 임명하였다. 시호諡號는 문정文正. 『노재유서魯齋遺書』, 『노재심법魯齋心法』 등의 저서가 있다.

13) 이윤伊尹 : 은殷나라의 어진 정승. 탕湯임금이 세 번 초빙하자 비로소 나아갔다. 탕임금을 도와 폭군 걸왕桀王이 다스리는 하夏나라를 쳐서 은나라를 천자나라의 지위가 되게 하였다. 여기서는 때를 얻어 세상에 나가서는 큰 일을 하는 인물의 표본으로 본 것이다.

14) 안자顔子 : 춘추시대春秋時代 노魯나라 사람으로 공자孔子가 사랑한 제자로 공자가 그 덕행을 일컬었다. 이름은 회回, 자는 자연子淵. 가난한 생활 속에서도 도道를 즐기다가 32세의 나이로 생을 마감하였다. 복성공復聖公에 봉해졌다. 여기서는 때를 얻지 못해도 자기의 도를 지키면서 살아가는 인물의 표본으로 삼은 것이다.

옛사람[孔子]이 이른바 '자신을 위한 학문15)'이 이러하다는 것을 비로소 깨달았다. 이에 한숨을 쉬면서 발분하여 밤새도록 잠자리에 들지 않고 있다가 이른 새벽에 친구들에게 인사하고 돌아와 버렸다.

이 때부터 실제적인 학문에 뜻을 독실히 두고, 마음을 단단히 먹고 힘썼다. 하루 종일 단정히 앉아 밤을 새워 아침이 될 때까지 있기를 여러 해 동안 했다. 널리 경전經傳16)의 뜻을 캐고, 제자백가諸子百家17)에 두루 통한 뒤에, 번잡한 것을 줄여 간명簡明함을 지향하여 자기 몸에 돌이켜서 요약된 경지로 나아가 스스로 일가一家를 이루었다.

가정嘉靖18) 정유丁酉(1537)년, 선생의 연세 37세 때 비로소 과거를 위한 공부를 단념하고, 우리 유학儒學에 오로지 뜻을 두었다. 시골에 물러나 숨어 지냈는데, 물가 대나무 숲 사이에다 띠집을 짓고 속세의 일을 끊고서 차분하게 스스로 즐기며 지냈다. 그리하여 숨어서 고요히 수양하고 정신을 연마하여 나아간 바가

---

15) 자신을 위한 학문 : 자기 자신의 수양을 위한 진정한 학문. 공자孔子가 말씀하시기를, "옛날 배우는 사람들은 자신을 위하더니, 지금 배우는 사람들은 다른 사람에게 보이기 위해서 한다[古之學者, 爲己, 今之學者, 爲人]." 라고 했다. -『논어論語』-

16) 경전經傳 : '경經'은 성인聖人의 말씀으로 유교 경서經書이고, '전傳'은 현인賢人이 경서의 뜻을 밝힌 저작著作을 말한다. '경'은 경서 본문이고, '전'은 역대의 주석이다.

17) 제자백가諸子百家 : 춘추전국시대春秋戰國時代 여러 학파에 속하는 학자들의 다양한 저서.

18) 가정嘉靖(1522~1566) : 명나라 세종世宗의 연호.

더욱 높고 멀었다.

집안은 대대로 청빈하였다. 김해金海로 장가들었는데 처가가 자못 부유하였다. 선생은 젊은 나이에 아버지를 여의었으므로 어머님을 모시고 바닷가에 있는 김해로 가서 봉양하였다.

을사乙巳(1545)년에 모친상을 당하여 영구靈柩를 받들어 가수현嘉樹縣[19]으로 돌아와 안장하고 나서 본래 살던 집[20]에서 살았다.

만년[61세]에 두류산頭流山[21]의 덕산동德山洞[22]에 자리잡아 살면서 은거하려는 계획을 확정하였다.

선생은 중종中宗 때 추천을 받아 특별히 참봉參奉[23]에 임명되었으나 나가지 않았다. 명종明宗이 대를 잇고 나서 다시 주부主簿에 임명했으나 모두 다 나가지 않았다.

을묘乙卯(1555)년에 특별히 단성현丹城縣[24] 현감에 임명했으나 또 나가지 않고, 봉사封事[25]를 올렸는데, 대략 이러하다.

---

19) 가수현嘉樹縣 : 삼가현三嘉縣의 별칭. 삼가현은 1914년 합천군陜川郡에 병합되어 있다. 남명 어머니의 묘소는 지금의 삼가면三嘉面 판현板峴에 있다.
20) 본래 살던 집 : 합천군 삼가면 토동兎洞에 있었다.
21) 두류산頭流山 : 지리산智異山의 원래 이름. 백두산白頭山에서 흘러온 맥이라 하여 이런 이름이 붙었다. 그 대부분의 봉우리가 조선시대에는 진주목晉州牧에 속했다.
22) 덕산동德山洞 : 지금의 산청군山淸郡 시천면矢川面 사리絲里이다. 그 당시는 진주목晉州牧에 속했다.
23) 참봉參奉 : 조선시대 능陵, 원園, 종친부宗親府, 군기시軍器寺 등에 딸린 종9품직 벼슬.
24) 단성현丹城縣 : 경상도에 있던 고을 이름. 지금은 산청군에 병합되어 있다.
25) 봉사封事 : 상소의 일종인데, 다른 사람이 보지 못하도록 밀봉하여 올린다.

전하의 나라 일은 이미 글렀으며, 나라의 근본은 이미 없어졌고, 하늘의 뜻은 이미 가버렸고, 백성의 마음은 이미 떠났습니다. 자전慈殿[26]께서는 진실하고 생각이 깊으시나 깊은 궁궐에 사는 한 사람의 과부에 불과하고, 전하께서는 어리니 단지 돌아가신 임금님의 고아일 따름입니다. 하늘이 내린 재앙이 백 가지 천 가지이고, 인심은 억만 가지로 갈라졌습니다. 어떻게 감당하시며 어떻게 수습하시겠습니까? 시냇물이 마르고[27] 곡식이 비처럼 내리니[28], 그 징조가 어떠합니까? 음악이 슬프고[29], 옷이 흰 것[30]은 이미 그 소리와 모양이 나타난 것입니다.

이런 때를 맞아 비록 주공周公[31]이나 소공召公[32]의 재주를

26) 자전慈殿 : 명종 임금의 어머니인 문정왕후文定王后. 중종中宗의 계비繼妃. 1545년 명종이 12세에 왕위에 오르자 8년 동안 수렴청정垂簾聽政하면서, 동생 윤원형尹元衡에게 정권을 쥐게 하여 많은 선비들을 죽이고 국정을 문란하게 하였다.

27) 시냇물이 마르고 : 『국어國語』「주어周語」에, "무릇 나라는 반드시 산과 시내에 힘입어서 사는 것는데, 산이 무너지고 시내가 마르는 것은 망할 징조이다[夫國, 必依於山川, 山崩川竭, 亡之徵也]."라는 말이 있다.

28) 곡식이 비처럼 내리니 : 『회남자淮南子』「본경훈편本經訓篇」에, "옛날에 창힐蒼頡이 글자를 만들자 하늘에서 곡식이 비처럼 내리고 귀신이 밤에 울었다[昔蒼頡作書, 而天雨粟, 鬼夜哭]."라는 구절이 있다. 그 주석에 "글자를 만들면 속임수가 생기고 속임수가 생기면 사람들이 근본을 버리고 말단을 쫓기 때문에, 하늘에서 비를 곡식처럼 내려서 경계한 것이다"라고 했다.

29) 음악이 슬프고 : 『예기禮記』「악기편樂記篇」에, "나라를 망칠 음악은 슬프면서 생각이 많다[亡國之音, 哀以思]."라는 말이 있다.

30) 옷이 흰 것 : 『주례周禮』「춘관편春官篇」에, "나라에 전염병이 크게 돌거나 흉년이 크게 들거나 재앙이 크게 닥치면 임금과 신하들이 흰 옷을 입는다[大札, 大荒, 大災, 君臣素服]."라는 구절이 있다.

31) 주공周公 : 주周나라의 어진 정승. 주나라 문왕文王의 아들이고, 무왕武王의 아우이다. 주나라의 문물제도를 정비한 분으로 공자가 매우 존경하

남명 그 위대한 일생

겸하고서 정승의 자리에 앉아 있을지라도 이 일을 어떻게 할 수가 없습니다. 하물며 신臣 같이 미천한 몸으로 재주가 보잘것없는 사람이겠습니까? 위로는 만에 하나도 위태로운 상태를 붙들 수가 없고, 아래로는 실오라기나 털끝 만큼도 백성들을 보호할 수가 없으니, 전하의 신하 되기가 어찌 어렵지 않겠습니까?

신하들을 불러서 임금님을 위해서 부지런히 일하게 하고, 나라 일을 정돈하는 것은, 자질구레한 정사나 형벌에 달린 것이 아니고, 오직 전하의 마음 하나에 달려 있습니다. 마음에서 치열하게 애를 써야 온 나라 땅에서 공을 거둘 수 있는 것입니다. 그 유기적인 관계는 이런 법입니다.

신만 혼자 알지 못합니다. 전하께서 종사하는 것이 무슨 일인지를. 풍악과 여색을 좋아하십니까? 활 쏘기와 말 타기를 좋아하십니까? 군자를 좋아하십니까? 소인을 좋아하십니까? 전하께서 좋아하는 바가 어디 있느냐에 따라서 나라의 존망存亡이 달려 있습니다.

진실로 하루라도 흠칫하면서 정신을 차리고 떨쳐 노력하시면 문득 덕德을 밝히고 백성을 새롭게 하는 일에 얻는 바가 있을 것입니다. 그러한즉, 덕을 밝히고 백성을 새롭게 하는 일 안에 온갖 착한 것이 갖추어져 있고, 모든 교화가 거기에서부터 나오는 것입니다. 그 것을 들어서 시행하면 나라를 공평하게 할 수 있고, 백성들을 화합하게 할 수 있고, 위태로운 일도 안전하게 할 수 있습니다.

상소가 들어갔는데도, 임금님은 아무런 답이 없었다.

병인丙寅(1566)년에 조정에서 이름난 선비인 성운成運[33], 이항

였다.

32) 소공召公 : 주나라 때의 어진 정승으로 주공周公을 잘 도왔다. 주나라 문왕文王의 서자. 소백召伯, 소공邵公이라고도 한다.

李恒[34]), 임훈林薰[35]), 김범金範[36]), 한수韓脩[37]), 남언경南彦經[38]) 등을 불렀고, 다시 유일遺逸[39])로 선생을 불렀으나 사양하였다.

　　다시 임금님의 전지傳旨[40])가 있어 돈독히 유시諭示하였으므로 이에 부름에 응하여 나아가 상서원尙瑞院[41]) 판관判官에 임명

---

33) 성운成運(1497~1579) : 조선 중기의 학자. 자는 건숙健叔, 호는 대곡大谷, 본관은 창녕昌寧. 평생 속리산俗離山에 은거하여 벼슬에 나가지 않았다. 남명과는 어릴 때부터 친구로 절친하게 지냈고, 남명 사후에 남명의 묘갈명墓碣銘을 지었다. 문집 『대곡집大谷集』이 남아 있다.

34) 이항李恒(1499~1576) : 조선 중기의 학자. 자는 항지恒之, 호는 일재一齋, 본관은 성주星州. 추천을 받아 벼슬에 나와 장악원정掌樂院正 등직을 지냈다. 남명이 1566년 서울에 갔을 때 같이 초빙되어 와 있었으므로 만났다. 문집 『일재집一齋集』이 있다.

35) 임훈林薰(1500~1580) : 조선 중기의 학자. 자는 중성仲成, 호는 갈천葛川, 본관은 은진恩津. 추천을 받아 벼슬에 나가 광주목사光州牧使 등직을 지냈다. 효행으로 이름났다. 남명이 그의 집을 두 번 방문한 적이 있었다. 문집 『갈천집葛川集』이 있다.

36) 김범金範(1512~1566) : 조선 중기의 학자. 자는 덕용德容, 호는 후계后溪, 본관은 상주尙州. 진사에 급제하였다. 벼슬에 나오지 않고 초야에 묻혀서 학문연구와 제자양성을 하였다. 문집 『후계집后溪集』이 있다.

37) 한수韓脩(1508~?) : 조선 중기의 학자. 자는 영숙永叔, 호는 석봉石峯, 본관은 청주淸州. 진사에 합격한 뒤, 추천으로 지평持平에 임명되어 벼슬에 나와 양주목사楊州牧使 등직을 지냈다. 퇴계退溪 이황李滉의 제자이다. 율곡栗谷 이이李珥가 '나라의 양사良士'라고 칭송하였다.

38) 남언경南彦經(1528~?) : 조선 중기의 학자. 자는 시보時甫, 호는 동강東岡, 또는 정재靜齋, 본관은 의령宜寧. 처음에 화담花潭 서경덕徐敬德의 문하에서 배우다가 나중에 퇴계退溪 이황李滉의 제자가 되었다. 추천을 받아 양주목사楊州牧使 등직을 지냈는데, 양주목사로 있으면서 도봉道峯 아래에 정암정암庵 조광조趙光祖를 향사하는 서원을 지었다.

39) 유일遺逸 : 세상에 쓰이지 않고 초야에 묻혀 있는 인재.

40) 전지傳旨 : 임금의 뜻을 전하는 글.

되었는데, 절하고 왕의 명命을 받아들였다. 임금님께서 선생을 사정전思政殿[42]으로 불러서 대화를 하였다. 임금님께서 치란治亂의 도리와 학문의 방법에 대해서 물어, 선생은 이렇게 답변하였다.

고금의 치란治亂에 관한 일은 책에 다 실려 있으니, 신의 말이 꼭 필요하지 않습니다. 신의 생각으로는 임금과 신하 사이에는 반드시 감정과 의리가 서로 맞아야 합니다. 그런 뒤에라야 어떤 일을 할 수가 있습니다.

그리고는 가엾은 백성들이 떠돌아다니는 곤궁한 상황을 힘을 다해서 아뢰었다.

임금님이 또 삼고초려三顧草廬[43]에 대해서 묻자, 이렇게 답변하였다.

제갈량諸葛亮[44]은 영웅입니다. 일을 요량하지 못하는 사람은

---

41) 상서원尙瑞院 : 왕실의 옥새玉璽와 부절符節 등을 관장하는 관아. 판관判官은 상서원에서 두 번째 서열의 관직으로 정5품이다.

42) 사정전思政殿 : 국왕이 평소에 상주하면서 정사를 보는 궁전. 경복궁景福宮 근정전勤政殿 뒤쪽에 있다.

43) 삼고초려三顧草廬 : 촉한蜀漢의 황제 유비劉備가 남양南陽 땅에 은거하고 있던 제갈량諸葛亮을 군사軍師로 모시기 위하여 그의 오두막으로 세 번 찾아가는 정성을 다하였다. 후세에 임금이 정성을 다해서 어진이를 초빙하는 일을 비유할 때 자주 쓰인다.

44) 제갈량諸葛亮 : 삼국시대三國時代 촉한蜀漢의 정승. 자는 공명孔明. 하남성河南省 남양南陽 땅에 은거해 있다가 유비의 초빙으로 세상에 나와 그를 도

아닙니다. 그러나 소열황제昭烈皇帝45)와 수십 년 동안 일을 같이 했으나 마침내 한漢나라 왕실을 다시 일으켜 세우지 못했으니, 신은 알지 못하는 바입니다.

대개 선생의 생각은 제갈공명諸葛孔明이 세상에 나온 것은 마땅하지 않았다고 여긴 것이었다.

선생은 들어가 임금님과 대화하고는 조정의 명령을 기다리지도 않고 바로 출발하여46) 남쪽으로 돌아갔다.

융경隆慶47) 정묘丁卯(1567)년에 지금 임금님[宣祖]께서 즉위하셨다. 맨 먼저 교서教書를 내렸는데, 장려하여 유시諭示하고 도움을 구한 것이 매우 지극하였다. 얼마 있다가 이어 '기후가 따뜻해지기를 기다려 역마驛馬를 타고 길에 오르라'는 교지教旨를 내렸으나, 선생은 두 번 사양하였다. 처음 사양할 때 올린 소지所志48)에, "늙음이 심하고 병이 심하고 죄가 깊습니다49)"라는 말이 있었다. 또

왔으나, 유비 사후 삼국통일의 뜻을 이루지 못한 채 54세로 오장원五丈原에서 병사하였다. 시호諡號는 무후武侯. 문집 『제갈무후집諸葛武侯集』이 있다.

45) 소열황제昭烈皇帝 : 촉한蜀漢의 시조 유비劉備의 시호諡號. 서기 221년 한漢을 세우고 황제로 즉위했으나, 2년 뒤 오吳나라에 대패하여 백제성白帝城에서 병사했다.

46) 바로 출발하여 : 10월 3일에 명종明宗을 접견하고 나서 11일에 출발하였다.

47) 융경隆慶(1567~1572) : 명나라 목종穆宗의 연호.

48) 소지所志 : 어떤 요청이 있을 때 관아에 내는 문서의 이름.

49) 깊습니다 : 『남명집南冥集』 권5 부록에 실린 행장에는 '심深'자로 되어 있는데, 『동강집東岡集』 권17, 13장에는 '심甚'자로 되어 있다.

재상(宰相50))의 직분으로는 사람을 쓰는 것보다 더 큰 것이 없는데, 지금은 사람을 쓸 때 착한지 악한지를 논하지 않고, 간사한지 바른지를 분간하지 않습니다.

라는 말을 했다.

그 때 측근의 신하가 경연(經筵51))에서 임금님에게, "조식曹植이 배운 바는 유자(儒者)와 다릅니다"라고 아뢰었기 때문에 사양한 것이다52). 두 번째 사양할 때 올린 소지(所志)는 대략 이러하다.

청컨대 '구급救急(위급한 것을 구제한다)'이라는 두 글자를 바쳐서 나라를 일으킬 수 있는 한 마디 말53)로 삼아서 신의 몸을 바치는 것54)을 대신하고자 합니다.

지금 나라의 근본은 흩어지고 무너져 온갖 폐단이 극도에 이르렀습니다. 마땅히 해야 할 바는 크고 작은 일에 다급히 하기를 마치 불에 타는 것에서 꺼집어내 듯 물에 빠진 것을 건져내듯 해야 합니다. 혹시라도 의지하여 붙들지 않고, 한갓 헛된 이름만을 일삼고 말만 번지러한 것을 인정하여 산야에 버려진 사람을 구하여 어진이를 구한다는 아름다운 이름 내는 데 도움

을 받으려고 하고 있습니다. 이름만 가지고서 실제를 구제할 수가 없는 것은, 그림의 떡이 배고픔을 해결할 수 없는 것과 같습니다. 청컨대 천천히 해야 할 일인지 급히 해야 할 일인지 헛된 일인지 실제적인 일인지를 분간해서 조치해야 합니다.

이때 임금님께서 바야흐로 유학에 관심을 쏟았고, 여러 어진 이들이 조정에 가득하여 성리학性理學에 대해서 논하였지만, 조정의 기강은 떨치지 못 했고 나라의 근본은 날로 오그라들어갔다. 선생은 이 점에 대해서 깊이 생각했기 때문에 아뢰면서 언급했다.

무진(1568)년에 또 교지教旨를 내려 재촉하여 불렀지만, 사양하고 봉사封事를 올렸다. '임금의 덕德은 대개 착함을 밝히고 몸을 정성스럽게 하는 것을 요체要諦로 삼는다'는 뜻을 아뢰었고, 끝에 가서 이렇게 아뢰었다.

신이 전에 올린 소지所志에서 말한 '구급救急'이라는 말에 대해서 주상전하主上殿下께서 감동되었다는 말을 아직도 듣지 못하고 있으니, 늙은 선비가 강직하다는 표띠를 내는 말에 대해서는 전하께서 응당 생각을 움직일 필요가 없다고 생각하신 것 같습니다. 하물며 여기서 신이 아뢰는 내용은 옛날 사람들이 이미 아뢰었던 상투적인 것에 불과합니다. 그러나 상투적인 것을 통하지 않고서는 갈 수 있는 길이 없습니다.

또 이렇게 말했다.

지금 주상전하의 영험靈驗스러움이 떨치지 못하여, 정사政事를 행함에 있어서 은혜로 봐주는 것이 많습니다. 임금님의 명령이 나왔다가 뒤집히어 기강이 서지 않은 지가 몇 대가 되었습니다. 생각할 수 없을 정도의 위엄으로 떨쳐일으키지 않으면, 백 갈래로 흩으져 물크러져내린 형세를 구제할 수가 없습니다. 큰 장마철 비로 적셔주지 않으면 7년 가뭄에 말라비틀어진 풀을 싱싱하게 할 수 없습니다. 반드시 천명을 받아 세상에 태어난 보좌할 신하를 얻어, 아래 위 사람들이 경건히 협력하기를 마치 한 배를 탄 사람처럼 한 그런 뒤에라야 무너지고 불타들어가고 목마른 듯한 형세를 구제할 수[55] 있을 것입니다.

또 아전의 실상에 대해서 극도로 강하게 말했다.

당당한 제후諸侯의 나라로 2백년에 걸친 선대 임금님들의 왕업王業에 바탕을 두었는데, 많은 공경대부公卿大夫들이 앞서거니 뒤서거니 하여 서로 인도하여 결국 천한 하인 같은 서리들에게 정권을 넘겨준단 말입니까? 이런 일은 소 귀에도 들리게 해서는 안 되는 일입니다. 군인이나 백성에 관한 여러 가지 행정과 나라의 기무機務가 모두 이 말단 실무자인 아전들의 손에 달려 있습니다. 베와 곡식을 바쳐야 할 때 값을 쳐서 바치지 않으면 안 됩니다. 각 지방의 특산물도 모두 막아서 한 가지도 전하께 올라가지 못하게 합니다. 전하께서 큰 나라를 가진 부유함을 누리지 못하시고서, 도리어 하인 같은 아전들이 방납防納[56]하는

---

55) 구제할 수 : 『남명집南冥集』 부록에는 '제制'자로 되어 있는데, 『남명집』 권2 58장, 「무진봉사戊辰封事」와 『동강집東岡集』에는 '제濟'자로 되어 있다.
56) 방납防納 : 각 지역의 백성들이 나라에 바치던 특산물을 서울 관아의 아전들이나 특정 상인들이 대신 바치고, 백성들에게 그 것에 상응하는 돈을 받아 챙기던 일. 물자조달의 편의를 위해서 실시되었으나, 아전들이

물건에 의지하게 될 줄이야 어찌 생각이나 하셨겠습니까?

이것만으로는 만족하지 못해서 전하의 내탕고內帑庫[57]에 보관한 재물을 다 훔쳐가버려, 비축되어 있는 베나 곡식이 조금도 없으니, 나라가 정말 나라가 아닙니다. 도적이 서울에 가득합니다. 저 윤원형尹元衡[58]의 세력도 조정에서 능히 바로잡았는데, 서슬이 퍼런 주상전하의 도끼에 피를 묻힐 것도 없는 여우나 쥐새끼 같은 이런 무리들이겠습니까?

나라의 곳곳에서 일하는 이들 가운데 어느 누가 세상에 이름난 보좌할 사람이나 이른 아침부터 밤늦게까지 부지런히 애쓰는 어진 인재가 아니겠습니까? 간사한 신하들은 자기와 사이가 나쁘면 그를 제거해 버리지만, 간사한 아전들이 나라를 좀먹는데도 그들을 용납하고 있습니다. 조정의 신하들은 자기 몸만 챙기지 나라 일은 챙기지 않는 것입니다. 현명하다고 생각하면서 어리석지 않은 사람이 없으니, 근심해야 할 처지건만 즐거워하고 있습니다.

신은 깊은 산속에서 쓸쓸하게 살아갑니다. 아래로 위로 살펴보고서 흐느끼다가 답답하여 눈물을 흘린 일이 자주 있습니다.

신은 전하에게 있어서 임금과 신하의 관계가 조금도 없는데, 임금의 은혜에 무슨 감동을 받아서 흐느끼며 눈물을 흘려 스스로 멈추지 못하겠습니까? 관계는 얕은데 말이 깊으니, 실로 죄가 있습니다.

실제로 더 많은 돈을 받아냄으로 해서 많은 폐단이 발생하였다.

57) 내탕고內帑庫 : 임금이 개인적으로 쓸 수 있는 재물을 보관하는 창고.

58) 윤원형尹元衡(?~1565) : 조선 중기의 권신. 본관은 파평坡平. 문과에 급제하여 관직에 있었는데, 생질인 명종明宗을 왕위에 등극시킨 뒤 누님 문정왕후文定王后를 등에 업고 온갖 권력을 휘둘렀다. 을사사화乙巳士禍, 양재역벽서사건良才驛壁書事件 등을 일으켜 많은 선비들을 죽이고 귀양보냈다. 벼슬이 영의정에까지 올랐으나, 1565년 문정왕후 사후 관작을 삭탈당하여 전리田里로 방축放逐되었다가 죽었다.

남명 그 위대한 일생

홀로 헤아려 보건대, 이 몸이 땅에서 나는 곡식을 먹고 살고, 옛날부터 여러 대 동안 살아 온 백성으로서 외람되어 세 임금님의 부름을 받은 징사徵士[59]가 되었습니다. 오히려 주周나라의 과부[60]에 견줄 수 있는데, 전하께서 유지諭旨[61]를 내려 부르는 날에 어찌 한 마디 말이 없을 수가 있겠습니까?

소장疏章을 아뢰자, "이 바른 말을 보고서 재주와 덕행이 높은 줄을 더욱 잘 알았소. 마땅히 유념하겠소"라는 우대하는 비답批答[62]을 내렸다.

기사(1569)년 겨울에 종친부宗親府[63] 전첨典籤으로 불렀지만, 사양했다.

경오(1570)년 정월에 또 불렀지만, 또 사양했다. 조정에서 자리를 비워놓고 기다린 지가 1년이 넘었지만, 끝내 가지 않았다.

신미(1571)년 여름에 경상도慶尙道에 특별히 명을 내려, 쌀과 콩 몇 섬을 내려 선생의 궁핍함을 구제하도록 했다. 선생은 상소하여 감사한 뜻을 아뢰었다. 그리고 또 '임금님께서 옳아야 한

---

59) 징사徵士 : 학문이나 덕행이 뛰어나 임금으로부터 벼슬하러 나오라고 부름을 받은 선비.

60) 주周나라의 과부 : 주나라 때 시골에 사는 어떤 과부가 베를 짜면서 자기 베틀의 씨줄이 부족한 것은 걱정하지 않고 나라가 망할까 걱정했다고 한다. 남명의 말 뜻은, '시골의 이름 없는 과부도 나라 걱정하는데, 선비가 나라를 걱정하는 마음이 없어서야 되겠는가?'라는 것이다.

61) 유지諭旨 : 임금이 신하에게 내리는 글. 전지傳旨라고도 한다.

62) 비답批答 : 신하의 상소에 임금이 답하는 글.

63) 종친부宗親府 : 역대 국왕의 보첩譜牒과 초상을 보관하고, 국왕과 왕비의 의복을 관리하는 관아. 왕자들의 언행도 규찰한다. 전첨은 정4품의 관직.

다'라는 등등의 말을 아뢰었다. 임금님이 비답을 내리기를, "소장疏章을 살펴보고 나라를 걱정하는 정성을 볼 수 있었소. 비록 시골 논밭 사이에 살아도 과인을 잊은 적이 없다는 것을 알겠소"라고 했다.

　이 해 섣달에 선생께서 병으로 눕게 되었다. 임신(1572)년 정월에 경상도에서 선생께서 병이 들었다는 사실을 조정에 아뢰었다. 임금님께서 내시內侍[64]를 보내어 문병하게 했다. 그 내시가 아직 이르기도 않아서 선생께서 숨을 거두었으니, 음력 2월 8일이었다. 이 날 큰 바람이 불고 폭설이 내리고, 천지가 깜깜해지고, 산이 무너지고 북두성이 떨어졌으니, 어찌 작은 이변異變이겠는가?

　부고訃告를 아뢰자, 임금님께서 부의賻儀를 내리고 사제賜祭[65]하고, 관작을 추증追贈하라고 명했다.

　임신년 음력 4월 6일에 산천재山天齋 뒷 봉우리 임좌병향壬坐丙向[66]의 언덕에 안장했는데, 유언에 따른 것이다.

　부인은 남평조씨南平曹氏인데, 충순위忠順衛[67] 조수曹秀의 따

---

64) 내시內侍 : 대곡大谷 성운成運이 지은 「남명묘갈명南冥墓碣銘」에는 '어의御醫'로 되어 있다.
65) 사제賜祭 : 임금이 죽은 신하에게 관원을 보내어 제사를 지내며 애도하는 것. 종2품 이상의 문무관원이나 공무로 죽은 사람, 전사자 등에게 한정되어 시행했다.
66) 임좌병향壬坐丙向 : 정남향에서 15도 동쪽으로 비긴 방향.
67) 충순위忠順衛 : 조선시대 중앙부대인 오위五衛 가운데서 충무위忠武衛에 소속된 양반 특수 병종兵種. 양반 자제들의 군역을 면제시키기 위한 특수제도인데, 복무를 마치면 관직에 진출할 수도 있었다.

남명 그 위대한 일생

님이다. 선생보다 5년 먼저 세상을 떠났는데, 김해金海에 안장하였다.

아들 하나를 낳았는데, 빼어나고 특이하여 선생이 기이하게 여기고 사랑했다. 그러나 9세 나이로 일찍 죽었다. 딸 하나는 만호萬戶[68] 김행金行[69]에게 시집가 딸 둘을 낳았는데, 맏딸은 권지승문원부정자權知承文院副正字 김우옹金宇顒에게 시집갔고, 그 다음은 선비 곽재우郭再祐[70]에게 시집갔다.

방실旁室[71]에서 아들 셋을 낳았는데, 차석次石, 차마次磨, 차정次矴이다. 딸은 어리다.

아아! 선생은 세상에 드문 영특하고 호걸스런 인물이라고 말할 수 있다. 눈과 달처럼 희고 밝은 마음과 강과 호수 같은 성품과 기질로 만물의 바깥에서 우뚝 섰고, 한 시대를 위에서 내려다보았다. 높고 원대한 식견은 타고난 자질에서 나왔다. 어떤 계기契機에 맞추어 일을 논하는 것이 사람들의 생각보다 앞서나갔고, 시대를 걱정하고 세상에 대해서 분개하여 충성심이 격분하고 의리가 나타났는데, 임금님에게 올린 봉사封事와 임금님에게 아뢴

---

68) 만호萬戶 : 무관 종4품의 외관직外官職.

69) 김행金行 : 본관은 상산商山으로 단성丹城 법물法勿에 살았다.

70) 곽재우郭再祐(1552~1617) : 임진왜란 때의 의병장. 자는 계수季綬, 호는 망우당忘憂堂, 본관은 현풍玄風, 의령宜寧에 살았다. 본래 선비였는데, 1592년 임진왜란이 일어나자 전국 최초로 의병을 일으켜 왜적을 무찔러 많은 공을 세웠다. 삼도수군통제사三道水軍統制使 등 여러 관직에 임명되었으나 나아가지 않았다. 문집 『망우당집忘憂堂集』이 있다.

71) 방실傍室 : 성씨는 은진송씨恩津宋氏인데, 삼가현三嘉縣 병목幷木에 살던 송린宋璘(1509~1573)의 따님이다. 송린의 자는 숙옥叔玉이다.

대답에 나타나 있으니, 볼 수 있다.

천성이 강개慷慨[72]하여 속세에 비위를 맞추려고 하지 않았다. 늘 학자學者나 사대부士大夫들과 말을 하다가 당시 정치의 잘못이나 백성들의 고통상 등에 이르러서는 한쪽 손으로 다른 쪽 팔을 잡고 부르르 떨면서 흐느껴 목이 메지 않은 적이 없었고, 간혹 눈물을 흘리기까지 하였는데, 듣는 사람들이 이 때문에 주의를 기울여 들었다. 이 세상에 대해서 정성을 기울여 관심을 갖는 것이 이러하였다.

그러나 도道에 근본을 두고 의리를 지켰기 때문에, 스스로 몸을 낮추어서 쓰이기를 구하지 않았다. 가난한 것도 편안히 여기고 곤궁함 속에서도 지조를 굳게 지켜 스스로 몸을 굽혀 세속을 따른 적이 없었다. 그래서 세속과 길이 관계를 끊고 산골짜기에서 일생을 마치게 되어 조정에서 그 능력을 시험해 본 적이 없고, 경륜經綸을 펼칠 수 있는 일이 연기와 노을 사이에서 사라지고 말았다. 아아! 누가 그렇게 되도록 만들었는가? 선생이 본성에서 얻어 만고에 걸쳐 없어지지 않을 수 있는 것이, 선생이 벼슬에 등용되느냐 버려졌느냐에 따라서, 더해지고 덜해지는 것은 아니다.

선생은 재주와 기질이 매우 높았는데, 호걸스럽고 고상함이 보통 사람들보다 뛰어났고, 논의가 뛰어났고, 용모가 준엄하였다. 뛰어나고 굳센 기운은 얼굴에 나타났다. 매양 선생의 용모와

---

72) 강개慷慨 : 기유본己酉本『남명집』과『동강집東岡集』에는 '강忼'자가 '항伉'자로 잘못되어 있다.

그 말씀을 접하게 되면, 방탕하고 안일한 마음과 거짓되고 나약한 기운이 가슴 속에서 저절로 감히 생겨나지 않게 되었다.

조예가 높고 스스로 터득한 것의 심오함에 이르러서는, 물정 모르는 어리석은 나의 좁은 소견으로는 헤아려서 억지로 말할 수 없는 것이 있다. 우선 볼 수 있는 사실에 나아가 서술하면 다음과 같다.

서재에서 홀로 거처함에 있어서는, 잘 정돈되어 깔끔하였는데, 책이나 기물은 제 자리에 놓여 있었다. 종일토록 단정하게 앉아 계셨는데, 한 쪽으로 쓰러지거나 기우는 때가 있는 것을 본 적이 없었다.

한밤중이 되어야 잠자리로 드시는데, 정신이 흐릿하여 조는 것을 본 적이 없었다. 공부하는 사람들에게 항상 말씀하기를, "한밤중에 공부가 제일 효과가 많다. 절대 많이 자서는 안 된다"라고 했다. 또 "평소에 아내와 자식들과 함께 뒤섞여 거처해서는 안 된다. 비록 아름다운 자질이 있다 할지라도 우물우물 그런 생활 속에 빠져들면 결국은 사람답게 되지 못 한다"라고 말씀하셨다. 그 스스로 힘써 뜻을 세우려고 한 것이 이런 종류가 많았다.

그 학문하는 방법은, 지엽적인 것은 생략해 버리고, 요점을 잡아 마음에서 터득하는 것을 귀하게 여기고, 실제에 쓰이게 되고 실천하는 것을 급선무로 삼았다. 그래서 강론하고 분변하는 말을 좋아하지 않았다. 대개 한갓 공허한 말만 일삼아 몸소 실천하는 데 도움이 되지 않기 때문이다.

글을 읽음에 있어서 단락으로 나누어 구절을 해석한 적이 없었다. 간혹 열 줄을 한꺼번에 읽어 내려갔지만, 자신에게 절실한 곳에 이르러서는 내용을 확실하게 자기 것으로 만든 뒤 넘어갔다. 공부를 독실하게 한 것이었다.

늘 쇠로 만든 방울을 차고 다니며 자신을 깨우치고 반성했는데, 그 방울을 '성성자惺惺子73)'라고 이름을 붙였다. 대개 마음을 불러 깨어 있게 하는 공부였다.

깨끗한 잔에 맑은 물을 담아서 두 손으로 밤새도록 받쳐 들고 있었는데, 이는 자기 뜻을 유지하기 위한 일이었다.

또 낮은 병풍에다 성인 공자孔子와 선사先師74)들의 남아 있는 초상을 그려 탁자 위에 놓아두고 늘 모시고 앉자 주위에서 생활하는 것처럼 숙연하게 대했다.

일찍이 마음을 형상화한 신명사神明舍를 그려가지고, 보면서 깨우치는 마음을 붙였다. 거기에 붙인 명銘75)은 이러하다.

　　　　　주재하는 존재인 태일진군太一眞君76)이,

---

73) 성성자惺惺子 : 송宋나라 사량좌謝良佐의 『상채어록上蔡語錄』에, "경敬이란 늘 깨우쳐 있는 것이다[敬是常惺惺]"이라는 말에서 따온 명칭으로, 남명이 늘 경敬을 하기 위한 하나의 방법이었다.

74) 선사先師 : 염계濂溪 주돈이周敦頤, 명도明道 정호程顥, 주자朱子 등을 그렸다.

75) 명銘 : 「신명사명神明舍銘」이다. 「신명사도神明舍圖」와 함께 『남명집南冥集』 제2권에 실려 있다. 경상대학교 남명학연구소에서 번역한 『남명집』에 자세한 역주가 있다. 후산后山 허유許愈의 『후산집后山集』에 「신명사도명혹문神明舍圖銘或問」이 실려 있는데, 「신명사도」와 「신명사명」에 대한 심오한 뜻을 깊이 있게 풀이하였다.

76) 태일진군太一眞君 : 마음을 표현하는 말. 천군天君이라고도 한다.

남명 그 위대한 일생

명당明堂에서 정치를 펼치는구나.
안에서 총재家宰77)가 주관하고,
밖에서는 백규百揆78)가 살핀다네.
중요한 기밀 받들어 말의 출납을 맡아,79)
충실하고 신의 있게 말을 다듬는다네.
네 가지 부절80)을 나타내고,
온갖 것 하지 말라는 깃발81)을 세운다네.
아홉 개 구멍에서 나오는 욕심의 사악함은,
세 군데 중요한 곳82)에서 처음으로 나타난다네.
기미가 있자마자 용감하게 싸워 이기도록,
반드시 나아가 섬멸해야 하리라.
마음의 주재자에게 돌아와 보고하면,
요순堯舜시대 같은 상황이 될 수 있다네.
귀 눈 입 세 관문을 닫아 막아버리니,
깨끗하게 치워진 끝없는 들판 같구나.
다시 한결 같은 마음 상태로 돌아가서,
고요하게 지내며 깊이 함양한다네.

---

77) 총재家宰 : 옛날 벼슬 이름으로 총리에 해당된다. 총재가 주관하는 것은 바로 '경敬'이다.

78) 백규百揆 : 외부의 정사를 총괄하는 사람인데, 백규가 살피는 것은 바로 '의義'이다.

79) 말의 출납을 맡아 : 입의 역할을 말한 것이다.

80) 네 가지 부절 : 화和, 항恒, 직直, 방方이다. 「신명사명神明舍銘」의 주석에 의하면, '화和'는 바깥 사물과 접하여 절도에 맞는 것, '항恒'은 항구적인 것, '직直'은 혼자 있을 때를 삼가는 것, 방方은 내 마음의 법도로 남을 헤아리는 것이다.

81) 온갖 것 하지 말라는 깃발 : 욕망에 끌려 자신의 언행을 망칠 수 있으므로 모든 욕망을 절제하라는 경계의 깃발.

82) 세 군데 중요한 곳 : 아홉 개 구멍은 사람 몸에 있는 구멍인데, 그 가운데서도 귀, 눈, 입에서부터 큰 욕망이 생겨난다.

제1부 남명선생 행장

「혁대명革帶銘」은 이러하다.

　　　혀는 내 놓는 것이고,
　　　가죽은 묶는 것.
　　　살아 있는 용을 묶어서,
　　　고요한 가운데 간직하리라.[83]

「검명劍銘」은 이러하다.

　　　안으로 밝히는 것은 '경敬'이고,
　　　밖으로 결단하는 것은 '의義'니라.

　　선생이 자신에게 돌이켜서 안으로 닦고, 독실하게 믿어서 스스로 힘쓰는 것이 이러하였다.

　　김해金海에 계실 때, 산해정山海亭[84]이란 서재가 있었다. 산을 등지고 바다가에 다다라 있어 그윽하고 깊으면서도 넓었다.

---

83) 기유본 『남명집南冥集』에는, "革者絏, 舌者紲,"로 되어 있고, 기유본 『남명집』에 들어 있는 「혁대명革帶銘」도 그렇게 되어 있다. 그러나 임술본 『남명집』 이후로는 "舌者泄, 革者結"로 되어 있다. 『동강집東岡集』도 임술본 『남명집』과 같다. '絏'자와 '紲'자는 같은 글자이기 때문에, 기유본 『남명집』의 문장은 해석이 되기가 어렵다. 그래서 여기서는 임술본에 따라 번역하였다.

84) 산해정山海亭 : '태산泰山에 올라서 넓은 바다를 본다' 뜻을 취한 것으로 학문하는 방법을 비유한 뜻에서 붙인 이름이다. 김해金海 신어산神魚山 기슭에 있었는데, 남명 사후 유림들이 거기에 신산서원新山書院을 지어 남명을 향사하였다. 1868년 훼철되었다가, 1999년에 다시 복원되었다.

남명 그 위대한 일생

그 방은 이름하여 계명실繼明室이라고 했는데, 주위에 책을 두고 고요하게 앉아서 30여년 동안 푹 잠겨 수양하였다.

가수현嘉樹縣(三嘉縣)에 있는 정사精舍[85]는 계부당鷄伏堂이라고 이름을 붙였는데, '닭이 알을 품어 부화하'듯이 함양한다는 말에서 따온 것이다. 그 서재는 뇌룡사雷龍舍라 이름했는데, '시동尸童처럼 가만히 있다가 용처럼 나타나고, 연못처럼 묵묵히 있다가 우레처럼 소리친다'는 말[86]에서 따왔다.

산에 있는 정사精舍도 역시 뇌룡사雷龍舍라는 이름을 걸었고, 그 곁에다 "우레는 그윽하고 어두운 곳에서 울리고, 용은 못이나 바다에 있다" 라고 글씨를 써 붙였다. 솜씨 좋은 화가로 하여금 우레와 용의 형상을 한 폭 그리게 하여 앉아 있는 모퉁이에 걸어 드리웠다.

맨 나중에 지은 서재는 산천재山天齋라고 했는데, 『주역周易』 대축괘大畜卦[87]의 뜻을 취한 것이다. 산천재에는 판자로 만든 창문이 있었는데, 왼쪽에는 '경敬'자를 쓰고, 오른쪽에는 '의義'자를 썼다. '경'자의 옆에 옛날 사람들이 '경'을 논한 중요한 말씀

---

85) 정사精舍 : 선비들이 공부하면서 제자들을 가르치는 집.
86) 시동尸童처럼 … 소리친다 :『장자莊子』「재유편在宥篇」에 나오는 말로, 공부하는 사람들로 하여금 마음을 깨우쳐 힘쓰게 하려는 뜻에서 취한 말이다. 시동은 옛날 신주神主 대신으로 아이를 앉혀 영혼이 깃들 장소로 삼았는데, 시동이 된 아이는 움직이지 않고 가만히 있어야 했다.
87) 대축괘大畜卦 : 위는 산을 상징하는 간괘艮卦고 아래는 하늘을 상징하는 건괘乾卦이기 때문에 산천山天이란 이름은 대축괘를 나타낸다. 이 괘가 함축하고 있는 뜻은 '군자가 강건하고 독실하여 빛이 나날로 그 덕을 새롭게 하는 것[剛健, 篤實, 輝光, 日新其德]'이다.

을 자세하게 적어 두고서, 늘 눈으로 보면서 마음으로 생각했다.

병세가 위독함에 이르러서도 오히려 경과 의에 관한 말을 외워 입에서 끊어진 적이 없었다. 병으로 누워지낸 지가 한 달이 넘었건만 정신이 어지럽지 않았다. 배우는 사람들과 자신을 행동하는 큰 방법과 벼슬에 나가느냐 나가지 않느냐 하는 큰 절개 등에 대해서 정성스럽게 이야기하여 싫증내지 않았다.

병이 심해지자, 자리를 돌려 동쪽으로 머리를 가게 하고, 부녀자들을 손짓하여 가까이 오지 못하게 하고, 안팎에 명령하여 차분해 지도록 했다. 웃으면서 문인들에게 "죽는 일과 사는 일은 일상적인 도리일 따름이다"라고 말씀하셨다. 또 "천우天祐[88]가 죽을 때, 거문고를 울리고 북을 치고, 노래하고 춤추는 사람들을 주위에 벌려놓고 죽었는데, 이런 것이 어찌 정상적인 사람의 감정이겠는가? 그가 공부를 하지 않았기 때문에 그랬던 것이다. 나는 그렇게 하고 싶지 않다"라고 말씀하셨다. 천우는 삼족당三足堂 김대유金大有선생이다.

아아! 선생이 죽느냐 사느냐 하는 때에도 이렇게 확고하게 어지럽지 않았으니, 평생 학문한 공력功力과 안정된 힘의 확고함이 보통사람들보다 크게 뛰어난 바가 있어 우뚝하여 미칠 수 없다는 것을 볼 수 있다.

---

88) 천우天祐(1579~1551) : 조선 중기의 문신인 김대유金大有의 자. 호는 삼족당三足堂, 본관은 김해金海, 청도淸道에서 살았다. 탁영濯纓 김일손金馹孫의 조카이다. 벼슬은 현감을 지냈다. 남명과 친교를 맺었는데, 남명이 가난하다 하여 양식을 보내려 했으나, 남명이 거절하였다. 남명이 청도로 그를 방문한 적이 있었다.

배우는 사람들에게 교훈을 내려 이렇게 말씀하셨다.

　길이 두루 통하는 큰 시장에서 마음껏 노닐다보면, 금 은 보배 놀이개 등 펼쳐져 있지 않는 곳이 없다. 하루 종일 거리를 오르락내리락 하면서 값을 이야기해 봤자 결국 자기 물건은 아니고, 남의 일을 말하는 것일 따름이다. 자기의 베 한 필을 가지고 가서 생선 한 마리 사 가지고 집에 가는 것만 같지 못하다. 지금 배우는 사람들이 성리학性理學에 대해서는 고상하게 이야기하면서 자신에게 얻은 것이 없는 것이 이런 것과 어찌 다르겠는가?

또 이렇게 말씀하셨다.

　염계濂溪89)와 정자程子90) 이후로 저술과 주해가 단계가 있고 맥락이 있어 마치 하늘의 해와 별 같다. 새로 공부를 시작한 어린애들이 책만 펴면 훤히 꿰뚫어볼 수 있다. 힘을 얻는 것이 깊으냐 얕으냐 하는 것은 단지 구하는 것이 정성스러우냐 정성스럽지 않냐에 달려 있을 따름이다.

또 이렇게 말씀하셨다.

---

89) 염계濂溪 : 송宋나라 성리학자인 주돈이周敦頤. 자는 무숙茂叔, 염계濂溪는 그의 호. 성리학의 선구자이다. 저서로 『통서通書』, 「태극도설太極圖說」 등이 있는데, 『주자전서周子全書』에 다 수록되어 있다.

90) 정자程子 : 송나라의 성리학자. 형은 명도明道 정호程顥, 아우는 이천伊川 정이程頤이다. 성리학의 기초를 닦은 학자다. 원문의 '낙洛'은, 하남성河南省 낙양洛陽으로, 송나라 정자程子 형제가 살며 독서와 강학을 하던 곳이다.

나는 배우는 사람에게 있어서 단지 그 흐릿하고 졸리는 것을 깨워줄 뿐이다. 눈을 뜨고 나면 스스로 능히 하늘과 땅과 해와 달을 볼 수 있을 것이다.

이런 까닭에 배우는 사람들을 위해서 경서經書를 설명한 적은 없었다. 다만 배우는 사람들로 하여금 돌이켜 구하여 스스로 터득하도록 했다. 그러나 그 정신과 영향력은 사람을 흠칫하게 감동시키는 바가 있었다. 그래서 따라 배우는 사람들은 계발啓發된 바가 많았으니, 자질구레하게 강의하는 것이 미칠 바가 아니었다.

『참동계參同契』[91] 보기를 좋아하였는데, "좋은 곳이 아주 많아 공부하는 데 도움이 된다"라고 말씀하셨다. 음양陰陽, 지리, 의약, 도교道敎에 관한 말에 이르기까지 그 대강을 섭렵하지 않은 것이 없었다. 활쏘기, 말타기, 진 치는 법, 국방, 군사 주둔 같은 것에 이르기까지도 뜻을 두고 연구하여 알았다. 그 재주는 높고 뜻은 강하여 배우지 않은 것이 없었다.

평생 산수를 아주 좋아했는데, 산수가 좋은 곳은 빠뜨리지 않고 유람했다. 두류산頭流山 산수의 장려壯麗함을 더욱 사랑하여 10차례 왕래해도 싫증을 내지 않았다. 일찍이 이황강李黃江[92]

91) 『참동계參同契』: 후한後漢의 위백양魏伯陽이 지은 책. 연단煉丹하여 신선이 되는 방법을 강구한 내용이다. 내용은 『주역』과 도교 사상이 혼합되어 있다.

92) 이황강李黃江(1504~1559) : 조선 중기의 학자인 이희안李希顔. 황강은 그의 호. 자는 우옹愚翁, 본관은 합천陜川, 초계草溪(지금의 합천군 초계면)에서 살았다. 유일遺逸로 천거되어 고령현감高靈縣監을 지냈다. 1558년 남명과 함

남명 그 위대한 일생

등 여러분들과 두류산을 유람하고 유람록遊覽錄[93])을 남겼는데,
세상에 전해지고 있다.

책을 지은 적은 없었고, 단지 독서할 때 중요한 말을 적어
모은 것이 있었는데, 이름하여 『학기學記』[94])라 했다. 아아! 이는
다만 강학講學한 규모이자, 공부한 차례이고, 논의한 나머지였을
따름이었다.

선생이 공을 들이는 방식은 친절하고 밝게 드러내는 것이었
는데, 확실한 것에서부터 해나가려고 했다. 그래서 밝은 마음과
매서운 기개는 퇴폐한 분위기 속에서 우뚝 서서 바야흐로 다가
오는 후세에 비춰주어, 백세百世의 뒤에 모진 사람을 염치 있게
만들고 나약한 사람을 일으켜 세우게 될 것이다.

글귀나 따지는 보잘것없는 선비들이 눈으로 보고 귀로 들은
것이 전부인양 목숨을 걸고 네 치 정도되는 귀와 입 사이만 왔다
갔다하는 주제에, 학술로써 선생을 논의하려고 하지만, 그들은
거우 터럭만한 작은 이익에 맞닥뜨리면 허둥지둥[95]) 어쩔 줄을
모르고 나아가고 들어가는 문을 모른다. 선생처럼 우뚝하게 홀

께 지리산을 유람하였다. 그의 어머니와 남명의 외조모가 모두 좌의정
최윤덕崔潤德 집안의 딸들이다.
93) 유람록遊覽錄 : 정식 명칭은 「유두류록遊頭流錄」인데, 『남명집南冥集』에 실
려 있다.
94) 『학기學記』 : 남명이 글을 읽다가 중요한 말을 뽑아 모아 정리한 책. 주로
『성리대전性理大全』에서 많이 발췌하였다. 문인들이 『근사록近思錄』의 체
재에 맞추어 분류하여 『학기유편學記類編』이라 부르게 되었다.
95) 허둥지둥 : 기유본 『남명집』에는 '章皇'으로 되어 있고, 갑진본 『남명집』
과 『동강집東岡集』에는 '장황張皇'으로 되어 있는데, 뜻은 차이가 없다.

제1부 남명선생 행장

로 서고 굳세어 자기 의지가 뽑히지 않는 사람은 백 명 가운데 한 사람도 보기 어렵다. 그러하니 선생을 어찌 가벼이 논의할 수 있겠는가?

보잘것없는 나 같은 사람이 표주박으로 바다 물을 헤아리는 것 같은 격이니, 본래 넓은 바다가 얕은지 깊은지를 알 수가 없다. 다만 따라서 배운 지가 오래 되었기에 선생께서 일을 행한 자취에 대해서는 가장 눈에 익혀 보아 왔으므로, 본 바를 대략 적었다. 글 잘하는 군자다운 사람이 채택할 만한 자료의 일부가 되도록 준비했을 따름이다.

융경隆慶 6(1572)년 윤2월 □일에 문인 종사랑從仕郎[96] 권지승문원부정자權知承文院副正字 김우옹金宇顒은 삼가 행장을 짓는다.[97]

■ 先生. 姓曹氏, 諱, 植, 字楗仲甫. 自號曰南冥. 曹氏爲昌山著姓. 高麗太祖神德王后生德宮公主. 下嫁于曹氏. 生刑部員外郎瑞. 寔爲鼻祖. 其後. 九世平章. 代有偉人. 先生以弘治辛酉六月二十六日辰時生. 生有異資. 早歲. 豪勇不羈. 稍長. 喜爲文. 務爲奇古. 以文章自負. 判校公每勉以擧子業. 先生自雄其才. 謂科第可俯取. 年二十五. 偕友人隸擧業於山寺. 讀性理大全. 至魯

---

96) 종사랑從仕郎 : 문관 정9품 품계.
97) 융경隆慶 … 짓는다 : 『남명집南冥集』에 실린 「남명행장」에는 이 부분이 들어 있으나, 『동강집東岡集』에는 없다.

남명 그 위대한 일생

齋許氏語有曰志伊尹之志. 學顏子之學. 出則有爲. 處則有守. 丈
夫當如此. 先生於是. 惕然警發. 惘然自失. 始悟從前所趣之非.
而古人所謂爲己之學者. 蓋如此也. 遂喟然發憤. 竟夜不就席. 遲
明揖友人而歸. 自是. 篤志實學. 堅苦刻厲. 終日端坐. 夜以達朝
者累年. 旣已博求經傳. 旁通百家. 然後斂繁就簡. 反躬造約. 而
自成一家之學. 嘉靖丁酉. 先生年三十七. 始斷棄擧業. 一意吾
學. 屛居丘園. 結茅水竹之間. 謝絶世故. 蕭然自適. 由是. 潛修
靜養. 磨厲精神. 而所造益以高遠矣. 家世淸貧. 先生授室于金
海. 婦家頗饒. 先生旣蚤孤. 遂奉母夫人. 就養于海上. 乙巳. 丁
憂. 奉柩還葬于嘉樹. 遂居本業. 晚歲. 卜居頭流之德山洞. 以定
菟裘之計. 先生以中廟朝用薦. 特除參奉. 不就. 明廟嗣服. 再除
主簿. 皆不就. 乙卯歲. 特除丹城縣監. 又不就. 上封事略云. 殿
下之國事已非. 邦本已亡. 天意已去. 人心已離. 慈殿塞淵. 不過
深宮之一寡婦. 殿下幼冲. 只是先王之一孤嗣. 天災之百千. 人心
之億萬. 何以當之. 何以收之耶. 川渴雨粟. 其兆伊何. 音哀服素.
聲象已著. 當此之時. 雖有才兼周, 召. 位居鈞軸. 亦末如之何矣.
況一迷身才如草芥者乎. 上不能持危於萬一. 下不能庇民於絲毫.
爲殿下之臣. 不亦難乎. 號召勤王. 整頓國事. 非在於區區之政
刑. 唯在於殿下之一心. 汗馬於方寸之間. 而收功於萬牛之地. 其
機在我而已. 獨末知殿下之所從事者何事也. 好學問乎. 好聲色
乎. 好弓馬乎. 好君子乎. 好小人乎. 所好在是. 而存亡繫焉. 誠
能一日惕然警悟. 憤然用力. 忽然有得於明新之內. 則明新之內.
萬善具在. 百化由出. 擧而措之. 國可使均也. 民可使和也. 危可

41

使安也. 疏入不報. 丙寅. 朝廷大召名儒成運, 李恒, 林薰, 金範, 韓脩, 南彦經等. 復以遺逸召先生. 辭. 再有旨敦諭. 乃就徵. 除尙瑞院判官. 拜命引對思政殿. 上問治亂之道. 爲學之方. 對曰. 古今治亂. 載在方策. 不須臣言. 臣之意以爲君臣之間. 必情意交孚. 然後可以有爲也. 因極陳小民流移困頓之狀. 上又問三顧草廬事. 對曰. 諸葛亮. 英雄也. 非不能料事者. 然與昭烈同事數十年. 竟不能興復漢室. 臣所不得而知也. 先生意蓋謂孔明不當出來也. 先生旣入對. 卽發南還. 不竢朝命. 隆慶丁卯. 今上卽位. 首下教書. 所以獎諭求助者甚至. 已而繼有旨. 待日候溫暖. 乘馹上道. 先生再辭. 初辭所志. 有老甚病甚罪甚之語. 又言宰相之職. 莫大於用人. 今乃不論善惡. 不分邪正. 時有近臣於筵中. 白上曹某所學. 異於儒者. 故以此辭. 再辭所志. 略云. 請以救急二字. 獻爲興邦一言. 以代獻身. 方今邦本分崩. 百弊斯極. 所宜大小. 急急如救焚拯溺. 罔或支持. 而徒事虛名. 論篤是與. 竝求山野棄物. 以助求賢美名. 名不足以救實. 猶畫餠之不足以救飢. 請以緩急虛實. 分揀處置. 是時. 主上方嚮儒學. 諸賢滿朝. 論說性理. 而朝綱不振. 邦本日蹙. 先生蓋深念之. 故奏及之. 戊辰. 又下旨趣召. 辭上封事. 開陳君德. 大抵以明善誠身爲要. 而於其終篇有云. 臣前日所志. 救急之言也. 尙未聞天意感動. 應以爲老儒賣直之言. 不足以動念也. 況此開陳君德. 不過爲古人已陳之塗轍. 然不由塗轍. 更無可適之路矣. 又言當今王靈不振. 政多恩貸. 令出惟反. 綱紀不立者. 數世矣. 非振之以不測之威. 無以濟百散糜粥之勢. 非潤之以大霖之雨. 無以澤七年枯旱之草. 必得

남명 그 위대한 일생

命世之佐. 上下同寅協恭. 如同舟之人. 然後稍可以濟頹靡燋渴
之勢矣. 又極言胥吏之狀曰. 堂堂千乘之國. 藉祖宗二百年之業.
公卿大夫濟濟後先. 相率而歸政於僮隷乎. 此不可聞於牛耳也.
軍民庶政. 邦國機務. 皆由此刀筆之手. 絲粟以上. 非回捧不行.
方土所獻. 一切沮抑. 無一物上納. 豈意殿下不能享大有之富. 而
反資於僕隷防納之物乎. 此而不厭. 加以偸盡帑藏之物. 靡有尋
尺斗升之儲. 國非其國. 盜賊滿車下矣. 夫以尹元衡之勢. 而朝廷
克正之. 況此孤狸鼠雛. 腰領未足以膏齊斧乎. 布列王國者. 誰非
命世之佐. 夙夜之賢耶. 姦臣軋己則去之. 姦吏蠹國則容之. 謀身
而不謀國. 靡哲不愚. 以樂居憂. 臣索居深山. 俯察仰觀. 噓唏掩
抑. 繼之以淚者數矣. 臣於殿下. 無一寸君臣之分. 何所感於君
恩. 而齋咨涕洟. 自不能已耶. 交淺言深. 實有罪焉. 獨計身爲食
土之毛. 尙爲累世之舊民. 忝作三朝之徵士. 猶可自比於周婆. 可
無一言於宣召之日乎. 疏奏. 有旨優答曰. 觀此格言. 益知才德之
高矣. 當留念焉. 己巳冬. 以宗親府典籤召. 辭. 庚午正月. 再召.
又辭. 朝廷虛位以待者逾年. 竟不至. 辛未夏. 特命本路. 宣賜米
菽若干斛. 以周其乏. 先生上疏陳謝. 因獻言君義云云. 上報曰.
省賢疏章. 可見憂國之誠. 雖在畎畝. 未嘗忘也. 是歲臘月. 先生
寢疾. 壬申正月. 本路以疾聞. 上遣中使問疾. 未至而先生易簀.
二月八日也. 是日. 大風暴雪. 天地昏暝. 山頹斗隕. 豈小變哉.
訃聞. 特命賜賻賜祭贈爵. 壬申四月六日. 葬于山齋後峯壬坐丙
向之原. 遵遺命也. 夫人南平曹氏. 忠順衛琇之女. 先五年卒. 葬
于金海. 生一男. 雋異. 先生奇愛之. 九歲而夭. 一女適萬戶金行.

生二女. 長適權知承文院副正字金宇顯. 次適士人郭再祐. 旁室子三人. 曰次石, 次磨, 次矴. 女幼. 嗚呼. 先生可謂間世之英豪矣. 雪月襟懷. 江湖性氣. 特立萬物之表. 俯視一世之上. 高識遠見. 出於天資. 臨機論事. 發人意表. 而憂時憤世. 忠激義形. 發於囊封奏對之間者. 槩可見也. 天性忼慨. 未嘗俯仰於人. 常與學士大夫. 語及時政闕失. 生靈困悴. 未嘗不扼腕哽咽. 或至流涕. 聞者爲之竦聽. 其拳拳斯世如此. 然而由道守義. 不肯自小以求用. 安貧固窮. 未嘗自屈以從俗. 故與世長辭. 巖穴終古. 使其未試於廊廟. 而經綸之業. 零落於烟霞. 嗚呼. 是孰使之然哉. 然其所得於性分之內. 而亘萬古而不磨者. 則初不以用捨而加損也. 先生才氣甚高. 豪邁絶人. 議論英發. 儀容峻厲. 英毅之氣. 達於面目. 每對其儀刑. 接其言論. 則放逸之心. 偸懦之氣. 自不敢萌于中矣. 至其造詣之高. 自得之妙. 則有非迂愚管見所能測度而臆說之者. 而姑卽其可見之實. 則獨處書室. 整齊瀟洒. 書册器用. 安頓有常. 終日端坐. 未嘗見其隳嚲傾倚之時. 夜分就寢. 亦未嘗昏睡. 嘗語學者曰. 夜中工夫儘多. 切不可多睡. 又云. 恒居不宜與妻孥混處. 雖有資質之美. 因循汩溺. 終不做人矣. 其厲志自立. 多此類也. 其爲學也. 略去枝葉. 要以得之於心爲貴. 致用踐實爲急. 而不喜爲講論辨析之言. 蓋以爲徒事空言. 而無益於躬行也. 其讀書. 不曾章解句釋. 或十行俱下. 到切己處. 便領略過. 其用功之篤也. 常佩金鈴. 以自警省. 號曰惺惺子. 蓋喚醒之工也. 嘗以淨盞貯淸水. 兩手捧之終夜. 蓋持志之事也. 又有短屏. 畫先聖先師遺像. 常置几案上. 每對之肅然. 如侍坐而後先

焉. 嘗模畫神明舍爲圖. 以寓目存警. 其銘曰. 太一眞君. 明堂布
政. 內冢宰主. 外百揆省. 承樞出納. 忠信脩辭. 發四字符. 建百
勿旂. 九竅之邪. 三要始發. 動微勇克. 進敎廝殺. 丹墀復命. 堯
舜日月. 三開閉塞. 淸野無邊. 還歸一. 尸而淵. 其革帶銘曰. 舌
者泄. 革者結. 縛生龍. 藏漠冲. 其劍銘曰. 內明者敬. 外斷者義.
其反己內修. 篤信自力類如此. 其在金海. 有書室曰山海亭. 枕山
臨海. 幽邃而宏豁. 名其房曰繼明. 左右圖書. 靜坐潛養. 蓋三十
餘年. 嘉樹精舍. 名曰鷄伏堂. 取涵養如鷄抱卵之語. 名書室曰雷
龍舍. 取尸居龍見淵嘿雷聲之語. 山居精舍. 亦揭名雷龍. 書其旁
曰. 雷則晦冥. 龍則淵海. 使龍眼畫雷龍狀一幅. 垂之座隅. 最後.
作書室曰山天齋. 取易大畜之義. 齋有板窓. 左書敬字. 右書義
字. 其敬字邊旁. 細書古人論敬要語. 常目擊而心念之. 至於疾革
之日. 猶誦其語不絶口. 寢疾逾月. 精爽不亂. 其與學者語. 猶以
行己大方. 出處大節. 諄諄不倦. 疾甚則命旋席東首. 揮婦人勿
近. 戒內外安靜. 笑謂門人曰. 死生常理耳. 又曰. 天祐之死. 鳴
琴鼓缶. 羅列歌舞而化. 此豈人情耶. 渠不學故如是. 某却不要如
此. 天祐者. 三足堂金先生大有也. 嗚呼. 觀其死生之際. 確然不
亂如是. 則可見其平生問學之工. 定力之固. 有大過人者. 卓乎其
不可及已. 其敎學者. 則有云. 遨遊於通都大市之中. 金銀珍玩.
靡所不設. 終日上下街衢而談其價. 終非自家家裏物. 只是說他
家事爾. 却不如用吾一匹布. 買取一尾魚來也. 今之學者. 高談性
理. 而無得於己. 何以異此. 又言濂洛以後. 著述輯解. 階梯路脈.
昭如日星. 新學小生. 開卷洞見. 至其得力之淺深. 則只在求之誠

不誠如何耳. 又言吾於學者. 只得警其昏睡而已. 旣開眼了. 自能
見天地日月矣. 以故. 未嘗爲學徒談經說書. 只令反求而自得之.
然其精神風力. 有竦動人處. 故從學者多所啓發. 却非區區講說
所能及也. 頗喜看參同契. 以爲極有好處. 有補於爲學. 又嘗言釋
氏上達處. 與吾儒一般. 至於陰陽地理醫藥道流之言. 無不涉其
梗槩. 以及弓馬行陣之法. 關防鎭戍之處. 靡不留意究知. 蓋其才
高志疆. 而無所不學也. 平生酷好山水. 凡泉石佳處. 遊歷靡遺.
尤愛頭流山水之壯麗. 至於十往來不厭. 嘗與李黃江諸公. 遊頭
流. 有錄行于世. 未嘗著書. 只有讀書時箚記要語. 名曰學記. 嗚
呼. 此特講學之規模. 做功之次第. 議論之緒餘耳. 其用功. 則親
切著明. 要自確實頭做來. 故其炯炯之心. 烈烈之氣. 卓立頹波.
照映方來. 而廉頑立懦於百世之下矣. 章句小儒. 寄命乎耳目. 出
入於四寸. 而猶欲以學術議先生. 至其臨小利害僅如毫髮. 而章
皇失措. 進退無門. 求其屹然獨立. 毅然不拔如先生者. 百未見一
人焉. 則於先生. 又胡可以輕議焉哉. 小子蠡測. 本不足以窺滄海
之淺深. 徒以從游之久. 其於行事之跡. 睭之最熟. 粗述所見. 庶
幾備立言君子採摭之萬一云爾. 隆慶六年閏二月日. 門人從仕郎
權知承文院副正字金宇顒. 謹狀.

남명 그 위대한 일생

남명조선생행장南冥曹先生行狀[1]

정인홍鄭仁弘[2] 지음.

선생의 성은 조씨曺氏, 휘諱는 식植, 자는 건중楗仲, 세계世系
는 창녕昌寧에서 나왔다. 고려高麗 태조太祖의 덕궁공주德宮公主[3]
가 하가下嫁하여 아들 서瑞를 낳았는데, 형부원외랑刑部員外郞을
지냈다. 선생의 시조가 된다.

고조 휘 은殷은 중랑장中郞將을 지냈고, 고조비高祖妣 곽씨郭
氏는 현감 곽흥인郭興仁의 따님이다. 증조 휘 안습安謵은 성균생
원成均生員이고, 증조비曾祖妣 문씨는 학유學諭[4] 문가용文可容[5]의

---

1) 제목 밑에 "융경隆慶 6(1572)년 임신壬申 윤2월 일"이라는 주가 있다.
2) 정인홍鄭仁弘(1536~1623) : 조선 중기 문신. 자는 덕원德遠, 호는 내암來庵,
   본관은 서산瑞山, 합천陜川에서 살았다. 임진왜란 때 의병장으로 활약하
   여 많은 공을 세웠다. 추천으로 관직에 나가 영의정領議政에 이르렀다.
   남명의 대표적인 제자로 대북정권大北政權의 정신적인 중심인물이었다.
   인조반정仁祖反正 후 서인西人들에 의하여 처형되었다. 문집 『내암집來庵
   集』이 있다.
3) 덕궁공주德宮公主 : 『고려사高麗史』 『고려사절요高麗史節要』 등의 문헌에는
   보이지 않는다.

따님이다. 조부 휘 영永은 벼슬하지 않았고, 조모 조씨趙氏는 감찰監察을 지낸 조찬趙瓚[6]의 따님이다. 부친 휘 언형彦亨은 통훈대부通訓大夫 승문원承文院 판교判校를 지냈는데, 충순위忠順衛 이국李菊[7]의 따님에게 장가들어 홍치弘治 신유辛酉(1501)년 6월 임인壬寅[8]에 가수현嘉樹縣(三嘉縣) 토동兎洞[9]에서 선생을 낳았다.

관례冠禮를 하기도 전에 공명功名과 문장으로 스스로 기약하여, 당시 세상을 압도하고 천고千古의 옛날 사람들을 능가할 뜻이 있었다.

책을 읽음에 있어 『좌전左傳』과 유종원柳宗元[10]의 글을 좋아했다, 글을 지음에 있어서는 기이하고 고상한 것을 좋아하여, 당시 세상에 유행하는 문체文體로 짓는 것을 탐탁하게 여기지 않았다. 여러 차례 향시鄕試[11]에 합격하여 선비들 사이에서 이름을

---

4) 학유學諭 : 성균관의 종9품직.
5) 문가용文可容 : 조선 전기의 문신. 본관은 남평南平으로, 삼우당三憂堂 문익점文益漸의 막내 동생인 문익하文益夏의 아들이고, 술사 문가학文可學의 형님이다. 1402년 진사에 급제하였고, 그 뒤 문과文科에 급제하여 성균관成均館 학유學諭를 지냈다.
6) 조찬趙瓚 : 본관은 임천林川, 1453년 문과에 급제하여 사헌부司憲府 감찰을 지냈다. 연산군燕山君 때 창원부사昌原府使를 지낸 지족당知足堂 조지서趙之瑞는 그의 아들이다.
7) 이국李菊(1451~1519) : 조선 중기의 선비. 자는 이향而香, 호는 지재止齋, 본관은 인천仁川. 삼가현三嘉縣 토동兎洞에서 살았다.
8) 임인壬寅 : 음력 6월 26일에 해당된다.
9) 토동兎洞 : 오늘날 합천군陜川郡 삼가면三嘉面 외토리外土里이다.
10) 유종원柳宗元 : 당唐나라 중기의 유명한 문장가. 자는 자후子厚. 당송팔대가唐宋八大家의 한 사람이다, 벼슬은 유주자사柳州刺史를 지냈다. 문집『유하동집柳河東集』이 있다.

남명 그 위대한 일생

떨쳤다.

가정嘉靖 병술丙戌(1526)년에 부친상을 당했는데, 무덤 곁에 움막을 짓고 삼년상三年喪을 마쳤다.

선생은 집안이 대대로 청빈했다. 김해金海로 장가들었는데, 처가가 자못 부유했으므로 어머님을 모시고 가서 봉양했다.

을사(1545)년에 모친상을 당했는데, 시신을 담은 관을 모시고 삼가현三嘉縣으로 돌아와 부친의 산소 동쪽 능선에 안장하였다. 무덤 곁에 움막을 짓고 거기서 살면서 상주노릇하기를 부친상 때와 같이 했는데, 몸에서 상복을 벗지 않았고, 발은 움막 밖으로 나가지 않았다.

상복을 벗자 본래 하던 일로 돌아왔다. 옛날 살던 집 가까이에 집 한 채를 지어 계부당鷄伏堂이라고 이름했다. 앞으로 흐르는 물을 굽어보는 곳에 띠집을 지어 뇌룡사雷龍舍라고 하고 그림 잘 그리는 사람을 시켜서 우레와 용의 모양을 본떠서 벽에 붙여 두었다.

만년에 두류산頭流山 아래에 자리 잡았는데, 그 집을 다시 뇌룡사雷龍舍라고 이름하였다. 따로 정사精舍를 하나 지어 산천재山天齋라고 편액을 내걸고, 거기서 노년을 보냈다.

선생은 호걸스럽고 고상하여 보통 사람들보다 뛰어났다. 밝은 높은 식견은 천성天性에서 나왔다.

중종中宗 정유丁酉(1537)년 선생의 연세 37세 때였다. 그 당시

---

11) 향시鄕試 : 문과나 무과, 생원시, 진사시의 1차 시험. 각도에서 주관하였다.

국가는 겉으로 보기엔 얼마 동안 환난이 없어 보였지만, 선생 혼
자 걱정스럽게 잘못되어가는 기미幾微를 보셨다. 이에 어머님에
게 요청하여 과거 공부를 포기하고 산림山林에 숨기로 마음 먹었
다. 의령宜寧의 명경대明鏡臺12)를 사랑하여 오가며 깃들어13) 지
냈다.

얼마의 세월이 지나 김해金海의 탄동炭洞14)에 산해정山海亭을
짓고, 강학講學하면서 덕을 쌓았는데, 이름이나 이익 등 외부적
인 것을 원하지 않은 지 여러 해가 되었다.

중종 때 비로소 헌릉獻陵15) 참봉參奉 벼슬에 임명되었으나 나
아가지 않았다.

명종明宗 때 전생서典牲署16) 주부主簿, 종부시宗簿寺17) 주부에
임명했고, 또 단성현감丹城縣監에 제수했으나 다 나아가지 않았
다. 상소를 했으나 임금님의 답이 없었다.

그 뒤 또 조지서造紙署18) 사지司紙에 임명했으나, 나아가지

---

12) 명경대明鏡臺 : 의령군 자굴산闍崛山 정상의 남쪽 부근에 있는 바위 대 이
름. 명경대는 본래 불교 용어로 지옥 입구에 있는 거울인데, 어떤 사람
이 살아 있는 동안 했던 모든 행실이 다 나타난다고 한다.

13) 깃들어 : 『남명집南冥集』에 실린 행장에는 '서棲'자가 『내암집來庵集』에는
잘못 '접接'자로 되어 있다.

14) 탄동炭洞 : 지금의 김해시金海市 대동면 주동리.

15) 헌릉獻陵 : 조선 제3대 태종太宗의 능. 서울 남쪽 세곡동世谷洞에 있다.

16) 전생서典牲署 : 조선시대 국가에서 지내는 제사에 필요한 희생을 기르는
곳. 주부는 종6품직의 실무책임자이다.

17) 종부시宗簿寺 : 조선시대 왕실의 족보를 관장하고, 종친간의 친목을 도모
하고 비위를 규찰하는 일을 관장하는 관아.

18) 조지서造紙署 : 조선시대 종이 만드는 것을 관장하던 관아. 사지司紙는 종

않았다.

병인丙寅(1566)년에 유일遺逸로 불렀으나 사양하였다. 다시 상서원尙瑞院 판관判官으로 불렀다. 이에 벼슬에 임명해 준 것에 대해서 임금님에게 절하며 사은謝恩하고 사정전思政殿에서 임금님을 만나뵈었다. 임금님이 치란治亂의 도리와 학문하는 방법에 대해서 묻자, 선생은 이렇게 대답했다.

고금의 치란에 관한 것은 책에 실려 있으니, 신臣의 말을 필요로 하지 않습니다. 가만히 생각해 보건대, 임금과 신하 사이에는 정감情感과 의리가 서로 미더워져야 하고 툭 트여 간격이 없어야 합니다. 이것이 정치를 하는 방법입니다. 옛날의 제왕들은 신하들을 만나면 마치 친구처럼 그와 더불어 다스리는 도리를 강구하였습니다. 이제 비록 그렇게 할 수는 없다 할지라도 반드시 정감과 의리가 서로 미더워진 그런 뒤에라야 될 수 있습니다.

또 이렇게 말씀하셨다.

백성들이 흩어진 것이 마치 물이 흘러가버린 것 같습니다. 이것을 구제하려면 마땅히 불난 집에 불 꺼 듯이 해야 할 것입니다. 임금의 학문은 정치를 하는 생각을 내 놓는 뿌리입니다. 반드시 스스로 터득하는 것을 필요로 하지 한갓 다른 사람의 말만 들어서는 아무런 유익할 것이 없습니다.

6품직이다.

임금님이 또 삼고초려三顧草廬의 일에 대해서 묻자, 선생은
이렇게 대답했다.

반드시 영웅을 얻은 그런 뒤에 어떤 일을 할 수 있는 것입니
다. 그래서 소렬황제昭烈皇帝(劉備)가 제갈량諸葛亮을 세 번 찾아
가는 데까지 이르렀습니다. 제갈량이 한 번 찾아갔을 때 나오지
않은 것을 어떤 사람들은 당시의 사정이 그랬던 것이라고 하기
도 합니다. 그러나 소렬황제와 더불어 수십 년 동안 일했으면서
도 결국 한漢나라 왕실을 회복하지 못했으니, 신으로서는 알 수
없는 일입니다.

드디어 벼슬을 버리고 원래 살던 산으로 돌아와 버렸다.

융경隆慶 정묘丁卯(1567)년에 지금 임금님[宣祖]께서 임금 자리
를 이으셨다. 교서教書를 내려 선생을 불렀으나, 사양하였다. 사
양할 때의 상소문에서 이렇게 말했다.

신은 매우 늙었고 병이 깊어 전하의 명령을 쫓아 감히 나아
갈 수가 없습니다. 재상宰相의 직분으로는 사람을 쓰는 것보다
더 중요한 것이 없습니다. 오늘날은 어떤 사람이 착한지 악한지
를 따지지 않고, 간사한지 정직한지를 구분하지도 않습니다.

대개 그 당시 임금님의 측근에 있던 신하[19]가 경연經筵에서

---

19) 측근에 있던 신하 : 『선조실록宣祖實錄』을 살펴보면, 선조 즉위(1567)년 11
월 17일에, 고봉高峯 기대승奇大升이 선조임금에게 "조식曹植은 기질이 꼿
꼿하여 천길 절벽이 우뚝 서 있는 것 같다고 했으니, 모진 사람을 청렴
하게 하고 나약한 자를 일으켜 세울 만합니다. 그러나 학문은 법도를 따

남명 그 위대한 일생

임금님에게, "조식曹植이 배운 바는 유학자와는 다릅니다"라고 아뢰었으므로, 선생이 이런 말이 있게 되었다.

임금님께서 교지教旨를 계속해서 내려 선생을 반드시 벼슬에 불러내려고 했으나, 선생은 다시 사양하면서 "'구급救急'이란 두 글자를 바쳐서 몸을 바치는 것을 대신하겠습니다"라고 하고는, 그 당시의 폐단 십수 가지를 죽 열거하여 이렇게 말하였다.

온갖 병이 급한데도 하늘의 뜻이나 사람의 일을 능히 헤아리지 못하는 바가 있습니다. 이런 것을 버려두고서 구제하지 않으면서 헛된 이름만 일삼으니, 이는 말만 잘하는 것을 인정하는 꼴입니다. 그리고 시골의 버려진 물건 같은 신을 불러내어 어진 이를 구했다는 아름다운 이름 얻는 데 도움을 얻으려고 하시는데, 이름 가지고는 실제의 상황을 구제할 수가 없습니다. 마치 그림의 떡으로 굶주림을 구제할 수 없는 것과 같습니다. 청컨대, 일의 완급緩急과 허실虛實을 더욱 잘 살피시기 바랍니다.

그 때 임금님께서는 유학儒學에 대해서 물으셨는데, 여러 어진이들이 조정에 가득하면서 성리학性理學에 관한 것만 논하여 조정의 기강이 떨치지 못하고 나라의 근본이 날로 무너져갔다. 선생은 깊이 생각했으므로 이런 데 대해서 언급한 것이다.

무진戊辰(1568)년에 또 교지教旨를 내려 재촉해서 불렀으므로, 선생은 사양하면서 봉사封事를 올려 말했더니, 임금님께서 "이 바른 말을 보니, 재주와 덕이 높다는 것을 더욱 알겠노라"라는

르지 않는 병통이 있습니다."라고 한 적이 있었다.

비답批答을 내렸다.

임명한 관직을 바꾸어 종친부宗親府 전첨典籤을 임명했으나, 병으로 사양하고 나아가지 않았다. 조정에서는 자리를 비워놓고 기다린 것이 1년을 넘었다.

신미辛未(1571)년에 크게 흉년이 들었는데, 임금님께서 곡식을 내렸다. 그래서 선생께서 감사하는 글을 올리고 다시 상소했던 내용을 거듭 아뢰었는데, 더욱 간절하였다.

이해 12월에 병이 났는데, 침과 약이 오래도록 효험이 없었다. 임금님께서 환관을 보내어 문병을 하셨는데, 그 환관이 이르기 전에 선생께서 일생을 마치셨다. 임신壬申(1572)년 음력 2월 8일이었고, 향년 72세였다.

선비들이 서로 조문하면서 우리 유학을 위해 크게 슬퍼하였는데, 문하생만 그런 것이 아니었다.

선생은 타고난 자질이 이미 보통 사람과 달랐다. 자신을 극복하여 다스려 오랫동안 힘쓴 결과 의리가 바탕이 되었고, 믿음이 그로 인하여 성취되었다. 역량은 만 길 산악이 우뚝 솟은 것 같고, 고상한 풍채는 해와 달과 그 빛을 다투었다.

세상 사람들이 좋아하는 부귀영화 같은 여러 가지를 하찮은 풀이나 티끌처럼 보았는데, 이런 것을 가지고 다른 사람에게 바라지도 않았다. 인仁과 의義를 가지고 살아가며 '내 어찌 부족해 하겠는가?'라고 생각하였고, 자신을 가벼이 하여 쓰이기를 구하지 않았다.

반듯하고 엄격하고 맑고 높으나, 온화하고 수월하고 간절하고 동정하는 마음으로 보완하지 않은 적이 없었다. 속세와 멀리 떨어져 고상하게 살면서도, 사물을 사랑하고 세상을 걱정하는 생각을 하루도 잊은 적이 없었다.

어버이를 섬김에 있어서는 새벽이면 반드시 문안드리고 저녁이면 반드시 잠자리를 깔아드렸는데, 끝까지 혹시라도 그만둔 적이 없었다. 어버이는 늙고 집은 가난하였지만, 콩 같은 간단한 음식과 맹물로도 오히려 어버이를 기쁘게 해드렸을 뿐이지, 녹禄을 받기 위해서 벼슬하러 나가지 않았다.

어버이의 상례喪禮를 치루면서 예법을 따라 어기지 않았다. 형제간에 우애 있고 화목하게 지냈는데, 집에서 간직하고 있던 것은 모두 형제들에게 주어 살아가도록 하고, 자신은 터럭만큼도 차지하지 않았다. 아우 환桓과는 같은 담장 안에서 함께 살면서 출입할 때 같은 대문을 썼다. 늙어서도 자신에게 대를 이을 적자嫡子가 없자, 조상의 제사를 받드는 중요한 책임을 환桓에게 맡겼다.

사물을 접함에 있어서 비록 비루한 사람이나 시골 사람이라도 반드시 온화한 얼굴과 말씨로 대하여, 그 사람이 그 심정을 다 할 수 있도록 했다. 착한 일을 하면 반드시 얼굴을 마주하여 칭찬하고 잘못이 있으면 바로 선도해 주었다. 서로 아는 사람일 경우에는 그 문제점을 감추지 않았고, 문제점을 계기로 침과 약 같은 충고를 하여 그 사람으로 하여금 스스로 다스리게 하였다. 비록 관계가 먼 사람이라도 그 장점을 매몰시키지 않았고, 비록 친하고 사랑하는 사람일지라도 그 단점을 감싸지 않았다.

제2부 남명조선생행장

사람을 볼 때, 사람을 알아보는 감식력과 사람의 비중을 파악하는 쌓인 공력이 있었는데, 다른 사람들이 쉽게 헤아릴 수 있는 것이 아니었다.

선생이 세상을 잊지 않았으니, 백성들의 곤궁함을 생각하여 마치 아픔이 자신에게 있는 듯이 했다. 가슴에 많은 사실을 간직하고서 말을 하게 되면 간혹 목이 메었다가 이어서 눈물을 흘리기까지 했다. 벼슬을 맡고 있는 사람과 이야기하게 되면, 조금이라도 백성들을 이롭게 할 수 있는 것은 힘을 다해서 일러주어 혹시라도 시행되기를 바랐다.

벼슬로 여러 번 불렀으나 일어나지 않았다. 자신이 옳게 여겨지지 않아도 답답해하지 않았다. 사람들 가운데는 선생을 '고상한 체 뻣뻣하여[20] 벼슬하지 않는 사람'이라고 여기기도 했지만, 자기 한 몸만 깨끗이 하여 세상을 떠나 멀리 가서 사는 선비가 아니라는 것은 몰랐다. 일찍이 조정의 명령에 따라 달려나가서 아뢰는 말이 정성스럽고 간절하였고, 두 번 상소를 하여 순수한 정성을 열어 밝혔으니, 군신간의 의리를 애초에 버리려고 하지 않았다.

『주역周易』고괘蠱卦[21]의 상구효上九爻[22]의 효사爻辭에 대한 『역전易傳』[23]에서,

---

20) 뻣뻣하여 : 기유본『남명집』에는 '抗'자로 되어 있고, 갑신본『남명집』에는 '亢'자로 되어 있다.『내암집來庵集』에는 잘못 '元'자로 되어 있다.
21) 고괘蠱卦 :『주역周易』육십사괘 가운데 18번째 괘. 위는 바람이고 아래는 산이 결합되어 이루어진 것이다.
22) 상구효上九爻 :『주역』각 괘卦의 맨 위 놓인 양효陽爻.

남명 그 위대한 일생

선비가 고상하게 하는 것도 한 가지 방법만 있는 것이 아니다. 도덕을 끌어안고 시대를 만나지 못하여 고결하게 스스로 지조를 지키는 사람도 있고, 만족함에 그치는 도를 알아 물러나 자신을 보전하는 사람도 있고, 능력과 분수를 알아서 알려지기를 구하지 않는 데서 편안히 지내는 사람도 있고, 맑은 지조를 스스로 지켜 천하의 일을 탐탁하게 여기지 않고 자기 한 몸만 깨끗하게 하는 사람도 있다.

라고 말했다. 어떤 사람은 "이 몇 가지 가운데서 선생이 한 가지에 해당 된다"라고 했다.

지금의 선비들의 습관은 거짓스러워 폐단이 있고, 이익을 얻으려는 욕심이 앞서서 의리를 잃고, 겉으로는 도덕을 가장했지만, 마음속으로는 실제적인 이익을 생각하고 있고, 시세에 따라 이름을 취하는 자들이 온 세상과 함께 휩쓸리는 것을 선생은 문제점으로 삼았다. 마음을 파괴시키고 세상의 도리를 잘못 인도하는 것이 어찌 단지 홍수와 이단 뿐이겠는가?

선생께서 자신을 행하고 일을 해 나가는 데 있어, 전혀 학자가 하는 것 같지 않은 경우가 가끔 있었는데, 속학俗學들은 그것을 꼬투리 잡아 선생을 헐뜯었다. 이는 명분만 취하고 실질을 말살시키는 사람들의 잘못이다. 그 가운데는 진실로 공부하는 것인데도, 가짜라는 이름을 뒤집어쓴 경우가 있었으니, 마음 아

---

23) 『역전易傳』: 송나라 학자 정이程頤가 지은 주역의 주석서. 이학理學의 관점에서 『주역』을 풀이하였는데, 송대의 대표적인 『주역』 주석서다. 『이천역전伊川易傳』이라고도 하는데, 오경대전본五經大全本 『주역周易』에 주석으로 편입되어 있다.

파할 일이었다. 그러나 선생은 단지 공부하는 것이 진실하지 못할까를 걱정했을 뿐이었지, 이런 것을 어찌 걱정했겠는가?

처음 공부하는 사람이 고상하게 성명性命의 이치를 이야기하는 것을 듣게 될 때마다 꾸짖어 금지시키며,

> 공부하는 것은 애초에 어버이를 섬기고 형을 공경하는 것에서 벗어난 적이 없다. 처음 공부하는 선비 가운데, 간혹 그 부모 형제에게 잘 하지 못하면서, 천도天道의 오묘함을 탐구하려고 하니 이 무슨 학문이며, 무슨 습관인가?"

라고 했다.

이기李芑[24]가 일찍이 영남嶺南에 사명使命을 받들어 나왔다. 이기는 『중용中庸』 읽기를 좋아하는 것으로써 그 당시에 추앙을 받았다. 선생에게 편지를 보내어 의리가 의심스러운 곳을 논의하여 왔다. 선생은,

> 정승님께서는 저가 과거를 포기하고 산림山林에 들어와 있으니, 혹 학문이 쌓여 식견이 있는 것으로만 생각하시지, 속인 것이 이미 많다는 것은 알지 못하시는군요. 이 몸은 병이 많아 한가하고 고요한 곳에 깃들어 단지 여생을 유지하려고 합니다. 의리에 관한 학문은 저가 강론할 바가 아닙니다.

---

24) 이기李芑(1476~1552) : 조선 중기의 문신. 본관은 덕수德水. 벼슬은 영의정에 이르렀다. 윤원형尹元衡의 앞잡이가 되어 을사사화乙巳士禍를 일으켜 많은 선비들을 죽였다.

남명 그 위대한 일생

라고 공손하게 사양하고 만나지 않고 피하였으니, 실로 깊은 뜻
이 있었다. 이기는 나중에 을사사화乙巳士禍를 일으킨 흉악한 무
리의 우두머리가 되었다.

선생은 출처出處25)를 심각하게 여겨 군자의 큰 절조節操로 보
았다. 고금의 인물을 널리 논할 때는 반드시 먼저 그들의 출처를
본 그런 뒤에 일을 행한 잘 잘못을 논하였다. 일찍이 말씀하시기
를,

근세에 군자로 자처하는 사람이 많지 않은 것이 아닌데, 출
처가 의리에 맞는 사람은 내가 들은 바가 없도다. 요즈음 오직
경호景浩26)만이 옛 사람에 가깝다.

라고 했다. 사람들을 다 논하려고 했으나, 결국 다하지27) 못한
바가 있었다.

병인丙寅(1566)년에 임금님의 은혜로운 명령에 대해서 절하고
감사하러 갔을 때, 이일재李一齋28)도 사축司畜29)으로 부름을 받

---

25) 출처出處 : 벼슬에 나아가는 것과 물러나는 것의 의리.

26) 경호景浩(1501~1570) : 퇴계退溪 이황李滉의 자. 조선 중기의 대학자. 호는
   퇴계, 도산노인陶山老人, 본관은 진성眞城. 벼슬은 판중추부사判中樞府事에
   이르렀다. 중년 이후에 벼슬에서 물러나 도산서당陶山書堂 등지에서 학
   문을 연구하고 제자들을 가르쳤다. 저서로는 『퇴계집退溪集』『이학통록
   理學通錄』등이 있다.

27) 다하지 : 『남명집南冥集』에 실린 「남명행장」의 '진盡'자가 『내암집來庵集』
   에는 '위爲'자로 되어 있다.

28) 이일재李一齋(1499~1576) : 조선 중기의 학자 이항李恒. 일재는 호. 자는 항
   지恒之, 본관은 성주星州. 유일遺逸로 추천되어 장악원정掌樂院正을 지냈다.

아 서울에 와 있었다. 어느 날 만나보니, 그가 머무는 곳에 선비들이 성대하게 모여들어 있었고, 일재는 스승의 신분으로 자처하며 후배들과 의리를 강론하고 있었다. 선생이 술잔을 주고받는 것을 이용해 문득 그에게 장난을 걸어,

> 자네와 나는 모두 도둑놈일세. 이름을 도둑질하고 관작을 나꾸어챘는데, 감히 다른 사람을 향해서 학문을 논하다니? 어째서 자내는 소뿔[30]을 굽히지 않는가? 그다지 경건하고 신중하지 못하네.

라고 했다. 선비들 가운데 괴이하게 여겨 말하는 사람이 많았다. 선생은 일재一齋를 두고 "세상의 습속에 함께 휩쓸려 점잖게 자신을 어진이로 생각하지만, 나는 인정할 수 없다"라고 했다.

일찍이 부윤府尹을 지낸 이정李楨[31]과 우정이 좋았으나, 오랜 시일이 지나자 지향하는 바가 아주 달라 서로 뜻이 맞지 않았고, 나중에 어떤 일로 인하여 관계를 끊었다.

문집 『일재집一齋集』이 있다.
29) 사축司畜 : 조선시대 사축서司畜署에 속하는 종6품 잡직.
30) 소뿔 : 일재一齋가 학자로 자부하며 잘난 채하므로, 남명이 그의 '머리'를 장난삼아 이른 말인 듯하다.
31) 이정李楨(1512~1571) : 조선 중기의 문신. 자는 강이剛而, 호는 구암龜巖, 본관은 사천泗川, 사천에 살았다. 경주부윤慶州府尹, 부제학副提學 등직을 지냈다. 퇴계退溪 이황李滉의 제자로 퇴계의 저서를 많이 간행하였다. 남명南冥과 지리산智異山 유람을 같이할 정도로 사이가 친밀했으나, 나중에 사이가 나빠져 절교하였다. 저서로는 『구암집龜巖集』과 『성리유편性理遺編』 등이 있다.

남명 그 위대한 일생

선생은 구차하게 남을 따르지도 않았고, 말을 해야 할 때 구차하게 묵묵하게 있지도 않았다. 선생을 아는 사람들은 비록 좋아했지만, 알지 못하는 사람들은 무척 미워했다.

숨는 것과 세상에 나가는 것을 반드시 때를 보고 하려고 했다. 자신을 지켜 다른 사람을 따르려고 하지 않았다. 바위 틈에서 문을 단단히 닫고 지내며, 죽어도 후회하지 않을 마음가짐이었다. 선생을 일러 '천 길을 날아오르는 봉황'이라고 할 수 있겠다.

세상의 군자들이 세상에 나가서 시대에 맞게 쓰이어 좋은 일을 지으려고 하다가, 일이 실패하고 자기 몸도 죽임을 당하고 사림士林에 화를 끼쳤다. 사람들이 기미幾微를 보는 것이 밝지 못하고 때를 살피는 것이 확실하지 않아 원풍元豐 시대의 대신[32]들과 같이 되는 사실을 선생은 안타까워했다. 나라의 큰 일을 맡은 사람들이 기미를 모르고 때를 살피지 않고 마음으로 화합하지 않은 채, 강하고 날카롭게 자신이 맡아 아무렇게나 일을 하여 간혹 서로 당기고 밀고하여 승부를 겨룬다면, 처음부터 정성스런 마음으로 나라 일을 도모하는 것이 아니고 단지 사사로운 마음을 따를 따름이다.

어떤 사람이, "선생으로 하여금 세상에서 일을 행할 수 있게

---

32) 원풍元豐 시대의 대신 : 원풍은 宋송나라 신종神宗의 연호. 원풍 시대의 대신은 사마광司馬光, 여공저呂公著 등을 말한다. 신종이 승하하자, 정호程顥가 "군실君實(사마광의 자)은 충직하나 같이 더불어 일을 의논하기가 어렵고, 회숙晦叔(여공저의 자)는 일을 이해하나 능력이 부족하다"라고 평했는데, 그 뒤 과연 왕안석王安石 일파에게 다 밀려났다.

한다면, 큰 일을 해낼 수 있겠습니까?"라고 묻자, 선생은 "나는 덕德이 있거나 재주가 있으면서도 우두머리가 되지 않은 사람은 아니니, 어찌 일을 담당할 수 있겠는가? 다만 옛날 정승을 존경하고 후배들을 장려하고 얼마간의 어진 인재를 추천하거나 발탁하여 각자 그 능력을 발휘하도록 하고, 나는 앉아서 그들이 공을 이루는 것을 보겠다. 그런 정도는 내가 아마 할 수 있을 것이다"라고 대답했다.

어떤 사람이 "지금의 과거제도는 결코 폐지할 수 없습니다"라고 말하자, 선생은 "옛날에는 선비를 선발하는 방법이 있었는데, 어깨를 나란히 하여 나온 선비들은 모두가 어진 인재였다. 비유하자면 수풀을 기르면 마룻대 기둥 대들보 서까래 등의 재목은 갖추어지지 않은 것이 없게 되니, 그루마다 베어서 큰 집을 짓는 것과 같다. 재목을 기르는 데 방법이 있으니, 취하는 데 있어 버리는 재목이 없다면, 재목의 쓰임이 풍족하지 않을 수 없을 것이다.

일찍이 말씀하시기를,

제갈공명諸葛孔明이, 소열황제昭烈皇帝가 삼고초려三顧草廬한 것 때문에 세상에 나왔지만, 나와서 어떤 일을 할 수 없는 시대에 어떤 일을 하려고 했다. 그러니 그를 작은 데다 썼다는 유감이 없을 수가 없다. 만약 끝내 소열황제를 위해서 일어나지 않고 차라리 융중隆中[33]에서 늙어 죽었다면, 후세에 제갈공명이

---

33) 융중隆中 : 지금의 호북성湖北省 양번襄樊 서쪽. 촉한의 제갈량諸葛亮이 은거하던 곳.

남명 그 위대한 일생

한 일이 있은 줄을 알지도 못했겠지만, 안 될 것은 없다.

라고 했다.

옛날 사람들을 논하면서 이전 사람의 말에 구애되지 않고, 한 가닥 새로운 의의를 다시 캐는 것이 때때로 이러했다.

학문을 하는 것은 이러했다. 선생은 26세 때 친구들과 함께 산 속의 절에서 학업을 익혔다. 『성리대전性理大全』을 읽다가,

> 이윤伊尹이 뜻 둔 바에 뜻을 두고, 안연顔淵(顔回)이 배운 바를 배우겠다. 벼슬에 나가서는 하는 일이 있고, 물러나서는 지키는 바가 있어야 한다. 대장부는 마땅히 이러해야 한다. 벼슬에 나가서는 하는 바가 없고, 물러나서는 지키는 바가 없다면, 뜻 둔 바와 배운 바를 가지고 장차 무엇을 하겠는가?

라는 노재魯齋 허형許衡의 말에 이르러서는, 옛날에 했던 자신의 학문이 옳지 않다는 것을 느껴 마음 속으로 부끄러워 등에 땀이 났고 정신이 멍하여 어찌할 바를 몰랐다. 밤새도록 잠자리에 눕지 않고 있다가 동이 트려하자 친구들에게 읍揖을 하고 집으로 돌아왔다.

이로부터 성현의 학문에 뜻을 확실히 두고서 용맹하게 앞으로 나갔고, 다시는 속된 학문에 뜻이 꺾이지 않았다. 얽매이지 않고 날아오르려는 기질이 하루 아침에 변했다. 움직이거나 가만히 있거나 말하거나 묵묵히 있을 때 다시는 옛날의 모습이 아니었지만, 스스로는 아직 옛날 것이 다 사라지지 않았다고 여

졌다.

글을 읽을 때는 일찍이 단락이나 구절로 해석한 적이 없었고 간혹 한꺼번에 열 줄씩 읽어 내려갔다. 자신에게 절실한 데 이르러서는 그 내용을 파악해 나갔다.

공부를 함에 있어서는 화和, 항恒, 직直, 방方34)을 네 글자의 부절로 삼았고, 격물치지格物致知로써 제일의 공부로 삼았다. 경敬으로써 마음과 호흡을 서로 돌아보았고, 거의 기미幾微로써 하나를 삼가서 홀로 있을 때를 삼가는 법을 움직이는 기미를 살펴 알았다.

「금인명金人銘」35)을 짓고 '태兌'36)자를 써 넣었으니, 말을 조심하는 경계로 삼았는데, 모두 표제標題로 삼아서 생각이 거기에 있었다.

늘 쇠 방울을 차고 다녔는데, 성성자惺惺子라고 이름하였으니, 마음을 불러 깨우치는 공부였다.

선성先聖 공자와 선현先賢37)들의 초상을 그려 때때로 책상 위

---

34) 화和, 항恒, 직直, 방方 : 「신명사명神明舍銘」의 주석에 의하면, '화和'는 바깥 사물과 접하여 절도에 맞는 것, '항恒'은 항구적인 것, '직直'은 혼자 있을 때를 삼가는 것, 방方은 내 마음의 법도로 남을 헤아리는 것이다.

35) 「금인명金人銘」 : 남명南冥이 말을 삼가려는 뜻에서 지은 명이다. 금인金人은 주周나라의 시조 후직后稷의 사당 오른 쪽 계단에 두었던 쇠로 만든 사람이다. 공자孔子가 주나라의 태묘太廟에 가서 이 금인을 보았는데, 입은 세 번 봉해져 있었고, 그 등에 "옛날 말을 삼가던 사람이다."라고 새겨져 있었다 한다.

36) '태兌' : 『주역』 64괘 가운데서 58번째 괘로 말 조심에 관한 괘이다.

37) 선현先賢 : 염계濂溪 주돈이周敦頤, 명도明道 정호程顥, 주자朱子를 말한다.

에 펼쳐 두고 용모를 엄숙하게 하여 마주했다.

늘 가죽 띠를 띠었는데, 거기에,

혀는 새는 것이고, 가죽은 묶는 것이라네[38]. 살아 있는 용을 묶어 깊은 곳에 감추어 두리라.

라고 명銘을 썼다.

보배로운 칼을 차고 다니기를 좋아하였는데,

안으로 마음을 밝히는 것은 경敬이고,
밖으로 결단하는 것은 의리라네.

라는 명을銘을 썼다.

일찍이 「신명사도神明舍圖」를 지어서, 거기에 명銘을 지어 넣었다. 안으로는 마음을 잡아 함양涵養하는 실체를 나타내었고, 밖으로는 살펴서 사욕을 이겨 다스리는 공부를 밝혔다. 안팎이 구분이 없는 본체와 움직일 때나 고요히 있을 때 서로 기르는 이치가 그림을 살펴보면 분명하여 눈이 있는 사람은 다 볼 수 있다. 이것은 선생이 스스로 터득하여 손수 그린 것이다.

선유先儒들이 논한 천도天道, 천명天命, 심성정心性情, 이기理

---

38) 기유본 『남명집南冥集』에는, "革者綎, 舌者絏"로 되어 있고, 기유본 『남명집』에 들어 있는 「혁대명革帶銘」도 그렇게 되어 있다. 그러나 임술본 『남명집』 이후로는 "舌者泄, 革者結"로 되어 있다. 『내암집來庵集』도 임술본 『남명집』과 같다.

氣 등에 대한 것과 학문하는 차례, 덕德에 들어가는 노선 등에 대한 것을 손수 그림으로 그린 것이 한두 개가 아닌데, 모두가 아주 분명했지만, 다른 사람들에게 보이지는 않았다.

늘 『논어論語』, 『맹자孟子』, 『중용中庸』, 『대학大學』, 『근사록近思錄』 등의 책을 분석하여 그 근본을 배양하여 그 뜻을 넓혔다. 그 가운데서 더욱 자신에게 간절한 곳에 나아가 의미를 맛보고 그것을 들어서 사람들에게 일러주었다. 그러나 구차하게 널리 풍부하게 아는 것처럼 해서 듣기 좋은 말을 들으려고 한 적이 없었다. 또 강의를 하여 외부 사람들의 논란을 불러일으킨 적도 없었다. 이런 점은 선생께서 착실하게 요약된 것을 이야기한 것이다.

맨 나중에는 특별히 경敬과 의義 두 글자를 들어 창과 벽 사이에 크게 썼다. 일찍이 말씀하시기를,

우리 집에 이 두 글자가 있는 것은 하늘에 해와 달이 있는 것과 같다. 만고의 오랜 세월을 통해서도 변할 수가 없는 것이다. 성현의 천 마디 만 마디의 말도 그 귀결처歸結處를 요약해 보면 이 두 글자에서 벗어나지 않는다.

라고 했다.

학문은 반드시 스스로 터득하는 것으로써 귀하게 여겨 이렇게 말씀하셨다.

한갓 책에 의지해서 의리義理를 강론해서 밝히는 것은 실질

적인 얻음이 없는 것으로 결국 받아들여 쓰여질 수가 없는 것이다. 마음으로 터득한 것이라도 입으로 말하기는 어려울 것 같다[39]. 공부하는 사람은 말을 잘하는 것으로써 귀하게 여기지 않는다.

대개 선생은 이미 경서經書와 그 주석을 널리 탐구하였고, 백가百家에 두루 통하였다. 그런 뒤에 번잡한 것을 거두고 간명簡明한 데로 나아가 자기 몸에 돌이켜 터득하고 요약하여, 스스로 일가의 학문을 이루었다.

일찍이 공부한 사람들에게 일러 이렇게 말씀하셨다.

공부할 때는 먼저 지식을 높고 밝게 해야 한다. 마치 태산泰山에 올라가면 모든 것이 다 낮아지게 되는데, 그런 뒤에 내가 행하는 바가 순조롭지 않음이 없게 되는 것이다.

또 이렇게 말씀하셨다.

길이 사방으로 통하는 큰 시장에서 마음껏 노닐다보면, 금은 보배 노리개 등 있지 않는 것이 없다. 하루 종일 거리를 오르락내리락하면서 값을 이야기해 봤자 결국 자기 물건은 아니다. 자기 베 한 필을 가지고 가서 생선 한 마리 사서 오는 것만 같지 못하다. 지금 배우는 사람들이 성리학性理學에 대해서는 고상하게 이야기하면서 자기에게 얻은 것이 없는 것이 이런 것과 어찌

---

39) 같다 : 『남명집南冥集』에 '약若'자로 되어 있는데, 『내암집來庵集』에는 '구苟'자로 되어 있다.

다르겠는가?

또 "밤중에 공부가 많이 되니, 잠을 많이 자서는 절대 안 된다"라고 말씀하셨다.

또 " 평소에 거처하면서 처자와 섞여 살아서는 안 된다. 비록 자질이 아름다워도 그럭저럭 빠져들어가 결국은 사람다운 사람이 되지 않는다"라고 했다.

이런 것들이 평소에 하시던 말씀이다.

사람을 가르칠 때는 반드시 그 자품資稟을 보았는데, 거기에 맞추어서 격려했다. 바로 책을 펼쳐 강론하려고 하지 않으면서 이렇게 말씀하셨다.

옛날 성인聖人들의 정미精微한 말의 오묘한 뜻 가운데 사람들이 쉽게 이해할 수 없는 것을 주렴계周濂溪, 정자程子, 장횡거張橫渠40), 주자朱子 등이 서로 계승하여 남김없이 밝혀 놓았다. 공부하는 사람들은 알기 어려울까 걱정할 것 없고, 단지 자신을 위한 공부가 되지 않을까를 걱정하면 될 따름이다. 나는 단지 잠만 깨게 하면 된다. 깬 뒤에는 하늘과 땅 해와 달을 장차 스스로 볼 수 있을 것이다.

책을 지은 적은 없고 단지 글 읽을 때 중요한 말을 적어 모은 것이 있는데, 이름하여 『학기學記』라고 했다.

---

40) 장횡거張橫渠(1020~1077) : 송나라의 성리학자 장재張載. 횡거는 그에 대한 존칭. 자는 자후子厚. 저서로 『정몽正蒙』, 『장자전서張子全書』 등이 있다.

남명 그 위대한 일생

기상이 맑고 높았고, 두 눈은 밝게 빛나 바라보면 티끌 세상의 사람이 아니라는 것을 알 수 있었다. 말씀이 뛰어나 마치 우레가 사나운 듯 바람이 일어나는 듯하여 사람으로 하여금 이욕利慾에 대한 마음이 저절로 없어지도록 했으나, 본인은 스스로 깨닫지를 못했다. 사람을 감동시키는 것이 이러했다.

편안히 지낼 때는 종일토록 꿇어앉아 계셨는데, 게으른 모습을 한 적이 없었다. 귀한 손님을 대할 때도 움직이지 않았고 신분이 낮거나 어린애들을 대할 때도 태만하지 않았다. 연세가 일흔을 넘었을 때도 늘 한결 같았는데, 그 자연스러움이 이러했다.

삼가현三嘉縣에 있는 살림살이는 선대부터 매우 적었는데[41] 혹 흉년이 들기라도 하면 가족들이 거친 음식도 잇지를 못 했지만, 선생은 느긋하여 마음에 두지 않았다. 산속에서 산 뒤로 화전火田에서 거둔 것 덕분에 겨우 굶어 죽지는 않을 정도였는데도 선생은 화락하여 늘 아주 풍부한 듯이 여겼다.

병에 걸렸을 때 기절했다가 다시 살아나기를 여러 번 했지만, 죽고 사는 것 때문에 생각이 조금도 어지러워진 적이 없었다.

의리상 부녀자의 손에 죽을 수가 없어[42] 부실副室로 하여금

---

41) 적었는데 : 기유본 『남명집南冥集』과 갑신본 『남명집』 원문에 '黪'로 되어 있으나, 『내암집來庵集』에는 '黲'자로 되어 있다. '黪'자는 본래 존재하지 않는 글자인데, '黲'자의 이체자異體字인 '黲'자와 모양이 비슷하여 잘못 만들어진 것이다.

42) 부녀자의 손에 죽을 수가 없어 : 『예기禮記』 「상대기편喪大記篇」에, "남자는 부인의 손에 죽지 않고, 부인은 남자의 손에 죽지 않는다[男子不死於婦人之手, 婦人不死於男子之手]"라는 말이 있다.

가까이 오지 못하도록 했다.

조금 있다가 제자들을 위해서 '경敬'과 '의義'자를 진지하게 이야기하기를,

　　이 두 글자는 매우 절실하고 중요하다. 공부하는 사람은 공부가 푹 익도록 해야 한다. 푹 익으면 한 가지 사물도 가슴 속에 걸리지 않는다. 나는 이 경지에 이르지 못하고 죽는다.

라고 했다. 평생 간직한 마음을 여기서 더욱 증명할 수 있다.

아아! 한쪽에 치우쳐 있고 문명이 없는 나라가 말세가 되어 도학道學[43]을 인도하는[44] 사람이 없었지만, 선생은 우뚝하게 떨쳐 일어나, 스승이 전해 주는 것에 말미암지 않고 능히 스스로 학문을 이루어 높게 뛰어나고[45] 홀로 나아갔다. 대개 이런 것에 능한 사람이 드문 지 오래 되었다. 이 말은 내가 좋아한다고 아첨하는 말이 아니다.

이 해(1571) 겨울에 두류산에 상고대[46]가 생겼는데, 식견 있는

---

43) 도학道學 : 송나라 유학자들에 의해서 형성된 성리학性理學을 말하지만, 우리 나라에서는 도덕적 실천까지 갖춘 학문을 말한다.
44) 인도하는 : 『남명집南冥集』에는 '창唱'자로 되어 있지만, 『내암집來庵集』에는 '창倡'자로 되어 있다. '창倡'자의 의미로 번역하였다.
45) 뛰어나고 : 『남명집南冥集』이나 『내암집來庵集』에 '발發'자로 되어 있으나, 당연히 '발拔'자가 되어야 한다.
46) 상고대 : 나뭇가지에 눈이나 빗방울이 얼어붙어 마치 곡식 이삭처럼 된 것. 상고대가 생기면 어진이에게 재앙이 있을 징조라는 전설이 있다. 송宋나라 왕안석王安石의 「한위공만사韓魏公挽詞」에, "나무에 상고대가 생기면 현달한 고관이 두려워한다는 것을 들었고, 산이 무너져 어진이 시드

사람들이 어진 사람을 위해서 근심을 하였다. 선생이 과연 병을 얻어 낫지 않았다. 숨을 거두는 날에는 매서운 바람과 폭우가 내렸는데, 사람들이 우연이 아니라고 생각했다.

남평조씨南平曹氏에게 장가들었는데, 충순위忠順衛 조수曹琇의 따님이다. 선생보다 먼저 세상을 떠났다. 아들 하나, 딸 하나를 낳았다. 아들은 차산次山이었는데, 풍골이 범상치 않았으나, 9세 때 일찍 죽었다. 딸은 만호萬戶 김행金行에게 시집가 딸 둘을 낳았는데, 맏이는 권지승문원부정자權知承文院副正字 김우옹金宇顒에게 시집갔다. 그 다음은 유학幼學[47) 곽재우郭再祐에게 시집갔다.

선생은 내자內子[48)와 비록 잘 합해지지는 못했지만, 종신토록 은혜와 의리를 끊지는 않았다.

선생과 판관判官 이희안李希顔과의 사이는 서로 마음을 알아주는 친구로서, 안팎으로 서로 통했다. 이공李公이 일찍이 "조 아무개는 부부간에 있어서 더욱이 사람들이 능히 하기 어려운 것이 있으나, 다른 사람들은 알지 못한다"라고 했다. 가리키는 바가 무엇인지 모르겠으나, 친구에게 신의를 받고 감복을 시켰다

는 것 지금 보았네[木稼曾聞達官怕, 山頹今見哲人萎]"라는 구절이 있다.

47) 유학幼學 : 유학은 조선시대 직역職役의 하나로서, 당시 양반들의 직역으로 가장 많은 것이 바로 이 유학이었다. '유학'은 곧 장래에 관직을 기약하면서 수학하고 있는 선비에 대한 호칭이다. '관직이 없고 과거에도 합격하지 않은 양반'으로 규정할 수 있으며, 이 유학에는 성균관의 생원·진사를 제외한 모든 학교 학생이 해당되었다.

48) 내자內子 : 중국 고대에 경대부卿大夫의 적처嫡妻를 일컫는 말로 원래는 존칭이다. 일반적으로 부인에 대한 통칭이다.

는 사실을 알 수 있다.

만년에 부실副室에게서 아들 셋과 딸 하나를 얻었는데, 차석次石은 부사府使 김수생金水生의 따님에게 장가들었다. 차마次磨는 아직 장가들지 않았다. 차정次矴과 딸은 다 어리다.

융경隆慶 6(1572)년 음력 4월 초6일에 산천재山天齋 뒤쪽 임좌壬坐 병향丙向의 언덕에 안장하였다. 선영으로 돌아가 안장하지 않은 것은 형편상 그랬던 것 같다.

아아! 아아!

융경隆慶 6년 윤2월 □일에 문인 생원 정인홍鄭仁弘은 삼가 행장을 짓는다.

■ 先生姓曺氏. 諱植. 字楗仲. 系出昌山. 高麗太祖德宮公主下嫁. 生子瑞. 爲刑部員外郎. 於先生始祖. 高祖諱殷. 中郎將. 妣郭氏. 縣監興仁之女. 曾王父諱安習. 成均生員. 妣文氏. 學諭可容之女. 王父諱永. 不仕. 妣趙氏. 監察瓚之女. 考諱彦亨. 通訓大夫承文院判校. 娶忠順衛李菊女. 以弘治辛酉六月壬寅. 生先生於嘉樹縣之兎洞. 未冠. 以功各文章自期. 有駕一世軼千古之意. 讀書喜左柳文字. 製作好奇高不屑爲世體. 屢捷發解. 名震士林. 嘉靖丙戌. 遭先大夫憂. 廬墓終三年. 先生家世淸貧. 授室金官. 婦家頗饒. 奉母夫人就養. 乙巳. 丁憂. 奉柩還葬于先大夫墓東岡. 廬墓如初. 身不脫衰. 足不出廬. 服闋. 因居本業. 近舊宅構一室曰雞伏堂. 俯前流結茅屋曰雷龍舍. 使工畫者摹雷龍狀.

남명 그 위대한 일생

棲諸壁. 晚卜頭流山下. 其室復以雷龍名. 別構精舍. 扁曰山天
齋. 老焉. 先生豪邁不群. 明見高識. 出於天性. 中廟丁酉. 先生
年三十七. 于時國家無朝夕之虞. 獨見有憂違之幾. 遂請命先夫
人. 棄擧子業. 筮遯山林. 愛宜春之明鏡臺. 往來棲息. 累歲月.
作山海亭于金官之炭洞. 講學蓄德. 不願乎外者. 亦有年矣. 中廟
始授獻陵參奉. 不就. 明廟除爲主簿典牲也宗簿也. 又除爲縣監
丹城也. 皆不就. 上疏不報. 其後. 又授司紙. 不就. 丙寅. 以遺逸
召. 辭. 復以尙瑞院判官徵. 乃拜命. 引對思政殿. 上問治亂之道.
爲學之方. 對曰. 古今治亂. 載在方策. 不須臣言. 臣竊以爲君臣
之際. 情義相孚. 洞然無間. 此乃爲治之道. 古之帝王. 遇臣僚若
朋友. 與之講明治道. 今雖不能如此. 必須情義相孚. 然後可也.
又言生民離散. 如水之流. 救之當如失火之家. 人主之學. 出治之
本. 必須自得. 徒聽人言. 無益也. 上又問三顧草廬事. 對曰. 必
得英雄然後. 可以有爲. 故至於三顧亮. 亮一顧不起. 或者時勢然
也. 然與昭烈同事數十年. 竟未能興復漢室. 此則未可知也. 遂去
歸故山. 隆慶丁卯. 今上嗣服. 以敎書召之. 辭曰. 臣老甚病深罪
深. 不敢趨命. 宰相之職. 莫大於用人. 今乃不論善惡. 不分邪正.
蓋時有近臣. 於筵中白上曰. 曹植所學. 異於儒者. 故以此辭. 有
旨繼下. 必欲徵起. 復辭曰. 獻救急二字. 以代獻身. 因歷擧時弊
十數條曰. 百疾方急. 天意人事. 有未能測. 舍此不救. 徒事虛名.
論篤是與. 幷求山野棄物. 以助求賢美名. 名不足以救實. 如畫餠
之不足以救飢. 請以緩急虛實. 更加審處焉. 時主上方問儒學. 諸
賢滿朝. 論說性理. 而朝綱不振. 邦本日壞. 先生蓋深念之. 故及

之. 戊辰. 又下旨趣召. 辭上封事云云. 批下云. 觀此格言. 益知
才德之高矣. 轉授宗親府典籤. 以病辭. 不就. 朝廷虛位以待者逾
一年. 辛未. 大凶歉. 上賜之粟. 因陳謝. 復以疏意申啓. 而更剴
切焉. 是年十二月. 疾作. 鍼藥久不效. 上遣中使問疾. 未至而終.
壬申二月八日也. 享年七十有二. 士子相弔. 爲斯文慟. 不獨門下
輩也. 先生天資旣異. 克治力久. 義爲之質. 而信以之成. 力量足
以岳立萬仞. 神采可與日月爭光. 一切世好. 視若草芥. 而不以此
望於人. 以仁. 以義. 吾何慊乎. 而不自輕以求用. 方嚴淸峻. 而
和易懇惻之意. 未嘗不相濟. 高蹈遠引. 而愛物憂世之念. 未嘗一
日忘. 其事親也. 晨必省. 昏必定. 終不或輟. 親老家貧. 菽水猶
歡. 不欲爲祿仕. 執親之喪. 遵禮不愆. 其友睦也. 家藏盡以業兄
弟. 一毫不自與. 與弟桓居共一垣. 出入同門. 年老無嫡嗣. 以承
重付桓. 其接物也. 雖鄙夫野人. 必和顏溫語. 使得盡其情. 爲善
必面稱. 有過輒導. 於相識之人. 不諱其病痛. 因投鍼劑. 使之自
治. 雖踈遠. 不沒其長. 雖親愛. 不掩其短. 至於觀人之際. 視察
之鑑. 斤兩之蘊. 有未易窺測者. 其不忘世也. 念生民困悴. 若恫
瘝在身. 懷抱委襞. 言之或至鳴咽. 繼以涕下. 與當官者言. 有一
分可以利民者. 極力告語. 覬其或施. 屢徵不起. 不見是而無憫.
人或認爲高抗不仕之人. 而不知初非潔身長往之士也. 嘗趨朝命.
奏對誠切. 再上封章. 披瀝丹悃. 則君臣之義. 初不欲廢也. 蠱之
上九. 傳曰. 士之高尙. 亦非一道. 有懷抱道德. 不偶於時. 而高
潔自守者. 有知止足之道. 退以自保者. 有量能度分. 安於不求知
者. 有淸介自守. 不屑天下之事. 而獨潔其身者矣. 或者先生於此

남명 그 위대한 일생

數者. 居一焉. 病今之士習偸弊. 利欲勝而義理喪. 外假道學. 內
實懷利. 以趨時取名者. 擧世同流. 壞心術誤世道. 豈特洪水異端
而已. 觀其行己做事. 往往專不似學者所爲. 俗學輩從而譏誚焉.
此固取名蔑實者之罪也. 其間倘有眞實爲學者. 亦被假僞之名.
初可痛也. 然特患學不眞實而已. 庸何病於此乎. 每聞初學高談
性命之理. 未嘗不呵止之曰. 爲學. 初不出事親敬兄之間. 始學之
士. 或不能於其父母兄弟. 而遽欲探天道之妙. 此何等學也. 何等
習也. 李苞嘗出使嶺外. 苞曾以喜讀中庸. 爲時所推. 以書抵先
生. 論義理疑處. 答曰. 相公以植棄擧業入山林. 意或積學有見.
而不知被欺已多矣. 此身多病. 仍投閑靜. 只爲保得餘生. 義理之
學. 非所講也. 遜辭斳避. 實有深意. 苞卒爲乙巳兇魁. 深以出處
爲君子大節. 泛論古今人物. 必先觀其出處. 然後論其行事得失.
嘗曰. 近世以君子自處者. 亦不爲不多. 出處合義. 蔑乎無聞. 頃
者. 唯景浩庶幾古人. 然論人欲盡. 畢竟有未盡分矣. 丙寅拜命
時. 李一齋亦以司畜. 召至京師. 一日相見. 士子坌集. 一齋以師
道自任. 與後輩講論義理. 先生因杯勺. 遽爲之戲曰. 君與我儘是
盜. 盜名字竊官爵. 乃敢向人論學爲. 胡不彎君牛角. 不甚敬重.
士子多怪怪議. 先生謂. 一齋滾同世習. 儼然以賢者自當. 吾所不
服也. 嘗與李府尹楨友善. 久之. 所趨頓異. 頗與相失. 後因事絶
之. 先生不苟從. 不苟默. 識者雖好之. 不知者. 亦頗惡之. 隱見
必欲相時. 自守不欲徇人. 牢關巖穴. 死而不悔. 謂之翔千仞鳳
凰. 可也. 惜世之君子. 出爲時用. 要做好事. 事敗身僇. 貽禍士
林者. 正坐見幾不明. 相時不審. 又不知與元豊大臣同之義也. 當

國大事者. 不知幾. 不相時. 不協心. 強銳自任. 胡亂作爲. 或相
前却. 因較勝負. 初非赤心謀國. 只是徇私意而已. 有人問使先生
得行於世. 做得大事業否. 曰. 吾未嘗有德有才而不長. 豈得當了
事. 但尊舊相獎後輩. 推拔多小賢材. 使之各效其能. 坐觀其成
功. 吾或庶幾焉. 或言今之科擧. 決不可廢. 曰. 古有選士法. 士
比肩而出者. 皆良才. 譬如養得林木. 棟楹樑桷之材. 靡有不具.
比株而伐之. 以構大廈. 養之有道而取不遺. 材用自無不足矣. 嘗
謂. 諸葛孔明. 爲昭烈三顧而出. 欲爲於不可爲之時. 顧未免有小
用之憾. 若終不爲昭烈起. 寧老死於隆中. 天下後世. 不知有武候
事業. 亦未爲不可矣. 尙論古人. 不拘前言. 更求一段新義. 往往
如此. 其爲學也. 先生年二十六歲時. 偕友人肄業於山寺. 讀性理
大全. 至許魯齋之言曰. 志伊尹之所志. 學顏淵之所學. 出則有
爲. 處則有守. 丈夫當如此. 出無爲. 處無守. 所志所學. 將何爲.
於是. 始悟舊學不是. 心愧背汗. 惘若自失. 終夜不就席. 遲明揖
友人而歸. 自是. 刻意聖賢之學. 勇猛直前. 不復爲俗學所撓. 飛
揚不羈之氣一頓點化. 動靜語默. 非復舊時樣子. 猶自以謂或未
消了. 其讀書也. 不曾章解句析. 或十行俱下. 到切已處. 便領略
過. 其用功也. 以和恒直方. 爲四字符. 以格物致知. 爲第一功夫.
敬以心息相顧. 幾以察識動微. 爲主一謹獨法. 作金人銘. 書塞兌
字. 爲謹言戒. 皆標題而念在焉. 常佩金鈴. 號曰惺惺子. 蓋喚惺
之工也. 畫先聖賢遺像. 時展几案. 肅容以對. 常束革帶. 銘曰.
革者緤. 舌者紲. 縛生龍. 藏漠冲. 愛佩寶劍. 銘曰. 內明者敬. 外
斷者義. 嘗作神明舍圖. 繼爲之銘. 內以著操存涵養之實. 外以明

남명 그 위대한 일생

省察克治之工. 表裏無間之體. 動靜交養之理. 按圖了然. 有目皆可見. 此生先所自得而手摹畫者也. 以至先儒所論天道天命心性情理氣等處與爲學次第入德路脈. 手自圖畫者. 非一二. 而皆極分明. 亦不以示人. 常繹論, 孟, 庸, 學, 近思錄等書. 以培其本. 以廣其趣. 就其中尤切己處. 更加玩味. 仍擧以告人. 未嘗苟爲博洽. 以徇聽聞之美. 未嘗便爲講說. 引惹外人論議. 此先生着實說約者也. 最後. 特提敬義字. 大書窓壁間. 嘗曰. 吾家有此兩箇字. 如天之有日月. 洞萬古而不易. 聖賢千言萬語. 要其歸. 都不出二字外也. 學必以自得爲貴曰. 徒靠册字上講明義理. 而無實得者. 終不見受用. 得之於心. 口若難言. 學者不以能言爲貴. 蓋先生既以博求經傳. 旁通百家. 然後斂繁就簡. 反躬造約. 而自成一家之學. 嘗謂學者曰. 爲學. 要先使知識高明. 如上東岱. 萬品皆低然後. 惟吾所行. 自無不利. 又曰. 遨遊於通都大市中. 金銀珍玩. 靡所不有. 盡日上下街衢而談其價. 終非自家家裏物. 却不如用吾一匹布. 買取一尾魚來也. 今之學者. 高談性理. 而無得於己. 何以異此. 又曰. 夜中功夫儘多. 切不可多睡. 又曰. 恒居不宜與妻孥混處. 雖資質之美. 因循汨溺. 終不做人矣. 此皆所雅言也. 敎人必觀資稟. 將順激勵之. 不欲便與開卷講論曰. 從古聖人微辭奧旨. 人不易曉者. 周程張朱相繼闡明. 靡有餘蘊. 學者不患其難知. 特患其不爲己耳. 只要喚覺其睡. 覺後. 天地日月. 將自覿得矣. 未嘗著書. 只有讀書時箚記要語. 名之曰學記. 先生氣宇淸高. 兩目炯耀. 望之知其非塵世間人物. 言論英發. 雷厲風起. 使人潛消利欲之念而不自覺. 其動人如此. 燕居. 終日危坐. 未嘗有

제2부 남명조선생행장

惰容. 對貴客不爲動. 接卑幼不以懈. 年踰七旬. 常如一日. 其自
然如此. 於嘉樹先業甚尠. 歲或不熟. 家人蔬食不繼. 先生怡然不
以爲意. 山居之後. 菑畲所收. 僅賴以不死. 先生熙然常若甚饒.
罹疾之日. 絶而復穌者數. 不以死生毫髮亂. 義不絶婦人手. 令旁
室不得近. 少間. 輒以敬義字. 亹亹爲門生言曰. 此二字極切要.
學者要在用功熟. 熟則無一物在胸中. 吾未到這境界以死矣. 平
生所存. 至此益驗矣. 嗚呼. 偏荒晚世. 道學未唱. 而先生傑然奮
起. 不由師傅. 能自樹立. 逈發獨往. 蓋亦民鮮能久矣. 此非阿所
好之言也. 是冬. 頭流木稼. 識者頗爲哲人憂. 先生果得疾不瘳.
卒之日. 烈風暴雨. 人以爲不偶然也. 娶南平曹氏忠順衞琇之女.
先歿. 生男一女一. 男曰次山. 風骨不常. 九歲而夭. 女適萬戶金
行. 生二女. 長適權知承文院副正字金宇顒. 次適幼學郭再祐. 先
生於内子. 雖不好合. 終身不絶恩義. 先生與李判官希顔爲知己
友. 内外與通. 李嘗曰. 曹某於其夫婦間. 尤有人所難能者. 而人
莫之知也. 未知所指. 其爲朋友所信服. 可見. 晚得旁室. 生三男
一女. 曰次石. 娶府使金水生女. 曰次磨. 未娶. 曰次矴與女. 皆
幼. 四月初六日. 葬于山天齋後壬坐丙向之原. 不得歸祔於先塋
者. 勢或使然也. 嗚呼嗚呼. 隆慶六年壬申閏二月日. 門人生員鄭
仁弘. 謹狀.

남명 그 위대한 일생

제3부

남명선생행록南冥先生行錄[1]

배신裵紳[2] 지음

선생은 타고난 자질이 매우 높았고, 생각이 깔끔하였다.

어려서부터 옛것을 믿고 의리를 좋아하여 명예와 지절志節을 스스로 갈고 닦았다.

일찍이 산해정山海亭을 지어 좌우에 책을 놓아두고서 숨어서 공부하는 곳으로 삼았다. 스스로 호를 남명南冥이라고 하였다.

---

1) 『남명집』 권5 13장, 「행록行錄」 제목 밑에 다음과 같은 주석이 붙어 있다. "벼슬 추증追贈하는 일로 아뢰러 들어갔을 때, 예를 담당한 관원이 행장行狀을 요구했으므로 이것을 기록해서 주었다." 그러나 이 글은 내용상 사실과 맞지 않은 것이 상당히 있고, 체재에도 문제가 있어, 『남명집南冥集』을 편집할 때 수록 여부로 논란이 있었다.

2) 배신裵紳(1520~1573) : 조선 중기의 문신. 자는 경여景餘, 호는 낙천洛川, 본관은 성주星州. 진사進士에 급제한 뒤, 추천으로 동몽교관童蒙敎官을 지냈다. 남명南冥의 제자이자, 퇴계退溪 이황李滉의 제자이다. 문집 『낙천집洛川集』이 있다. 남명이 세상을 떠난 뒤 조정에서 남명의 행적을 알고자 하므로, 조정의 명으로 「남명행록南冥行錄」을 지어 올렸는데, 바로 이 글이다.

드디어 과거공부를 포기하고, 오로지 천고千古의 옛사람을 벗으로 삼는 것에 뜻을 두었다.

중년中年3)에 두류산頭流山 덕산동德山洞에 들어가 살았다. 큰 내가 천왕봉天王峯에서 발원하여 골짜기를 바로 가로질러 갔다. 물결이 검푸르며 차가웠는데, 모여서 맑은 못이 되었다. 그 위에 집을 지어 뇌룡사雷龍舍라고 했다. 천 길 아래 동물이 있는 것을 상징한 것이니, 용龍을 이른 것이다. 대개 확고하여 주변의 유혹에 뜻이 바뀌지 않는 것을 말한다. 또 이름을 고쳐서 계부당鷄伏堂이라고 했는데, 공부하는 과정을 중간에서 쉬지 않는다는 뜻을 취한 것이다.

그 만년에 이르러서 이전 분들의 말씀이나 행실을 많이 알아 쌓은 바가 커지자4) 또 산천재山天齋라고 집 이름을 걸었으니, 대개 '강건剛健하고 독실하여 빛나 날로 새로워진다'는 뜻을 취한 것이다. 거닐면서 스스로 즐겼고, 높고 밝은 데서 마음을 즐겼다. 늘 읊조리는 것은 요순堯舜의 일이요, 노래하는5) 것은 삼대三代6)

---

3) 중년中年 : 남명에 삼가현三嘉縣 토동兎洞에서 지리산智異山 아래 덕산德山으로 옮겨가서 산 것은 61세인데, '중년이라고 하는 것은 실상과 맞지 않다.

4) 이전 … 커지자 : 남명이 『주역周易』 대축괘大畜卦에서 뜻을 따서 산천재山天齋라고 이름을 지은 것이지, 자신이 쌓인 것이 많아져 산천재라고 이름한 것은 아니다. 작자의 말대로라면 남명이 마치 자신의 지식을 과시하기 위해서 '산천재'라는 이름을 붙인 것처럼 되니, 남명의 정신세계를 왜곡하게 된다.

5) 노래하는 : 『낙천집洛川集』의 원문 '구음謳吟'의 '음吟'자가 『남명집南冥集』에는 잘못 '금今'자로 되어 있다.

였다.

　일찍이 삼족당三足堂 김공金公(金大有), 송계松溪 신군申君[7], 황강黃江 이군李君(李希顔)과 벗이 되어 서로 왕래했다. 만년에 또 퇴계退溪 이선생李先生(李滉)과 더불어 서로 서신을 주고받으며 아주 진지하게 논변論辯하였다.

　또 일찍이 말씀하시기를, "나는 『성리대전性理大全』을 읽고 깨달은 것이 있었다"라고 했다. 그 학문은 정靜을 주로 하는 것을 기본으로 하고, 고결高潔한 것을 숭상하였다. 공명功名을 보기를, 하늘의 한 조각 구름 보듯이 했다. 부귀에 유혹 받지 않았고, 빈천에도 지조를 변치 않는 것에 대해서는 족히 말할 것이 못 된다.

　신송계申松溪가 일찍이 이렇게 말했다.

　　삼족당三足堂은 툭 트이고 시원하여 얽매이지 않는 기상이 있다. 남명은 눈 내린 날씨에 차가운 달과 같은 기상이 있다. 황강黃江은 어떤 조처를 취하는[8] 큰 솜씨를 갖고 있다.

---

6) 삼대三代 : 중국 고대 하夏나라, 은殷나라, 주周나라. 유교에서 가장 이상적인 국가로 쳤다.

7) 송계松溪 신군申君(1499~1562) : 조선 중기의 선비 신계성申季誠. 송계는 그의 호. 자는 자함子諴, 본관은 평산平山. 밀양密陽에 살았다. 남명의 절친한 친구로 남명이 그의 묘갈명墓碣銘을 지었다. 그에 관한 기록을 모은 『송계실기松溪實紀』가 있다.

8) 조처를 취하는 : 원문 '설시設施'의 다음에 『낙천집洛川集』에는 글자가 몇 자 빠졌음을 표시하는 '결缺'자가 들어 있다.

그 당시 사람들이 송계의 이 말은 세 군자를 잘 형용했다고 했다.

선생은 효도와 우애로써 집안을 다스려서 집안의 도리가 엄숙해졌다. 경敬과 의義로써 몸을 단속하여 마음과 학문이 발랐다.

늘 뜻을 같이하는 선비들과 더불어 슬퍼하여 이렇게 말했다.

지금 공부하는 사람들은, 육상산陸象山9)의 학문이 너무 간편하게 요약하는 것을 위주로 하는 것을 매양 문제점으로 여긴다. 그러면서 자신의 학문을 하는 데 있어서는, 먼저 『소학小學』, 『대학大學』, 『근사록近思錄』을 읽어 공부하지 않고, 『주역周易』, 『계몽啓蒙』부터 읽는다. 격물格物, 치지致知, 성의誠意, 정심正心의 차례를 구하지 않고, 또 반드시 성명性命의 이치를 먼저 말하고자 하니, 그 흘러 퍼지는 폐단은 육상산陸象山 정도에서 그칠 정도만 아니다.

어떤 사람이 질문하기를, "선생과 엄자릉嚴子陵10)은 어떻습

---

9) 육상산陸象山(1139~1193) : 송나라 유학자 육구연陸九淵. 상산象山은 그의 호. 자는 자정子靜, 벼슬은 지형문군知荊門軍을 지냈다. 주자朱子와 달리 심학心學의 사상체계를 형성하였는데, 지행합일知行合一을 주장하고, 주자가 강조하는 강학講學을 탐탁찮게 여겼다. 명明나라에 들어와 양명陽明 왕수인王守仁이 그 주장을 더 확산시켜 육왕학파陸王學派를 형성하였다. 저서로는 『상산전집象山全集』이 있다.

10) 엄자릉嚴子陵 : 후한後漢의 은자 엄광嚴光. 자릉은 그의 자字. 준遵이라는 이름도 있다. 어려서 광무제光武帝 유수劉秀와 함께 공부하였다. 유수가 황제가 된 뒤에 불러 간의대부諫議大夫에 임명했으나, 사양하고 부춘산富春山에 돌아가 세상을 잊고 숨어서 농사지으며 살았다.

남명 그 위대한 일생

니까?"하니, 선생은,

> 무슨 말이오? 자릉子陵의 기절氣節을 어찌 따라갈 수 있겠소? 그러나 자릉과 나는 도道를 같이 하지 않소. 나는 이 세상을 잊지 않은 사람이오. 원하는 바는 공자孔子를 배우는 것이오.

라고 말했다. 선생의 학문이 바르다는 것을 알 수 있다.

비록 숨어 지냈지만 고민은 없었고, 장차 그런 식으로 세상을 마칠 줄 알았다. 그러나 강개慷慨하여 세상을 걱정하는 정성스런 마음은 스스로 그만둘 수가 없어 한 밤중에 눈물을 흘리기까지 하는 경우가 많았다.

대개 착한 것을 착하게 여기기를 마치 미치지 못하는 것처럼 하는 경우가 있었고, 나쁜 것을 싫어하기를 펄펄 끓는 물에 손을 넣어 더듬 듯했다.

의로운 기운이 엄하고 매서워 사람들이 감히 사사로운 것을 가지고 범하지 못했다. 세상에 대해서 분개하면서 사악한 것을 미워하는 마음은 처음부터 끝까지 변함이 없었으니, 착한 사람은 선생을 좋아하고 착하지 않은 사람은 선생을 싫어했다. 선생의 도가 분명했음을 볼 수 있다.

명종明宗 임금 때, 상소하여 극단적으로 말하자, 사람들이 다 위태롭게 여겼으나, 선생은 오히려 자신이 할 바를 다하지 못했다고 생각했다. 상소한 뒤로부터 여러 달 동안 날마다 일찍 일어나 밤까지 갓을 쓰고 문 밖에 꿇어앉아 종일토록 게을리하지 않으면서 왕명王命을 가지고 오는 사람을 기다렸다.

그 뒤 부르는 명을 받아 일찍이 문을 나섰다가, 홀쩍 산 속으로 돌아와 조용히 지냈다. 그 지절志節은 멋대로 흐르는 물속의 지주砥柱[11]와 같았다. 홀로 서서도 두려워하지 않았고, 모진 사람을 바르게 만들고 나약한 사람을 세워주는 기풍氣風은, 옛날 성인聖人 가운데서 맑은 이로 간주되는 백이伯夷[12]에게 양보할 것이 없었다.

어리석은 내가 직접 보고 들은 것을 대충 기록하였다.

■ 先生天禀甚高. 襟懷脫洒. 自少. 信古好義. 以名節自砥礪. 嘗構山海亭. 左右圖書. 以爲藏修之地. 自號南冥. 遂厭科擧之業. 專以尙友千古爲志. 中年. 入頭流山德山洞. 居焉. 有巨川發源於天王峯下. 直截洞府. 波流紺寒. 注爲淸潭. 築其上. 名之曰雷龍舍. 象千尋之下有動物. 其唯龍之謂. 蓋取其確乎其不可拔者也. 又改之曰鷄伏堂. 蓋取其功程之無間斷者也. 及其晩年. 多識前言往行. 所蓄者大. 則又扁之曰山天齋. 蓋取其剛健篤實.

---

11) 지주砥柱 : 하남성河南省 섬주陝州의 동쪽 황하黃河의 가운데 기둥 모양으로 솟은 작은 산이다. 황하의 격류에도 조금도 흔들리지 않고 버티고 있으므로, 난세에도 절의節義를 지키는 사람을 비유하였다.

12) 백이伯夷 : 은殷나라 은자. 고죽군孤竹君의 아들로 주周나라 무왕武王이 은나라를 치는 것을 말리다가 되지 않자, 아우 숙제叔齊와 함께 수양산首陽山에 들어가 고사리를 캐먹다가 굶어 죽었다. 맹자孟子가 "백이는 성인 가운데서 맑은 사람이다[伯夷, 聖之淸者也]."라고 했다.

輝光日新之義也. 徜徉自樂. 玩心高明. 常嘯詠者唐虞. 嘔吟者三
代矣. 嘗與三足堂金公大有 , 松溪申君季誠 , 黃江李君希顏爲
友. 相往來焉. 暮年. 又與退溪李先生滉相通簡. 喫緊論辯焉. 又
嘗曰. 吾讀性理大全. 有悟焉. 其學以主靜爲基. 以高潔爲尙. 其
視功名. 有如太虛中一片雲矣. 至於富貴貧賤不淫不移. 則有不
足道者. 申松溪嘗有言曰. 三足有軒豁不拘底氣宇. 南冥有雪天
寒月底氣像. 黃江有設施底大手. 時人謂善形容三君子矣. 先生
治家以孝友. 家道肅. 律身以敬義. 心學正. 常與同志之士慨然
曰. 今之學者. 每病陸象山之學以徑約爲主. 而其爲自己之學. 則
不先讀小學, 大學, 近思而做功. 先讀周易, 啓蒙. 不求之格致誠
正之次序. 而又必欲先言性命之理. 則其流弊不但象山而止也.
又有問者曰. 先生孰與嚴子陵. 曰. 惡. 子陵氣節. 其可跂歟. 然
子陵與吾不同道. 余未忘斯世者也. 所願學孔子也. 亦可見學問
之正也. 雖遯世不見知而無悶. 若將終身. 然慷慨憂世之誠心不
自已. 有至於中夜流涕者多矣. 蓋善善如不及. 惡惡如探湯. 義氣
嚴烈. 人不敢干以私. 憤世疾邪之心. 終始不渝. 善者好之. 不善
者惡之. 又可見其道之分明也. 當明廟朝. 上疏章極言之. 人皆危
之. 先生猶以爲未盡自效. 而自上疏章後. 日復日日. 夙興衣冠.
危坐門外. 竟日不懈以待命者. 累月矣. 後又被召命. 嘗出門. 幡
然還臥林泉. 其爲志節. 砥柱橫流. 獨立不懼. 廉頑立懦之風. 其
不讓於古聖之淸者矣. 愚粗記身所見聞者也.

제4부

남명묘갈명南冥墓碣銘

성운成運 지음

　조씨曺氏는 옛날부터 잘 알려진 성으로 대대로 인물이 배출되었다. 그 시조는 고려 태조太祖 때 벼슬하여 형부원외랑刑部員外郎을 지낸 서瑞란 사람인데, 덕궁공주德宮公主가 그 어머니이다. 그 뒤 계속해서 유명한 사람들이 많았다.

　은殷이란 분은 중랑장中郎將을 지냈는데, 공公에게 고조가 된다. 이 분이 안습安褶을 낳았는데 성균생원成均生員이르렀고 그 아들은 영永인데 벼슬하지 않았다.

　그 아들은 언형彦亨은 재예才藝로 과거에 뽑혀 이조정랑吏曹正郎을 지냈다. 뜻이 굳세고 지조가 있어 남들과 잘 어울리지 않았다. 벼슬이 승문원承文院 판교判校에 이르러1) 죽었다.

　배위配位는 이씨李氏인데 충무위忠武衛2)를 지낸 이국李菊의 따

---

1) 이르러 : 성운成運의 『대곡집大谷集』에는, '至'자가 '止'자로 되어 있다.
2) 충무위忠武衛 : 조선 시대 군대편제인 오위五衛의 하나. 충순위忠順衛, 장용위壯勇衛 등이 여기에 속한다.

님으로 현숙賢淑한 범절範節이 있어 군자를 섬김에 어긋남이 없었다.

공公은 그 둘째 아들로서, 이름은 식植이고 자는 건중楗仲이다.

나면서부터 우람하고 용모가 순수하였다. 아이 때 벌써 조용하고 무게가 있어 어른 같았다. 아이들과 어울려 장난치며 놀지 않았고, 노리개 같은 것도 손에 가까이 하지 않았다.

아버지가 공을 사랑하여 말을 하기 시작할 때부터, 안아 무릎 위에 앉히고서 글을 가르쳤는데, 아버지가 말하는 것은 다 외워 잊지 않았다.

나이 팔구 세 때 심한 병으로 자리에 누웠는데, 어머니가 근심스런 빛을 띠자, 공은 몸을 일으켜 기운을 차리고는 조금 낫다고 말하면서, 어머니에게,

하늘이 사람을 낼 때 공연히 내지는 않았을 겁니다. 이제 저가 다행히 남자로 태어났으니, 하늘이 반드시 저에게 부여한 임무가 있어 저에게 그 일을 하도록 책임을 지울 것입니다. 하늘이 뜻이 저에게 있다면, 제가 지금 갑자기 요절할 것은 걱정할 것은 없습니다.

라고 위로하니, 듣는 사람들이 기특하게 여겼다.

조금 자라서는 널리 통하지 않은 책이 없었고 『춘추좌씨전春秋左氏傳』과 유종원柳宗元의 글을 더욱 좋아하였다, 이런 까닭에 공이 지은 문장은 기이하면서도[3] 우뚝하여 기운과 힘이 있었다. 사물을 읊거나 기록할 때 별 신경을 쓰지 않은 것 같으면서

남명 그 위대한 일생

도 말은 엄정嚴正하고 뜻은 치밀하고 법도가 있었다. 나라에서 과거를 보아 선비들을 뽑을 때, 공이 문장을 지어서 바치면 시관試官들이 그 글을 보고서 크게 놀라 1등이나 2등에 둔 것이 세 번이나 되었다. 고문古文을 배우는 사람들이 다투어 전송하여 모범으로 삼았다.

가정嘉靖 5(1526)년 판교공判校公(남명의 부친)이 돌아가시자, 공은 서울에서 고향으로 운구運柩(시신을 넣은 관을 옮겨오는 일)하여 선영先塋에 장사지내었다. 그리고는 모부인母夫人(남의 어머니에 대한 존칭)을 모시고 고향으로 돌아와 봉양하며 살았다.

하루는 공이 글을 읽다가 허노재許魯齋(許衡)의 말 가운데서 "이윤伊尹의 뜻을 뜻으로 삼고, 안자顔子의 학문을 학문으로 삼는다"라는 말을 보고 흠칫 깨달아 발분發憤하여 뜻을 굳게 세워 육경六經[4] 사서四書 및 주렴계周濂溪 정자程子 장횡거張橫渠 주자朱子 등이 남긴 책을 읽고 외웠다. 낮 동안 힘을 다해 공부하고 또 밤이 늦도록까지 정력을 쏟아 공부하여 이치를 탐구하였다.

스스로 생각하기를, "학문은 경敬을 유지하는 것이 가장 중요하다"라고 하여, 마음을 흐트리지 않고 한 가지 일에 집중하여 마음은 늘 밝게 깨달은 상태를 유지하여 몸과 마음을 잘 거두어 단속하려고 노력하였다. 스스로 생각하기를, "학문은 욕심을 적

---

3) 기이하면서도 : 기유본己酉本 『남명집南冥集』에는 '崎'자로 되어 있는데, 갑신본 『남명집』과 『대곡집大谷集』에는 '奇'자로 되어 있다.

4) 육경六經 : 유가의 대표적인 경전. 『시경詩經』, 『서경書經』, 『주역周易』, 『예기禮記』, 『춘추春秋』, 『악경樂經』. 『악경』은 일찍이 없어졌으므로 실제로 남아 있는 것은 오경五經 뿐이다.

게 하는 것보다 앞서는 것이 없다"라고 하여, 자신의 사욕을 이겨 찌꺼기를 싹 씻어내고 하늘의 이치를 함양하기에 힘을 다하였다. 남이 보지 않고 듣지 않는 곳에서 늘 조심하고 두려워하였으며 남이 보지 않는 혼자 있을 때 자신을 성찰하였다.

아는 것이 이미 정밀하고 오묘한 경지에 이르렀으면서도 더욱 정밀하고 오묘해지기를 구했고, 힘써 실천했으면서도 더욱 더 실천하기에 힘을 다하였다. 그리하여 자신을 성찰하기에 힘을 쏟았다. 자신을 성찰하고 체험하여 실제의 일에 바탕을 두어 깊고 깊은 경지에 반드시 도달하고자 노력하였다.

가정嘉靖 24(1545)년에 모부인母夫人의 상을 당하여 부친의 산소 왼쪽에 안장하였다.

공은 지혜가 밝고 식견이 높아 벼슬에 나아가고 물러나는 기미幾微를 잘 살폈다. 세상은 쇠퇴하고 도道가 없어져5) 사람들의 마음은 이미 잘못 되었고, 풍속은 각박해져 큰 가르침이 이미 해이되었음을 보았다. 또 하물며 어진이가 처신하기 어렵고, 사화士禍가 느닷없이 일어남에랴? 이런 시대를 당하여 공은 비록 세상을 교화하여 바로잡을 뜻이 있었지만, 도道가 때를 만나지 못했으므로 자신이 배운 바를 끝내 실행할 수 없을 줄 알았다. 이런 까닭에 과거에 응시하지도 않았고 벼슬을 구하지도 않은 채, 자신을 숨겨 산야山野에 물러나 살았다.

---

5) 세상은 쇠퇴하고 도道가 없어져 : 기유본『남명집』에는 '世道衰喪'으로 되어 있으나, 갑신본『남명집』과『대곡집大谷集』에는 '世衰道喪'으로 되어 있다.

스스로 남명南冥이라 호를 지었고, 자기가 지은 정자는 산해
정山海亭이라 하였다. 거처하는 집은 뇌룡사雷龍舍라고 하였다.
맨 나중엔 두류산頭流山에 들어가 물 흐르고 구름 낀 골짜기에
터를 잡아 조그마한 집을 지어 산천재山天齋라고 이름을 걸고서
깊이 숨어서 자신을 수양하기를 여러 해 동안 하였다.

중종中宗 때 천거되어 헌릉獻陵(조선 태종의 능) 참봉參奉에 임명
되었으나 나아가지 않았다.

명종明宗 때 또다시 유일遺逸로 천거되어 전생서典牲署 주부主
簿와 종부시宗簿寺 주부主簿에 임명되었다. 얼마 있다가 단성현감
丹城縣監에 임명되었지만, 모두 취임하지 않았다.

이 때 국가의 병폐를 지적하여 상소하기를,

나라의 일은 날로 그릇되어 가고 민심은 날로 흩어져 가고
있습니다. 이를 전환시킬 기회는 자질구레한 정사나 형벌에 있
지 않고 오직 전하의 마음속에 있습니다.

라고 했다.

그 뒤 조지서造紙署 사지司紙에 임명되었으나 병으로 사양
했다.

또 임금님께서 공을 상서원尙瑞院 판관判官에 임명하여 부르
시기에 대궐로 들어가 임금님을 뵈었다. 임금님께서 세상을 다
스리는 방법을 묻자, 공이 이렇게 대답하였다.

고금에 다스리는 방법은 책에 다 실려 있으므로 신의 말이 필요하지 않습니다. 신이 가만히 생각건대, 임금과 신하 사이는 정분과 의리가 서로 들어맞아 아무런 틈이 없어야만 정치를 할 수가 있습니다. 옛날의 훌륭한 제왕들은 신하 대접하기를 마치 친구 대접하듯 하여 그와 정치의 방법을 강구했으므로 임금과 신하 사이에 의견교환이 활발했습니다. 지금 백성들은 곤경에 빠져 물이 빠져나가듯 다 흩어졌으니, 집에 불난 것 끄듯 해야 합니다.

또 학문하는 방법에 대해서 묻자, 공은 대답하기를,

임금의 학문은 정치를 하는 근본인 바, 그 학문은 마음으로 터득하는 것을 귀하게 여깁니다. 마음으로 터득해야 천하의 이치를 궁구窮究하여 사물의 변화에 대응할 수 있습니다.

라고 대답했다.

또 임금님께서 촉한蜀漢의 유현덕劉玄德이 제갈공명諸葛孔明의 움막으로 세 번 찾아가 그를 초빙한 일에 대해서 묻자, 공은 "반드시 영웅을 얻어야만 한漢나라 왕실을 회복할 수 있기 때문에 세 번까지 찾아가게 되었습니다"라고 대답하니 임금이 칭찬하였다.

그 다음날6) 바로 산 속으로 돌아와 버렸다.

─────────────

6) 그 다음날 : 면우俛宇 곽종석郭鍾錫이 지은 「남명묘지명南冥墓誌銘」에는 "7일 만에 돌아왔다"라고 되어 있다. 남명은 그 때 서울에서 여러 사람들을 만나며 머물렀으므로 "그 다음날 돌아왔다"는 것은 맞는 말은 아니지만, 바로 돌아왔음으로 강조해서 한 말이다. 실제로 남명은 10월 3일

남명 그 위대한 일생

융경隆慶 원(1567)년 지금 임금님[宣祖]께서 즉위하시어 전지傳旨를 내려 불렀지만 사양했다. 곧 이어 또 부르는 명이 있었으나, 또 사양했다. 상소하여 아뢰기를, "'구급救急'이란 두 글자를 바쳐 저가 벼슬에 나가는 것을 대신 하겠습니다"라고 했다. 또 당시의 정치상의 폐단 열 가지를 지적하였다.

그 다음 해 또 부름을 받았지만 사양하고 봉사封事를 이렇게 올렸다.

나라를 다스리는 방법은 임금이 착함을 밝히고 몸을 정성스럽게 가지는 데 있습니다. 착함을 밝히고 몸을 정성스럽게 하는 일은 반드시 경敬을 위주로 해야 합니다.

그리고는 아전들이 간악하게 이익을 챙기는 일에 대해서 논했다.

얼마 뒤 종친부宗親簿 전첨典籤에 임명됐지만, 또 사양했다.

신미(1571)년 크게 흉년이 들자 임금님께서 공에게 곡식을 내리셨는데, 공은 글을 올려 은혜에 감사하면서 아뢰기를, "여러 번 건의하는 말을 올렸는데도 시행되는 말이 없습니다"라고 했는데, 말이 매우 간절하고 곧았다.

임신(1572)년에 병이 위독해 지자, 임금님께서 어의御醫를 보내어 병을 치료하게 했는데, 어의가 도착하기 전인 음력 2월 8일

에 명종을 접견하고, 11일에 서울을 떠났다. 제자인 덕계德溪 오건吳健이 쓴 『역년일기歷年日記』에 그 때의 남명의 행적이 매일 매일 자세히 나와 있다.

에 일생을 마쳤으니, 향년 72세였다. 산천재山天齋 뒷산에 묘 자리를 잡아 4월 6일에 장례를 치렀다.

공은 타고난 자질이 영특하고 그릇이 컸다. 단정하고 근엄하고 곧고 발랐다. 굳세면서도 정밀했고 지조가 매우 강했다. 실천을 확실히 했으며, 처신하는 것은 모두 법도에 맞게 했다. 눈으로는 음란한 것을 보지 않았고, 귀로는 삐뚤어진 소리를 듣지 않았다. 장엄하고 공경스런 마음을 늘 속으로 간직하고 있었고 게으른 모습을 밖으로 보인 적이 없었다. 늘 그윽한 방에 푹 잠겨 거처하면서, 발로 담장 밖을 밟은 적이 없었다. 비록 바로 붙어 있는 이웃집에 사는 사람일지라도 그 얼굴을 보기가 어려웠다.

새벽에 닭이 울면 일어나 갓을 쓰고 옷띠를 매고서 자리를 바로하여 곧게 앉아 있으면 어깨와 등이 꼿꼿하였는데, 바라보면 마치 초상화나 조각상 같았다. 책상을 닦고 책을 펼쳐서는 마음과 눈이 모두 책에 집중하였다. 묵묵히 읽으면서 푹 잠기어 생각하였지, 입으로 글 읽는 소리를 내지는 않았다. 서재 안이 고요하여 마치 사람이 없는 것 같았다.

풍채와 용모는 느긋하면서도 고상하여 절로 법도가 있었고, 비록 성나고 다급하고 놀라고 시끄러울 때일지라도 늘 지켜 온 자세를 잃지 않아 매우 훌륭했다.

집안에서는 근엄하게 여러 사람들을 대하였으므로 집안 안팎이 엄숙하게 잘 정돈되어 있었다. 가까이서 모시는 여종도 머리를 잘 빗고 단정히 하지 않고서는 감히 가까이 가지 못했다. 그 부인도 역시 그렇게 해야만 했다.

벗을 사귀는 일을 반드시 신중히 했다. 그 사람이 벗할 만한 사람이면 비록 평범한 사람이라도 왕처럼 높여 예의를 차려 존경했고, 그 사람이 벗할 만한 사람이 못될 경우에는 비록 벼슬이 높을지라도 마치 흙먼지나 지푸라기처럼 보아 그들과 같이 남아 있는 것을 부끄럽게 여겼다. 이런 까닭으로 교유가 넓지 못했다. 그러나 공이 사귀어 아는 사람들은 모두 학행學行과 문예가 있는 당대의 이름난 선비들이었다.

공이 사람을 알아보는 눈이 매우 밝아 사람들이 속일 수가 없었다. 나이 젊은 신진新進 가운데서 남들이 부러워하는 중요한 직책에 앉아 있는 사람이 있었는데, 그 당시 세상의 칭찬을 한 몸에 받고 있었다. 공이 한 번 보고서 다른 사람에게 말하기를, "그 재주를 믿고 스스로 자랑하고 기세를 부려서 남에게 군림하려는 것을 보니, 뒷날 반드시 어진 사람을 해치고 능력 있는 사람을 못살게 만들 것이요"라고 했다. 그 뒤 그 사람은 과연 높은 자리에 올라가서는, 흉악한 무리들과 결탁하여 법을 멋대로 주무르면서 위엄을 부려 사람들을 많이 죽였다.

또 글재주 있는 선비로서 아직 과거에 오르지 못한 사람이 있었는데, 그 사람됨이 몰래 남을 시기하고 질투하고, 또 어진 사람을 원수처럼 여겼다. 공이 여러 사람이 모인 자리에서 그 사람을 보고서 물러나와 친구에게 말하기를, "내가 그 얼굴을 살펴보니 그 사람의 용모는 점잖은 것 같지만 속으로 남을 해칠 마음을 갖고 있으니 그 사람이 만약 벼슬자리를 얻어 자기 뜻을 펴게 된다면, 어진 사람이 아마도 위태로울 것이요"라고 하니, 친구가 공의 밝은 눈에 감복하였다.

매양 임금님의 제삿날을 만나면 풍악을 듣지 않고 고기를 먹지 않았다. 하루는 두서너 명의 벼슬아치들이 공에게 절간에 가서 놀이를 벌이고 한 잔 마시자고 청했다. 공은 천천히 말하기를, "오늘이 아무 대왕의 제삿날인데, 그대들은 혹 잊었는지요?"라고 하니, 좌우의 친구들이 실색失色을 하며 놀라 사과하고 빨리 고기를 치우게 하고 술만 몇 잔 하다가 그만두었다.

천성이 매우 효성스럽고 우애가 있었는데, 어버이의 곁에 있을 때는 반드시 부드러운 얼굴빛으로 착한 일을 함으로써 어버이를 봉양하여 그 마음을 즐겁게 해드렸다. 부드러운 감촉의 옷과 맛난 음식을 빠짐없이 갖추어 드렸다.

상중喪中에 있을 때는 피눈물을 흘리면서 슬피 사모하여 상복을 벗지 않고 이른 아침부터 밤 늦게까지 신주 곁에 있었다. 비록 병이 있어도 떠나려고 하지 않았다.

제사 때는 제사 음식을 고루 갖추었는데, 음식 장만하는 일이나 그릇 씻는 일을 노비들에게만 맡겨 두지 않고 반드시 직접 살펴보았다.

조문하는 사람이 있으면 반드시 엎드려 곡하고 답례로 절만 할뿐, 그들과 더불어 앉아 말한 적이 없었다. 곁에서 시중드는 아이 종에게도 복상服喪이 끝나기 전에는 여러 가지 집안 일 등으로 와서 묻지 말라고 당부하였다.

아우 환桓과 우애가 매우 돈독하여, "형제는 사지와 몸뚱이와 같아서 나뉘어질 수 없다"고 생각하였다. 아우와 한 울타리

안에 살면서 한 밥상에서 밥 먹고 한 이불을 덮고 자면서 마음이 서로 통하도록 하였다.

집안의 재산을 내어 형제 가운데서 가난한 사람들에게 다 나누어주고 자기는 조금도 갖지 않았다.

다른 사람들이 죽거나 초상을 만났다는 말을 들으면 마치 자기가 슬픈 일을 당한 듯 있는 기운을 다하여 급히 달려가 홍수나 화재에서 건져내듯 구제해 주었다.

쭉정이나 피 버리듯이 재물을 쉽게[7] 내놓았다.

세상 일을 잊지 못하였고 나라 일을 근심하고 백성들을 불쌍히 여겼다. 매양 달 밝은 맑은 밤이면 혼자 앉아 슬피 노래하다가 노래가 끝나면 눈물을 흘렸지만, 곁에 사람들은 그 뜻을 알지 못하였다.

공은 만년에 학문의 힘이 더욱 진보되어[8] 조예가 정밀하고 깊어졌다.

공이 사람을 가르칠 때, 배우는 사람의 재주에 따라서 정성을 다했다. 질문이 있으면 그 의심스런 뜻을 털끝 하나까지도 아주 자세하게 분석하여[9] 듣는 사람들로 하여금 훤히 깨닫게 한

---

7) 쉽게 : 기유본 『남명집』에는 '轉'자로 되어 있으나, 갑신본 『남명집』이나 『대곡집大谷集』에는 '輕'자로 되어 있다.

8) 진보되어 : 기유본 『남명집』에는 '盡'자로 되어 있는데, 갑신본 『남명집』이나 『대곡집』에는 '進'자로 되어 있다. '進'자가 옳기에, '進'자의 뜻으로 번역하였다.

9) 분석하여 : 원문의 '析'자가 갑신본 『남명집』에는 잘못 '柝'자로 되어 있다.

뒤에 그만두었다.

또 배우는 사람을 경계하여,

지금 세상에 배우는 사람은 절실한 것은 버려두고 고원高遠한 것을 추구하니 작은 병통이 아니다. 학문이란 본디 부모를 섬기고 형을 공경하고 어른을 잘 받들고 어린이를 보살피는 것에서 벗어나지 않는 것이다. 만약 이런 일에 힘쓰지 않으면서 곧장 성리학의 오묘한 이치를 구하려고 한다면 이는 인간의 일에서 하늘의 이치를 구하는 것이 아니니 끝내 실제 얻는 것이 없을 것이다.

라고 했다.

옛 성현들의 초상화를 그려 병풍을 만들어 펼쳐 두고서 매일 아침 우러러 절하며 엄숙하게 경의를 표했는데, 마치 그 분들을 직접 그 자리에서 스승으로 모시고서 가르침을 듣는 듯이 했다.

공은 일찍이 말하기를, "배우는 사람은 잠을 많이 자서는 안 된다. 사색하는 공부는 밤에 더욱 오로지 할 수 있다"라고 했다.

매양 책을 읽다가 긴요한 곳이 나오면 반드시 세 번 반복하여 읽은 뒤 적어 두었는데, 그 것을 이름하여 『학기學記』라고 했다.

손수 「신명사도神明舍圖」를 그리고 거기에다 「신명사명神明舍銘」을 지어 붙였다. 또 「천도도天道圖」 등을 그렸는데, 그 종류가 한 가지만이 아니었다.

또 창문과 벽 사이에 '경敬과 의義'라는 두 글자를 써서 배우는 사람들에게 보이면서 스스로 경계하였다. 병이 아주 위독할 때도 오히려 경과 의에 대한 이야기를 간절히 하면서 제자들을 가르쳤다.

죽을 때 부녀자들을 물리쳐 가까이 오지 못하게 했다. 죽는 것을 편안히 받아들여 조금도 마음이 흔들리지 않았고, 잠들 듯이 고요히 숨을 거두었다.

임금님께서 치제致祭[10]할 제문祭文을 지어 내리고 곡식으로 부조賻助를 하고, 사간원司諫院[11] 대사간大司諫을 추증追贈하였다.

친구, 여러 학생, 일가친척들이 울부짖으며 슬퍼하였는데, 장례 때 모여 영결한 사람이 수 백명이 되었다.

부인은 남평조씨南平曺氏인데, 충순위忠順衛 조수曺琇의 따님이다. 공보다 먼저 세상을 떠났다. 아들 하나 딸 하나를 낳았다. 아들은 일찍 죽었다. 딸은 만호萬戶 김행金行에게 시집가 딸 둘을 낳았다. 그 사위 가운데서 맏이는 김우옹金宇顒인데, 지금 승문원 부정자承文院副正字이다. 그 다음은 곽재우郭再祐인데, 바야흐로 글을 배우고 있다.

방실旁室에서 아들 셋과 딸 하나를 낳았는데, 아들은 차석次石, 차마次磨, 차정次矴이다. 딸은 맨 뒤에 낳아 어리다.

아아! 공은 독실하게 배우고 힘써 실천하여 도道를 닦고 덕德

---

10) 치제致祭 : 국가에서 왕족이나 대신 및 국가를 위해서 죽은 사람에게 제문과 제물을 갖추어 관원을 보내어 제사 지내 주는 것을 말한다.
11) 사간원司諫院 : 조선시대 국왕의 언행에 대해서 간諫하는 일과 국가사회의 윤리문제를 논의하는 일을 맡은 관아. 대사간은 그 책임자로 정3품직이다.

에 나아가 조예가 정밀하고 견문이 넓어 비교할 만한 사람이 없었다. 옛날 선현들과 대등하여 후세의 학자들이 으뜸 되는 스승으로 쳤다. 혹 모르는 사람들은 논의를 달리했지만, 어찌 꼭 모르는 사람에게 알려지기를 구하겠는가? 어찌 단지 꼭 지금 사람들에게만 알려지기를 구하겠는가? 백세百世를 기다려 아는 사람은 알 것이다.

내[成運]가 친구인지라, 어울려 지낸 지가 가장 오래 되어, 젊어서부터 노년에 이르기까지 그 덕행을 보고 들었으므로, 다른 사람들이 알지 못하는 바를 아는 것이 있다. 모두 눈으로 본 것이지, 귀로 들은 것은 아니므로 신빙성이 있을 것이다.

명銘은 이러하다.

하늘이 공에게 덕을 부여하여	天與之德
어질고 또한 곧았네.	旣仁且直
그 덕德 몸에 간직하여,	斂之在身
스스로 쓰기에 풍부했다네.	自用則足
사람들에게 베풀지 못하여,	不施于人
은택恩澤이 널리 미치지 못했네.	澤靡普及
시대가 그러했던가? 운명이었던가?	時耶命耶
불쌍해라! 우리 백성들 복 없으니.	悼民無祿

■ 曹故爲著姓稱. 世有人. 其先有仕高麗太祖時. 爲刑部員外郎諱瑞者. 德宮公主. 其母也. 其後相繼昌顯. 至諱殷. 爲中郎

將. 於公爲高祖. 是生諱安習. 成均生員. 生員生諱永. 不仕. 其
嗣曰諱彦亨. 始以才藝. 選爲吏曹正郎. 狷介寡合. 官至承文院判
校以卒. 其配李氏. 忠武衛菊之女. 有閫範. 事君子無違德. 公其
第二子. 植名而樒仲其字也. 生而岐嶷. 容貌粹然. 自爲兒齒. 靜
重若成人. 不逐輩與流與戲. 游弄之具. 亦莫肯近其手. 判校公愛
之. 自能言抱置膝上. 授詩書. 應口輒成誦不忘. 年八九歲. 病在
席. 母夫人憂形於色. 公持形立氣. 紿以小間. 且告之曰. 天之生
人. 豈徒然哉. 今我幸而生得爲男. 天必有所與. 責我做得. 天意
果在. 是吾豈憂今日遽至夭歿乎. 聞者異之. 稍長. 於書無不博
通. 尤好左柳傳文. 以故. 爲文崎峭有氣力. 詠物記事. 初不似經
意. 而辭嚴義密. 森然有律度. 因國學策士. 獻藝有司. 有司得對
語大驚. 擢置第二第三者. 凡三焉. 學古文者. 爭相傳誦以爲式.
嘉靖五年. 判校公捐館. 公自京師. 奉裳帷安措乎鄉山. 迎歸母夫
人. 侍養焉. 公一日. 讀書得魯齋許氏之言曰. 志伊尹之志. 學顏
淵之學. 惕然覺悟. 發憤勵志. 講誦六經四書及周程張朱遺籍. 旣
窮日力. 又繼以夜. 苦力弊精. 研窮探索. 以爲學莫要於持敬. 故
用工於主一. 惺惺不昧. 收斂身心. 以爲學莫善於寡欲. 故致力於
克己. 滌淨查滓. 涵養天理. 戒愼乎不覩不聞. 省察乎隱微幽獨.
知之已精而益求其精. 行之已力而益致其力. 以反躬體驗. 脚踏
實地爲務. 求必蹈夫閫域. 二十四年. 丁母夫人憂. 祔葬于先大夫
墓左. 公智明識高. 審於進退之機. 嘗自見世道衰喪. 人心已訛.
風漓俗薄. 大敎廢弛. 又況賢路崎嶇. 禍機潛發. 當是時. 雖有志
於挽回陶化. 然道不遇時. 終未必行吾所學. 是故. 不就試. 不求

仕. 卷懷退居山野. 名其所築亭曰山海. 舍曰雷龍. 最後. 得頭流
山. 入水窟雲洞. 架得八九椽. 扁曰山天齋. 深藏自修. 年紀積矣.
在中廟朝. 以薦拜獻陵參奉. 不起. 明廟朝. 又以遺逸. 再除爲典
牲宗簿主簿. 尋遷丹城縣監. 皆不起. 因上章曰. 國事日非. 民心
已離. 其轉移之機. 非在於區區之政刑. 惟在於殿下之一心. 其
後. 拜司紙. 以疾辭. 又以尙瑞判官徵入. 引對前殿. 上問治亂之
道. 對曰. 君臣情義相孚. 可以爲治. 問爲學之方. 對曰. 人主之
學. 出治之源. 而其學貴於心得. 又問三顧草廬事. 對曰. 必得英
雄. 可以圖復漢室. 故至於三顧. 上稱善. 翌日. 還山. 隆慶元年.
今上嗣服. 有旨召. 辭. 繼有徵命. 又辭. 奏疏請獻救急二字. 以
代獻身. 陳時弊十事. 二年. 被召辭. 又上封事言. 爲治之道. 在
人主明善誠身. 明善誠身. 必以敬爲主. 因陳胥吏姦利事. 久之.
授宗親府典籤. 又辭. 辛未. 大饑. 上賜之粟. 以書陳謝. 因言累
章獻言. 言不施用. 辭甚切直. 壬申. 病甚. 上遣醫治疾. 未至. 以
其年二月八日終. 享年七十有二. 卜宅于山天齋後山. 葬用四月
六日. 公天資英達. 器宇高嶷. 端嚴直方. 剛毅精敏. 操履果確.
動循繩墨. 目無淫視. 耳無側聽. 莊敬之心. 恒存乎中. 惰慢之容.
不形于外. 常潛居幽室. 足不躡門墻之外. 雖連棟而居者. 罕得見
其面. 聽鷄晨興. 冠頂帶腰. 正席尸坐. 肩背竦直. 望之若圖形刻
像. 拂床開卷. 心眼俱到. 默觀而潛思. 口不作吾伊之聲. 齋房之
內. 寂然若無人. 威儀容止. 舒遲閑雅. 自有準則. 雖在匆卒驚擾
之際. 不失常度. 甚可觀也. 賓侶之就省者. 見公神色峻勵. 簡默
少言. 必斂容曲膝. 悚然敬畏. 終莫敢與之閒語謔笑. 其於家. 莊

以莅衆. 閨庭之間. 內外肅正. 其室婢之備近侍者. 不斂髮正髻不
敢進. 雖其配偶之尊. 亦然. 聞人之善. 喜動於色. 若己有之. 聞
人之惡. 恐或一見. 避之如仇. 取友必端. 其人可友. 雖在布褐.
尊若王公. 必加禮敬. 不可友. 官雖崇貴. 視如土梗. 恥與之坐.
以此. 交遊不廣. 然其所與知者. 有學行文藝. 皆當世名儒之擇
也. 藻鑑洞燭. 人無能廋匿. 有新進少年. 踐淸班. 擅盛譽. 公一
見告人曰. 觀其挾才自恃. 乘氣加人. 異日賊賢害能. 未必不由此
人. 其後. 果登崇位. 陰結兇魁. 弄法行威. 士類殲焉. 又有士子.
有文藝未第. 其人陰猜媢嫉. 仇視賢人. 公偶見於群會中. 退而語
友人曰. 吾察於眉宇之間. 而得其爲人. 貌若坦蕩. 中藏禍心. 如
使得位逞志. 善人其殆乎. 友人服其明. 每値國諱. 不聆樂啖肉.
一日. 有三名窐. 請公會佛寺張飲. 公徐言曰. 某大王諱辰. 今日
是也. 諸公豈偶忘之耶. 左右失色驚謝. 亟命退樂去肉. 酒一再
行. 乃罷. 天性篤於孝友. 居親之側. 必有婉容. 以善爲養. 悅其
心志. 衣柔膳甘. 亦莫不具. 其在服. 哀慕泣血. 不脫経帶. 晨夜.
身未嘗不在几筵之側. 雖遘疾. 亦莫肯退就服舍. 祭必備物. 烹調
之宜. 滌拭之潔. 不以獨任廚奴. 必躬親視之. 有吊慰者. 必伏哭
答拜而已. 未嘗坐與之語. 戒僮僕. 喪未終. 勿以家事冗雜者來
諗. 與弟桓友愛甚篤. 以爲支體不可解也. 同居一垣之內. 出入無
異門. 合食共被. 怡怡如也. 捐家藏. 分與兄弟之貧乏者. 一毫不
自取. 聞人遭死喪之戚. 痛若在己. 狂奔盡氣. 如救水火. 轉出貨
力. 猶棄秕稗. 不能忘世. 憂國傷民. 每値淸宵皓月. 獨坐悲歌.
歌竟涕下. 傍人殊不能知之也. 公晚歲. 學力益盡. 造詣精深. 其

教人. 各因其才而篤焉. 有所質問. 則必爲之剖析疑義. 其言細入秋毫. 使聽者洞然暢達而後已. 嘗語學者曰. 今之學者. 捨切近趨高遠. 爲學. 初不出事親敬兄悌長慈幼之間. 如或不勉於此. 而遽欲窮探性理之奧. 是不於人事上求天理. 終無實得於心. 宜深戒之. 畫古聖賢遺像. 張在左右. 目存而心思. 肅然起敬. 如在函丈間. 耳受面命之誨. 嘗曰. 學者無多着睡. 其思索工夫. 於夜尤專. 以此. 常自佩金鈴. 號曰惺惺子. 時振以喚醒. 每讀書. 得緊要語言. 必三復已. 乃取筆書之. 名曰學記. 手自圖神明舍. 因爲之銘. 又圖天道天命理氣性情與夫造道入德堂室科級者. 其類非一. 又於窓壁間. 大書敬義二字. 以示學者. 且自警焉. 病且亟. 復擧敬義字. 懇懇爲門生申戒. 其歿也. 斥婦人令不得近. 安於死. 心不爲動. 怡然如就寢. 上賜祭賻粟. 贈司諫院大司諫. 故友諸生. 宗人外姻. 號慟會送者. 幾數百人. 夫人南平曹氏. 忠順衛琇之女. 先公歿. 生男女二人. 男早夭. 女歸于萬戶金行. 生二女. 其壻之長曰金宇顒. 今爲承文院正字. 次曰郭再祐. 方學文. 旁室生三男一女. 男曰次石, 次磨, 次矴. 女最後生. 幼. 嗚呼. 公篤學力行. 修道進德. 精識博聞. 鮮與倫比. 亦可追配前賢. 爲來世學者宗師. 而或者之不知. 其論有異焉. 然何必求知於今之人. 直百世以竢知者知耳. 運忝在交朋之列. 從游最久. 觀德行於前後. 亦有人所不及知者. 此皆得於目而非得於耳. 可以傳信. 其辭曰.

天與之德. 旣仁且直. 斂之在身. 自用則足. 不施于人. 澤靡普及. 時耶命耶. 悼民無祿.

남명조선생南冥曺先生 신도비명神道碑銘[1]

-서문도 아울러서-

정인홍鄭仁弘 지음

선생이 세상을 떠나고 나서, 산천재山天齋 뒷 언덕에 안장安葬하고[2] 비석을 세웠다. 그 비문碑文은 대곡大谷 성선생成先生(成運)이 지은 것이다. 성선생은 선생과 도道를 같이 하는 벗이었다.

---

1) 이 「신도비명神道碑銘」은 정인홍鄭仁弘의 『내암집來庵集』 제13권에 실려 있는데, 1622년에 덕천서원德川書院에서 개교改校한 임술본壬戌本 『남명집南冥集』에 실린 글과 대조해 보면, 글자의 출입이 많다. 『내암집來庵集』에 실린 것은 글자가 틀린 것, 글자가 빠진 것, 글자가 잘못 더 들어간 것, 순서가 바뀐 것 등등으로 문리文理가 연결되지 않은 곳이 많다. 『남명집』에 실린 것은 인조반정仁祖反正 이전에 정인홍이 지은 신도비를 파손하기 전에 채록한 것이기 때문에 신빙성이 높다고 할 수 있으므로 『남명집』에 실린 비문을 대본으로 해서 번역했다. 특히 명銘 부분은, 원래 4자가 한 구句이고, 격구隔句로 운자韻字를 달았는데, 내암집은 자구도 맞지 않고, 운자도 맞지 않는 아주 불완전한 것이고, 『남명집』에 실린 명과 비교해 보면, 마지막의 16자는 아예 없어졌다. 『내암집來庵集』은 1911년에, 후손들이 보존해온 자료와 수집한 자료를 모아 편집하여 목활자로 간행한 것인데, 『남명집』에 비해서 문헌적 가치가 아주 떨어진다.

2) 안장安葬하고 : 『남명집』에는 '幽宅'으로 되어 있는데, 『내암집來庵集』에는 '葬'으로 되어 있다.

이 비문에는 선생의 학문의 과정과 도덕 규범과 지키는 바와 계파系派의 원류源流 등이 상세하게 실려 있어 더 보탤 것이 없었다.

그 30여년 뒤 선생의 맏아드님이 옛날 비석은 돌이 형편 없는 것이라 이미 이지러진 것이 많아 오래가기를 기대할 수 없다고 하여 돌을 다듬어 장차 고쳐 세우려고[3] 했다.

그 때 마침 성균관成均館 유생儒生들이 상소를 하여 선생에게 관작官爵을 추증追贈하고 시호諡號를 내려줄 것을 요청하였는데, 임금님[光海君]의 윤허允許를 입었다.

이에 새 돌로[4] 신도비神道碑를 만들면서 나에게 비문을 요청해 왔는데, 사양해도 되지 않았다. 아아![5] 해를 그리는 사람이 그 모양만 그리는 것이지 그 빛을 그릴 수 있겠는가?

선생의 휘諱는 식植, 자는 건중楗仲, 본관은 창산昌山(昌寧의 별칭)이다. 시조는 서瑞인데, 고려高麗에 벼슬하여 형부원외랑刑部員外郎이 되었다. 그 어머니는 덕궁공주德宮公主이다.

그 뒤에 생원生員 안습安習이 있었는데, 선생에게 증조가 된다. 생원이 영永을 낳았는데, 벼슬하지 않았다. 이 분이 판교判校 언형彦亨을 낳았다.

판교가 인천이씨仁川李氏에게 장가들어 선생을 낳았으니, 홍

---

3) 고쳐 세우려고 : 『남명집』에는 '改之'로 되어 있는데, 『내암집』에는 '改樹'로 되어 있다.
4) 새 돌로 : 『남명집』에는 '新石'으로 되어 있는데, 『내암집』에는 '新伐石'으로 되어 있다.
5) 아아! : 『내암집』에는 '噫'자가 빠져 있다.

남명 그 위대한 일생

치弘治 신유(1501)년 6월 임인壬寅6)일이다.

선생은 일찍부터 도덕에 뜻을 두고서 과거 공부를 싫어하였다7). 옛날 살던 집 냇가 위에 띠집을 지어 뇌룡사雷龍舍라고 했다. 스스로 남명南冥이라고 호를 지었다.

만년에는 두류산頭流山 덕천동德川洞에 터를 잡아 느긋하게 숨어 지냈다. 서재書齋에 산천재山天齋라는 편액扁額을 걸었다.

중종中宗 때부터 이미 벼슬에 임명하는 임금님의 명命있었으나 나아가지 않았다. 명종明宗, 선조宣祖 때도 부르는 명이 전후에 거듭 이르렀으나, 오랫동안8) 나가는 것을 즐기지 않았다. 그 뒤 상서원尙瑞院 판관判官으로 임금님의 은혜로운 명에 한번9) 사례하였으니, 임금과 신하 사이의 의리10)를 버리고 싶지 않았기 때문이다.

산으로 돌아와 세상을 떠날 때까지 누린 연세가 72세였다.

세상 사람들 가운데는 간혹 '고상하고 뻣뻣하다11)'라고 여기

---

6) 임인壬寅 : 음력 6월 26일인데, 그 날의 일진日辰이 임인이다.

7) 일찍부터 … 싫어하였다 :『남명집』에는 '先生志於道德, 早厭擧子業'으로 되어 있는데,『내암집』에는 '先生早厭擧子業, 志於道德'으로 되어 있다.

8) 오랫동안 :『내암집來庵集』에 실린 원문에는, 이 앞에 '小伸'이라는 두 글자가 더 들어 있으나, 잘못 들어간 글자로 보인다.

9) 한번 :『남명집』에는 '一'자로 되어 있는데,『내암집』에는 '趣'자로 되어 있다.

10) 임금과 신하 사이의 의리 :『내암집來庵集』에는 군신지의君臣之義 다음에 '不欲廢也'라는 네 글자가 잘못 빠져 앞 뒤 문리文理가 되지 않는다.

11) 고상하고 뻣뻣하다 :『남명집』에 '高亢'으로 되어 있는데,『내암집』에는 '輕世'로 되어 있다.

기도 하고, 혹은 절개 한 가지만 있는 것으로 배척하였는데, 심하도다! 도道를 알지 못하는 것이.

일찍이 들으니, 군자는 중용中庸에 의거하여 세상에 숨어 살면서 알려지지[12] 않아도 후회하지 않는다. [오직 선생만이 이런 데 거의 가깝도다. 대저][13] 중용의 '중中'자의 쓰임은, 정해진 위치도 없고, 정해진 형체도 없고, 오직 그 때에 맞게 하는 것[14]인데, 보통 사람들이 능히 알 수 있는 바가 아니다. 순舜임금이 미천하게[15] 깊은 산중에서 살았는데, 세상에 요堯임금이 없었다면[16], 끝내 그렇게 한 평생을 마쳤을 것이다. 그 양쪽 끝을 잡고 그 중용을 쓰는 것[17]이 이런 데 있지 않겠는가? 세 번 자기 집 대문을

---

12) 옳게 여겨지지 : 『남명집南冥集』 권4에 '知'자로 되어 있는데, 『내암집來庵集』에는 '是'자로 되어 있다. 『주역周易』 「문언전文言傳」에 "옳게 여겨지지 않아도 고민하지 않았다.[不見是而无悶.]"으로 되어 있으므로 '是'자의 뜻으로 번역하였다.

13) 『내암집』에 있는 '惟先生庶幾焉. 夫' 부분을 보충하여 번역한 것이다.

14) 그 때에 맞게 하는 것 : 『남명집』에 '惟其時'로 되어 있는데, 『내암집』에는 '惟在時'로 되어 있다.

15) 미천하게 : 『남명집』에는 '側微'로 되어 있는데, 『내암집』에는 '在側微'로 되어 있다.

16) 요堯임금이 없었다면 : 『남명집』에는 '世無堯'가 『내암집』에는 '非堯'로 되어 있다.

17) 그 양쪽 끝을 잡고 그 중용을 쓰는 것 : 『중용中庸』 제6장에, "순임금은 묻기를 좋아하고 비근한 말을 살피기 좋아하고, 남의 나쁜 점은 감추어 주고 착한 점은 선양하고, 두 끝을 잡아 백성에게는 중용을 적용하였으니, 이 것이 순임금이 된 까닭인져![舜好問而好察邇言, 隱惡而揚善, 執其兩端, 用其中於民, 其斯以爲舜乎?]"라는 구절이 있다. 자신의 정확한 판단력으로 여러 사물의 두 가지 상반되는 것의 중도를 헤아려서 적절하게 활용한다는 뜻이다. 남명의 처신은 고상하거나 뻣뻣하지 않고 절개만 지키는

지나가면서도[18] 집에 들어가지 않은 것은 우禹임금과 직稷[19]의 중용이다. 한 소쿠리의 밥과 한 바가지의 마실 것으로 더러운 골목에서 살아가는 것은 안씨顔氏(顔回)가 중용을 한[20] 것이다. 그래서 세상에 숨어 살면서도 후회하지 않았던 것이다. 그런 자세를 두고 성인聖人들은 '고상하고 뻣뻣하다'라고 말하지 않고, '중용中庸에 의거하여 살았다'고 말하는 것이니, 그 의의를 이미[21] 볼 수 있는 것이다. 증자曾子[22]와 자사子思[23]가 벼슬하지 않고 그 뜻을 고상하게 가진 것은 하나의 방법이었다. 그렇지 않다면, '고상하고 뻣뻣한 것'에 가깝지 않겠는가? '하나의 절개만 있는 것'에 가깝지 않겠는가? 지금 말하는 중용의 의의에 손상이 있게 되었을 것이다.

또 학문의 요점은, 벼슬에 나가지 않고 집에 있으면서는 지

것도 아니고, 사실 가장 중용을 잘 지켰다는 것을 말한 것이다.

18) 자기 집 대문을 지나가면서도 : 『남명집』에는 '三過門'으로 되어 있는데, 『내암집』에는 '三過其門'으로 되어 있다.

19) 직稷 : 주周나라의 시조. 보통 후직后稷이라고 부른다. 요堯임금에게 발탁되어 농사와 교육을 담당하는 신하가 되었다. 나중에는 곡식의 신으로 추앙되었다.

20) 한 : 『남명집』에는 '亦'자로 되어 있는데, 『내암집來庵集』에는 '爲'자로 되어 있다. '亦'자로는 문리文理가 되지 않기에, '爲'자의 뜻으로 번역하였다.

21) 이미 : 『남명집』에는 '已'자로 되어 있는데, 『내암집』에는 '大'자로 되어 있다.

22) 증자曾子 : 공자의 제자인 증삼曾參. 자는 자여子輿. 공자의 도를 후세에 전했다. 『대학』의 전傳 10장章을 지었다고 한다.

23) 자사子思 : 공자의 손자로 증자曾子에게서 배웠다. 이름은 급伋. 『중용中庸』을 지었다고 한다.

키는 것이 있어야 하고, 밖에 나가서는 어떤 하는 바가 있어야 하는 것일 따름이다.

공부하는 실제적인 과정은, 경敬으로써 안을 곧게 하고, 의義로써 바깥을 반듯하게 했다. 경과 의를 서로 보완적으로 만들어 위로 향해 나아가 처음과 끝을 이룬 것으로는 경과 의의 순수하고 극진함 만한 것이 없다[24]. 입으로 하는 말만[25] 지껄이고[26] 문장 솜씨만 발휘하여 비록[27] 학문한다는 이름을[28] 잃지 않지만, 그런 사람은 단지 하나의 앵무새일 따름이다.

선생은, 학문이 끊어지고 도道를 잃은 때에 태어나서, 확고하게 경敬과 의義로써 근본으로 삼았다. 여러 가지 책을 비록 널리

---

24) 증자曾子와 자사子思가 … 극진함 만한 것이 없다 : 이 번역에 해당되는 원문이 『남명집』과 『내암집』이 크게 다른데, 『남명집』에는 '況曾思子, 不仕, 高尙, 亦一道也. 不然, 亦不幾於高亢乎. 不幾於一節乎. 若如今之說中之義飾矣. 且學之要, 處有守, 出有爲而已. 其工程實地, 內外直方, 敬義立, 夾持向上, 成始成終, 豈有如二字純且盡也. 若徒能'으로 되어 있는데, 『내암집』에는 "也. 試以學言, 敬直義方, 敬義立德不孤, 夾持向上, 成始成終, 莫此二字若也. 彼"로 되어 있다.

25) 입으로 하는 말만 : 『남명집南冥集』에는 '口舌'로 되어 있고, 『내암집來庵集』에는 '口說'로 되어 있다. 『주역周易』 함괘咸卦 육이효六二爻 상사象辭에, '입으로 하는 말만 지껄인다[滕口說]'라는 구절에서 따온 말이므로 '구설口說'로 쓰는 것이 옳다.

26) 지껄이고 : 『남명집南冥集』에 '滕'자로 되어 있는데, 『내암집來庵集』에는 잘못 '滕'자로 되어 있다. '滕'자는 '騰'자의 뜻이다. 『주역周易』에, '입으로 하는 말만 지껄인다[滕口說]'라는 구절이 있다.

27) 비록 : 『남명집』에는 '雖'자로 되어 있는데, 『내암집』에는 '要'자로 되어 있다.

28) 이름을 : 『남명집』에는 '名'으로 되어 있는데, 『내암집』에는 '名者'로 되어 있다.

남명 그 위대한 일생

다 보았지만 평생 자신에게 돌이켜서 요약하였다. 경과 의를 이롭게 활용하여 몸을 편안하게 유지한 지가 40여년이 되었다.[29]

움직일 때와 가만히 있을 때 서로 보완적으로 수양하여 의젓하게 천지天地 신령神靈을 대하듯이 하여 성취해서 자기 한 사람의 것으로 삼았다. 그래서 벼슬에 나가거나 나가지 않고 집에 있거나 하는 것이, 시대의 알맞음을 얻었다.[30]

"군자君子가 길을 가면서 먹지 않았다"[31], "그 발꿈치를 꾸며서 걸어서 간다"[32]라고 한 것은, 바로[33] "갈 곳이 있는데 다른

---

29) 여러 가지 … 되었다 : 『남명집』에는 '旣博而反約, 利用安身, 四十餘年'으로 되어 있는데, 『내암집』에는 '羣書雖博盡, 平生反約, 只在二字上用工, 造詣不可量也'으로 되어 있다.

30) 성취해서 … 얻었다 : 『남명집』에는 '爲心身上物事, 故出處得時義'로 되어 있는데, 『내암집』에는 '成就爲一己有. 故時行止合於義'로 되어 있다.

31) 군자君子 … 않았다. : 『주역周易』 명이괘明夷卦 초구효사初九爻辭에, "군자가 길을 감에 3일 동안 먹지 않았다[君子于行, 三日不食]."라는 구절이 있다. "소인이 군자를 해치려고 하므로 군자가 길을 떠나가는데, 곤란을 겪어 3일 동안 먹지 못했다"는 뜻으로 정자程子는 풀이하였다. 명이괘明夷卦는, 암매暗昧한 임금이 위에 있어, 현명한 사람이 훼상毀傷을 당하는 때이다. 여기서는 '남명南冥이 어두운 시대를 만나 뜻을 펴지 못했다'는 뜻을 나타낸 것이다.

32) 그 발꿈치를 꾸며서 걸어서 간다 : 『주역』 비괘賁卦 초구효사初九爻辭에, "그 발꿈치를 꾸며 수레를 버리고서 걸어간다[賁其趾, 舍車而徒]."라는 구절이 있다. 비괘는, "군자가 자리를 얻지 못하여 어떤 일을 할 수 없으므로 아래에 있으면서 자신의 행실을 아름답게 한다."는 뜻으로 정자程子는 풀이하였다. '발뒤꿈치[趾]'는 아래에 있다는 뜻이다. '수레를 버리고서 걸어간다.'는 것은 의리상 맞지 않으면 차라리 걸어간다는 것으로 군자가 아름답게 여기는 바이다.

33) 아름답게 … 바로 : 『남명집』에는 '賁趾而徒此. 正有'로 되어 있는데, 『내

사람이 말을 한다"³⁴⁾는 효상爻象³⁵⁾이다. 날개가 일찍이 쳐진 적이 없었고, 선생의 덕德은 뽑을 수가 없었으니³⁶⁾, 여러 사람을 능가하여 백세百世를 기다려 미혹迷惑하지 않을 것이다. 세상에 그 다리에 느껴서 자기 자리에 있지 않고, 다른 사람을 따르니 집행하는 바가 하류下流이면서³⁷⁾, 스스로 "도학道學³⁸⁾을 합네", "시중時中을 합네"하고 생각하는 사람들과 비교하면, 질이 좋은

암집』에는 '貫趾而佳. 深得'으로 되어 있다.

34) 갈 곳이 … 말을 한다 : 『주역』 명이괘明夷卦 초구효사初九爻辭에, "갈 곳이 있으니 주인이 말이 있다[有攸往, 主人有言]."이라는 구절이 있다. "군자가 훼상毀傷이 이르기 전에 기미幾微를 보고서 떠나면, 그 기미를 모르는 주인이 이상하게 생각하여 말을 건다"라고 정자程子는 풀이하였다. 군자가 판단하여 실행하는 일을 보통 사람들이 이해하지 못한다는 뜻이다.

35) 효상爻象 : 『주역』 각 괘卦의 효사爻辭와 상사象辭를 말하는데, 여기서는 '형상形象'이란 뜻으로 쓰였다.

36) 날개가 … 없었으니 : 『남명집』에는 '翼未嘗垂, 德不可拔'로 되어 있는데, 『내암집』에는 '德不拔, 翼不垂'로 되어 있다.

37) 그 다리에 … 하류下流이면서 : 『주역』 함괘咸卦 구삼상사九三象辭에, "다리에 느껴서 그 자리에 있지 않고, 다른 사람을 따를 뜻을 두니, 집행하는 바가 낮도다[咸其股, 亦不處也. 志在隨人, 所執下也]."라는 구절이 있다. 함괘의 구삼효九三爻는 양효陽爻인데, 그 아래에 있는 두 개의 음효陰爻에 영향을 받아서 제 자리를 지키지 못하고 흔들거리면서 자기 자리를 찾아 지키지 못한다. 강양剛陽한 자질을 지녔으면서도 능히 자주적으로 처신하지 못하여, 뜻이 도리어 다른 사람을 따라가게 되니, 집행하는 바가 아주 저급하다는 뜻이다. 여기서는 남명南冥과 동시대 사람으로서 자신의 지조를 굳게 지키지 못하고 벼슬에 나갔다가 물러났다가 하는 사람들을 풍자하고 조소嘲笑한 것이다. 『남명집』에는 '隨人執下'으로 되어 있는데, 『내암집』에는 '執下隨人'으로 되어 있다.

38) 도학道學 : 『남명집』에는 '道學'으로 되어 있는데, 『내암집』에는 '學問'으로 되어 있다.

남명 그 위대한 일생

황금과 모래 덩어리의 차이 정도에서 그칠 뿐만 아니다. 선생은
세상에서 숨어지내면서도 후회하지 않은 군자가 아니겠는가? 중
용에 의거했는데, 장차 누구와 더불어 돌아갈 것인가?

　　남평조씨南平曹氏에게 장가들어[39] 아들 하나를 낳아 차산次山
이라 이름 했는데, 일찍 죽었다.[40] 딸 하나는[41] 만호萬戶 김행金
行에게 시집갔다.

　　소실小室[42]에서 아들 셋과 딸 하나를 낳았다. 맏아들[43] 차석
次石은 현감縣監을 지냈고, 그 다음은[44] 차마次磨인데, 주부主簿
를 지냈고, 그 다음은[45] 차정次矴인데, 만호萬戶를 지냈다.

　　김행金行은 딸 둘을 낳았다. 맏이는 부제학副提學 김우옹金宇
顒[46]에게 시집갔고, 그 다음은 감사監司 곽재우郭再祐[47]에게 시

---

39) 장가들어 : 『남명집』에는 '娶'자로 되어 있는데, 『내암집』에는 '聘'자로
　　되어 있다.
40) 아들 하나를 … 죽었다 : 『남명집』에는 "生男一曰次山夭"로 되어 있는
　　데, 『내암집』에는 "生男一女一. 男曰次山夭"로 되어 있다.
41) 딸 하나는 : 『남명집』에는 "女一適"으로 되어 있는데, 『내암집』에는 "女
　　適"으로 되어 있다.
42) 소실小室 : 『남명집』에는 '小室'로 되어 있는데, 『내암집』에는 '繼室'로
　　되어 있다.
43) 맏아들 : 『남명집』에는 '長曰'로 되어 있는데, 『내암집』에는 '男長'으로
　　되어 있다.
44) 그 다음은 : 『남명집』에는 '次曰'로 되어 있는데, 『내암집』에는 '次'로 되
　　어 있다.
45) 그 다음은 : 『남명집』에는 '次曰'로 되어 있는데, 『내암집』에는 '次'로 되
　　어 있다.
46) 김우옹金宇顒 : 『내암집來庵集』에는 '金宇顒' 다음에 '無子女'라는 세 자가
　　더 들어가 있다.
47) 곽재우郭再祐 : 『내암집』에는 '郭再祐' 다음에 '生男若干人'라는 다섯 글

제5부 남명조선생 신도비명

집갔다.

차석次石은 아들 하나와 딸 하나를 낳았다[48]. 아들은 진명晉明이고, 딸은 만호萬戶 성기수成耆壽에게 시집갔다.[49]

차마次磨는 아들 다섯과 딸 하나를 낳았다. 맏아들 욱명旭明은 일찍 죽었다. 그 다음은 경명敬明이다. 딸은 참봉參奉 정흥례鄭興禮에게 시집갔다. 그 다음은 익명益明이다. 나머지는 어리다[50].

차정次矴은 아들 둘과 딸 둘을 낳았다. 맏이는 준명浚明이다. 딸은 선비 정외鄭顗[51]에게 시집갔다. 그 다음은 극명克明이다. 딸은 어리다[52].

명銘은 이러하다.

종일토록 부지런히 힘쓰고

자가 더 들어가 있다.

48) 아들 하나와 딸 하나를 낳았다 : 『남명집』에는 '生一男一女'로 되어 있는데, 『내암집』에는 '生子'로 되어 있다.

49) 딸은 만호萬戶 성기수成耆壽에게 시집갔다 : 『내암집』에는 '女適萬戶成耆壽'가 없다.

50) 차마次磨는 … 어리다 : 『남명집』에 '次磨生一男曰晉明. 女適萬戶成耆壽. 次磨生五男一女, 男長旭明, 早死, 次敬明, 女適衆奉鄭興禮, 次益明. 餘幼'로 되어 있는데, 『내암집』에는 '次磨生子曰景明'으로만 되어 있다.

51) 정외鄭顗(1599~1657) : 조선 중기의 선비. 자는 자의子儀, 호는 추담秋潭, 본관은 영일迎日로 포은圃隱 정몽주鄭夢周의 후손이다. 문집 『추담집秋潭集』이 있다.

52) 차정次矴은 … 어리다 : 『남명집』에는 '次矴生二男二女, 長浚明, 女適士人鄭顗, 次克明, 女幼'로 되어 있는데, 『내암집』에는 '次矴生子曰後明'으로 되어 있다.

저녁에는 두려워하나니,53)　　　　　　　　乾乾夕惕

학문은 오직 자신의 수양을 위한 것.　　　學惟爲己

움직일 때나 가만히 있을 때나 잃지 않나니,　動靜不失

실로 그 발에서 그친 것54) 때문이라네.　寔艮其止

숨어서 쓰이지 않았으니,　　　　　　　潛而勿用

깊은 못의 용이라네.55)　　　　　　　　九淵之龍

그 즐거움을 변치 않았으니,　　　　　　其樂不改

거의 여러 번 비었도다.56)　　　　　　庶乎屢空

두려워하지도 고민하지도 않았고,57)　　　不懼無悶

---

53) 종일토록 … 두려워하나니 : 『주역周易』 건괘乾卦 구삼효사九三爻辭에, "군자가 종일토록 부지런히 힘쓰다가 저녁에도 두려워하면 위태로우나 허물이 없을 것이다[君子終日乾乾, 夕惕若, 厲無咎]"라는 구절이 있다. '군자가 조심하면서 자신을 수양하면 위기에 처해서도 허물 없이 지낼 수 있다'는 뜻으로, 남명이 평소에 자신을 수양하는 자세를 형용한 말이다.

54) 그 발에서 그친 것 : 『주역周易』 간괘艮卦 육삼효사初六爻辭에, "그 발에서 그치니, 허물이 없고 길이 곧음이 이로우리라[艮其趾, 无咎, 利永貞]."이라는 구절이 있다. '어떤 일의 초기단계에서 그치면 바름을 잃는 데까지는 이르지 않으므로 허물이 없고, 그런 자세를 오래 굳게 유지해야 이롭다'는 뜻이다.

55) 숨어서 … 용이였네 : 『주역』 건괘乾卦 초구효사初九爻辭에, "숨어 있는 용이니, 쓰지 말지어다[潛龍勿用]."라는 구절이 있다. '묻혀 있는 인재로 남이 모르는 속에서 자신을 수양하며 때를 기다린다'는 뜻이다. 남명이 벼슬에 나가지 않고 때를 기다리면서 초야에서 지낸 것을 의미한다.

56) 그 즐거움을 … 비었도다 : 공자孔子가 제자인 안회顔回를 칭찬하여, "어질도다! 안회는. 한 소쿠리에 담긴 밥과 한 바가지 물 뿐인 형편없는 음식으로 더러운 골목에서 살아가는구나. 다른 사람들은 그 걱정스러움을 견디지 못하거늘 안회는 그 즐거움을 변치 않으니, 어질도다! 안회는[賢哉! 回也. 一簞食, 一瓢飮, 在陋巷, 人不堪其憂, 回也, 不改其樂, 賢哉! 回也]."라는 구절이 있다. 남명이 안회처럼 물질적인 궁핍 속에서도 개의치 않고 도道를 즐기는 것을 의미한다.

57) 두려워하지도 고민하지도 않았고 : 『주역』 대과괘大過卦 상사象辭에, "군

지나치게 컸지만 잃은 것 없었도다.	過大靡爽
7일 만에 얻게 되었으니,	七日而得
누가 수레 가리개를 잃어버린 줄 알리오?58)	誰識茀喪
무엇을 흠으로 여기는지 모르겠나니,59)	不知何病
그들의 붓과 입에 맡겨둔다네.60)	任他毛舌
아아! 선생이여.	於乎先生
어두운 길의 해와 달이었네.	冥道日月
덕천德川의 위에,	德川之上
조그만 돌을 세운다네.	片石爰竪
산은 높고 물은 그득히 흐르는데,	山崇水洋
이처럼 선생의 행적 오래오래 가기를.61)	庶其齊壽

자는 그것을 보고 홀로 서도 두려워하지 않고 세상에 숨어지내면서도 고민이 없다[君子以, 獨立不懼, 遯世無悶].”이라는 구절이 있다. 군자는 크게 지나친 것을 보고서 보통 사람보다 크게 뛰어날 것을 생각하기 때문에 홀로 서도 두려워하지 않고 세상에 숨어지내면서도 고민하지 않아 훌륭한 사람이 될 수 있다는 뜻이다.

58) 7일 만에 … 알리오? : 『주역』 기제괘旣濟卦 육이효사六二爻辭에, “부인이 수레 가리개를 잃어 버렸는데, 쫓지 말아라. 7일이면 얻을 것이다[婦喪其茀, 勿逐, 七日得].”이라는 구절이 있다. 옛날에는 부녀자는 가리개가 없으면 밖에 나갈 수가 없었다. 그래서 자기가 가려고 하던 데를 못 가게 되는데, 찾으려고 애쓰지 말고, 기다리면 7일 만에 돌아온다는 뜻이다. 남명이 본래 벼슬하지 않으려는 것은 아니었는데, 시대상황이 맞지 않아 벼슬하지 않았던 것이다. 벼슬하려고 조급하게 굴지 않으면 정당한 대우를 받는다는 것을 의미한다.

59) 무엇을 흠으로 여기는지 모르겠나니 : 다른 사람들이 남명에 대해서 비판하는 것이 무엇인지 모르겠다는 뜻이다.

60) 그들의 붓과 입에 맡겨둔다네 : 세상 사람들이 남명을 비판하고 싶은 대로 비판하라는 뜻이다.

61) 『내암집』에 실린 명銘은 이러하다. '乾乾夕惕學爲己. 動靜不失艮其止. 潛而勿用九淵龍. 其樂不改陋巷同. 無悶不懼. 其過者六. 七日而得. 茀喪何

남명 그 위대한 일생

■ 先生歿. 幽宅于山天齋後岡. 樹之碑. 其文大谷成先生撰也. 成先生於先生. 同道友也. 先生學問工程. 道德範守與系派源流. 詳載無以復加也. 後三十餘年. 胤子以舊碑石品下. 剜缺已多. 不可圖久遠. 伐石將改之. 適泮儒上章. 請加贈爵賜諡. 蒙允. 遂以新石爲神道碑. 請文. 辭不獲焉. 噫, 摹日月者. 得其形. 其能得其光乎. 先生諱植. 字楗仲. 昌山人也. 始祖曰瑞. 仕高麗爲刑部員外郎. 其母德宮公主也. 後有生員安習. 於先生曾大父也. 生員生永. 不仕. 是生判校彦亨. 判校娶仁川李氏. 生先生. 弘治辛酉六月壬寅也. 先生志於道德. 早厭擧子業. 就舊業旁川上. 構茅屋曰雷龍舍. 自號南冥. 晚卜頭流德川洞. 肥遯焉. 齋扁曰山天. 自中廟朝已有除命. 不就. 明廟宣廟兩朝召命. 前後洊至. 久不肯就. 後以尙瑞判官. 一謝恩命. 君臣之義. 不欲廢也. 登對訖. 便還山以至易簀. 享年七十二. 世之人或認爲高亢. 或斥爲一節. 甚矣. 其不知道也. 嗚呼. 君子依乎中庸. 遯世不見知而不悔. [惟先生庶幾焉. 夫]中之用. 無定位, 無定體. 惟其時. 非衆人所能知. 舜側微居深山. 世無堯. 終焉執兩端. 用其中. 不在玆乎. 三過門不入. 禹稷爲中. 一簞瓢在陋巷. 顏氏爲中. 故遯世不悔. 不曰高亢. 乃曰依乎中庸. 其義已可見. 況曾思子, 不仕, 高尙, 亦一道也. 不然, 亦不幾於高亢乎. 不幾於一節乎. 若如今之說中之義餙矣. 且學之要, 處有守, 出有爲而已. 其工程實地, 內外直方, 敬義立, 夾持向上, 成始成終, 豈有如二字純且盡也. 若徒能膝口

害. 玉上蠅點. 任他毛舌. 於乎先生. 冥道日月'.

舌, 騁文辭. 雖不失學問之名. 特一鸚鵡耳. 先生生學絶道喪時.
確然以敬義爲本. 旣博而反約, 利用安身, 四十餘年. 羣書雖博
盡. 平生反約. 只在二字上用工. 造詣不可量也. 動靜交養. 儼乎
對越. 爲心身上物事, 故出處得時義. 于行不食. 賁趾而佳. 深得
有攸往人有言之爻象. 翼未嘗垂, 德不可拔, 度越諸人. 百世竢宜
不惑. 視世之咸股不處. 執下隨人. 自認爲學問爲時中者. 不啻精
金與沙礦也. 先生非遯世不悔之君子乎. 依乎中庸. 將誰歸乎. 聘
南平曹氏. 生男一曰次山夭. 女一適萬戶金行. 小室生男三女一.
男長次石縣監. 次曰次磨主簿. 次曰次矴萬戶也. 金行生二女. 長
適副提學金宇顒. 次適監司郭再祐. 次石生一男曰晉明. 女適萬
戶成者壽. 次磨生五男一女, 男長旭明, 早死, 次敬明, 女適奈奉
鄭興禮, 次益明. 餘幼. 次矴生二男二女, 長浚明, 女適士人鄭顒,
次克明, 女幼. 銘曰. 乾乾夕惕, 學惟爲己. 動靜不失, 寔艮其止.
潛而勿用, 九淵之龍. 其樂不改, 庶乎屢空. 不懼無悶, 過大靡爽.
七日而得, 誰識茀喪. 不知何病, 任他毛舌. 於乎先生, 冥道日月.
德川之上, 片石爰竪. 山崇水洋, 庶其齊壽.

남명 그 위대한 일생

제6부

남명조선생南冥曺先生
신도비명神道碑銘[1]

허목許穆[2] 지음

선생의 성은 조씨曺氏요, 휘諱는 식植, 자는 건중보楗仲甫이다.

그 윗대는 창녕昌寧 사람인데, 고려高麗 왕조의 형부원외랑刑部員外郎 서瑞의 후손으로, 중랑장中郎將 은殷의 4대손이다. 증조부는 성균관成均館 생원生員 안습安習이고, 조부 영永은 세상에 이름이 나지 않았다. 부친은 승문원承文院 판교判校 언형彦亨이고, 모친은 숙인淑人[3] 이씨李氏이다.

황제나라 명明나라 홍치弘治 14(1501)년 음력 6월 임인壬寅일에 가수현嘉樹縣에서 태어났다.

---

1) 미수眉叟 허목許穆이 지은 이 신도비문은 『미수기언眉叟記言』 제39권에 실려 있는데, 제목이 「덕산비德山碑」로 되어 있다.

2) 허목許穆(1595~1682) : 조선 중기의 문신, 학자. 자는 화보和甫, 또는 문보文甫, 호는 미수眉叟, 본관은 양천陽川. 벼슬은 우의정右議政에 이르렀다. 문집 『미수기언眉叟記言』과 저서 『경례류찬經禮類纂』 등이 있다. 숙종 연간에 남인의 영수로 활약하였다.

3) 숙인淑人 : 정3품 당하관堂下官 및 종3품 문무관文武官의 부인에게 주는 위호位號.

어려서부터 호걸스런 기운이 보통 사람들보다 뛰어났다.

문장을 베움에 있어 『춘추좌씨전春秋左氏傳』과 당唐나라 유종원柳宗元의 글을 좋아하였는데, 그 기발한 재주를 자부하였다.

26세 때 『노재심법魯齋心法』4)에, "이윤伊尹의 뜻을 뜻으로 삼고, 안자顔子의 학문을 학문으로 삼아야 하나니, 벼슬에 나가서는 하는 바가 있고, 벼슬하지 않고 집에 있으면서는 지키는 바가 있어야 한다"는 말을 보고는 어리둥절하여 어떻게 할 바를 몰랐다. 한숨을 쉬면서 탄식하여 말하기를, "옛날 사람들의 자신을 위한 공부가 대개 이러했구나!"라고 하고는, 결심을 단단히 하고 분발하여 학문에 힘써 용맹스럽게 바로 앞으로 향해 나아갔다.

백가百家의 학문을 널리 배워서는 돌이켜 지키기를 요약되게 하였다. 강직하고 굳세고 반듯하고 준엄하여, 눈으로는 음란한 것을 보지 않고, 귀로는 비뚤어진 것을 듣지 않았다. 장엄하고 경건하였고 게을리 하지 않아 스스로 일가一家의 학문을 이루었다.

마음 공부하는 데 있어 마음을 으뜸으로 삼아 화和, 항恒, 직直, 방方을 공부하는 비결로 삼고, 자신의 사욕을 이겨 다스리는 것을 우선으로 하고, 전체적으로 기운이 잘 조화 되는 것을 근본으로 삼았다.

---

4) 『노재심법魯齋心法』: 노재魯齋 허형許衡의 저서. 주로 마음 다스리는 데 관계되는 말을 모아 놓았다. 그러나 이 책은, 『노재유서魯齋遺書』에 실린 「노재어록魯齋語錄」의 내용을 축약하여 순서를 바꾸어 만든 책일 따름이다. 그런데 위에 인용한 말은 『노재심법』에는 들어 있지 않고, 「노재어록」에만 들어 있다.

남명 그 위대한 일생

토론하고 답하여 이야기하는 것을 좋아하지 않았는데, 한갓 말만 하는 것은 몸소 실천하는 데 도움이 되지 않는다고 생각하였다.

뜻을 고상하게 가지고 몸을 깨끗이 하였다. 구차하게 따르지도 않았고, 구차하게 침묵을 지키지도 않았고, 스스로 가벼이 처신하여 쓰이기를 구하지도 않아, 우뚝이 수립한 바가 있었다.

학문을 이야기할 때는 반드시 스스로 터득하는 것을 우선하였고, 높게 밝게 아는 것을 귀하게 여겼다. 늘 말씀하기를, "공부의 경지를 비유하자면 높은 곳에 올라가면 모든 사물이 다 낮은데 있는 것과 같다. 그런 뒤에라야 내가 행하는 바가 순조롭지 않은 것이 없다"라고 했다. 자신을 행동하는 큰 방법과 벼슬에 나가고 물러나고 하는 큰 절개를 중요하게 생각했다.

「신명사도神明舍圖」를 지었는데, 거기에 이런 말이 있다.

> 아홉 개 구멍5)의 삐뚤어진 욕망6)은,
> 세 군데 중요한 곳7)에서 나타나나니.
> 기미가 있으면 바로 용감하게 쳐서 이겨내야 하고,
> 나아가 반드시 섬멸해야 한다.

또 그 뒤에다 이렇게 썼다.

---

5) 구멍 : 『미수기언眉叟記言』에는 '竅'자가 '窺'자로 잘못되어 있다.
6) 아홉 개 구멍의 삐뚤어진 욕망 : 사람 몸에 나 있는 아홉 개의 구멍으로 인해서 생기는 온갖 욕망.
7) 세 군데 중요한 곳 : 아홉 개 구멍 가운데서 중요한 눈 귀 입을 말한다.

다시 후퇴할 생각 없이 타고 온 배를 다 침몰시키고 밥해 먹던 가마도 다 부수어 버리고, 막사도 다 불질러 버리고, 3일 동안 먹을 양식을 가지고 출전하며 반드시 죽어 돌아오지 않겠다는 뜻을 보여야 한다. 그 마음가짐을 반드시 이렇게 해야만[8] 무찌르는 것을 말할 수 있나니, 내 마음에 반드시 전쟁터에서 말이 땀나게 달려 싸우는 공이 있어야 한다.[9]

사람을 가르칠 때는 반드시 그 사람의 타고난 자질에 따라 격려하였다. 책을 펴 강론하지 않으며 이렇게 말했다.

지금 세상에 배우는 사람들은 고상하게 성리性理에 대해서 말하지만 마음으로 실행하지 않는다. 비유하자면, 마치 사방으로 통해 있는 큰 도회지의 시장을 왔다갔다하면서 진귀한 보석과 기이한 장식품을 보고 괜히 비싼 값만 말로 흥정하는 것과 같으니, 물고기 한 마리 사 가지고 가는 것만 못하다. 성인聖人의 가르침에 대해서는 이전의 유학자들이 이미 다 말해 두었으니, 배우는 사람들은 알지 못할까 걱정할 것은 없고, 행하지 못할까를 걱정해야 한다. 힘을 얻는 것이 얕으냐 깊으냐 하는 것은 나 자신이 정성스러우냐 정성스럽지 못하냐에 달려 있을 따름이

---

8) 그 마음가짐을 반드시 이렇게 해야만 : 『남명집南冥集』에는 '其心必如此'로 되어 있는데, 『미수기언眉叟記言』에는 '心如此'로 되어 있다.

9) 다시 … 있어야 한다 : 이 말은 본래 사마천司馬遷이 지은 『사기史記』「항우본기項羽本紀」에 나오는 말인데, 주자朱子가 다시 인용하여 공부하는 사람의 확고한 자세를 비유했다. "뜻을 보여야 한다"까지는 「항우본기」에 있는 말이고, "말할 수 있나니"까지는 주자의 말을 약간 변형시켰는데, 주자의 말은 『주자어류朱子語類』에 실려 있다. "내 마음에 반드시"부터는 남명의 말이다. 「신명사명」 본문에 나오는 '용勇'의 자세를 비유하기 위해서 인용하였다.

남명 그 위대한 일생

다. 배우는 사람들에 대해서 나는 흐릿한 정신을 깨워 일으켜 줄 뿐이다. 눈을 뜨면 능히 하늘과 땅과 해와 달의 상태를 볼 수 있다. 경서經書를 이야기하는 것은 자신에게 돌이켜 구하여 스스로 터득하는 것만 같지 못하다

책을 볼 때는 일찍이 한 장章이나 한 구절씩 해석한 적은 없고, 그 으뜸 되는 뜻을 이해할 따름이었다.

중종中宗 임금과 명종明宗 임금께서 연달아 유일遺逸로 불렀으나 일어나 나아가지 않았다.

명종 임금께서 특별히 단성현감丹城縣監에 임명하였으나 또 나가지 않고 이렇게 상소하였다.

　　나라 일은 이미 잘못 되었고, 나라의 근본은 이미 망했고, 하늘의 뜻은 이미 떠났고, 사람들의 마음은 이미 흩어졌습니다. 자전慈殿(文定王后)께서는 진실하고 생각이 깊으시나 깊은 궁궐에 사는 한 사람의 과부에 불과하고, 전하께서는 어리시니 단지 돌아가신 임금님의 고아일 따름입니다. 하늘이 내린 재앙이 백 가지 천 가지이고, 인심은 억만 가지로 갈라졌습니다. 어떻게 감당하시며 어떻게 수습하시겠습니까? 전하께서 종사하는 것이 무슨 일입니까? 풍악과 여색을 좋아하십니까? 활 쏘기와 말 타기를 좋아하십니까? 군자를 좋아하십니까? 소인을 좋아하십니까? 전하께서 좋아하는 바가 어디 있느냐에 따라서 나라의 존망存亡이 달려 있습니다.

상소가 들어갔는데도, 임금님의 답이 없었다.

그 다음해[1566] 조정에서 유학을 공부한 선비인 성운成運,

이항李恒, 임훈林薫, 김범金範, 한수韓脩, 남언경南彦經 등을 불렀는데, 선생도 부름을 받은 사람 가운데 들어 있었다.

이에 부름에 응하여 나아가서 상서원尚瑞院 판관判官에 임명되었다. 임금님께서 사정전思政殿에서 불러서 만나보았다. 임금님께서 소열제昭烈帝(劉備)가 삼고초려三顧草廬한 일에 대해서 묻자, 선생은 이렇게 답변하였다.

반드시 사람을 얻은 뒤에라야 어떤 일을 할 수 있었던 것입니다. 그러나 제갈량諸葛亮이 소열제를 수십 년 동안 섬겼으면서도 마침내 한漢나라 왕실을 일으키지 못했으니, 신은 감히 알지 못할 바입니다.

선생은 바로 산 속으로 돌아갔다.

정묘(1567)년에 선조宣祖 임금님께서 즉위하여, 유학을 공부한 고아高雅한 선비들에게 마음이 쏠려 등용하려고 했으므로, 예를 갖추어 부르기를 매우 지극히 하였으나, 선생은 끝내 일어나 나가지 않으셨다. 상소하여 임금의 덕이나 정치적 폐단에 대해서 이렇게 말했다.

신은 깊은 산속에 쓸쓸하게 살면서 굽어살피고 우러러 보다가 흐느끼고 답답하여 눈물을 흘린 것이 여러 번입니다. 신은 전하에게 한번도 군신의 관계를 맺은 적이 없었는데, 어찌 임금님의 은혜에 느껴서 스스로 그치지 못하여 탄식하고 눈물 흘리겠습니까? 이 나라 땅에서 나는 곡식을 먹고 옛날부터 여러 대를 살아온 오래 된 백성으로서, 임금님께서 부르시는데 한 마디 말이 없을 수 있겠습니까?

기사(1569)년에 특별히 종친부宗親府 전첨典籤에 임명되었으나 나아가지 않았다.

신미(1571)년에 경상도로 하여금 곡식을 내려 선생을 구제해 주도록 했다. 선생은 상소하여 감사하였다. 그리고는 임금의 의리에 대해서 아뢰었다.

그 다음해 경상도 감사監司가 선생의 병세를 아뢰었더니, 임금님께서 내시內侍 신분의 사람을 보내 문병하였으나, 선생은 이미 숨을 거두었다. 그 때는 음력 2월 8일이었고, 연세 72세였다.

선생은 일찍이 차고 다니던 칼에 명銘을 새기기를, "안으로 마음을 밝히는 것은 경敬이고, 밖으로 일을 결단하는 것은 의義이다"라고 했다.

또 창문과 벽에 '경敬'과 '의義' 두 글자를 크게 써 붙이고는 말씀하시기를, " 우리 집에 있어서 두 글자는 마치 하늘과 땅 사이에 해와 달이 있는 것과 같다"라고 하셨다.

병이 위독해지자, 정인홍鄭仁弘과 김우옹金宇顒을 불러, '경敬'과 '의義'에 대해서 열심히 말씀하시기를, "공부가 푹 익으면 가슴 속에 바깥 사물이 하나도 없게 된다. 나는 아직 그런 경지에 이르지 못하였다"라고 하였다.

안팎의 식구들에게 차분하게 조용히 있도록 경계하고는 자리를 돌려 동쪽으로 머리가 가게 하여 숨을 거두었다.

그 당시 남사고南師古10)가 천문을 잘 보았는데, "소미성少微

星에 광채가 없으니, 처사處士가 재앙을 당할 것이다"라고 했는데, 선생께서 돌아가셨다.

임금님께서 제사를 지내셨는데, 그 제문祭文에서 "하늘이 훌륭한 원로를 남겨주지 않으시니, 보잘것없는 이 사람은 누구를 의지해야 하겠습니까?"라고 하였다. 대사간大司諫에 추증하였다. 그 해 음력 4월에 덕산德山에 안장하였다.

광해군光海君 때[11] 영의정領議政에 추증되고, 문정文貞이라는 시호諡號를 내렸다.

선생은 별도로 남명南冥이라고 스스로 호를 지었다. 가수현嘉樹縣(三嘉縣)에 계부당鷄伏堂이 있는데, '닭이 알을 품듯이 함양涵養한다'는 뜻이다. 시내 위의 정자는 뇌룡정雷龍亭이라고 했는데, '시동尸童처럼 가만히 있다가 용처럼 나타나고, 연못처럼 묵묵히 있다가 우레처럼 소리친다'는 뜻이다.

진주晉州 덕산德山에 산천재山天齋가 있는데, 『주역周易』 대축괘大畜卦[12]의 "강건하고 독실하여 빛이 나 날로 그 덕을 새롭게 한다"는 뜻을 취한 것이다.

묘소는 산천재 뒤에 있다.

덕계德溪[13], 수우당守愚堂[14], 동강東岡(金宇顒) 등 여러 어진이

---

10) 남사고南師古 : 조선 중기의 학자이자 도사. 호는 격암格菴, 본관은 영양英陽. 역학易學, 천문天文, 복서卜筮, 풍수風水 등에 정통하였다. 저서로 『격암비록格菴秘錄』이 있다.

11) 광해군光海君 때 : 1615년, 광해군 7년이다.

12) 대축괘大畜卦 : 대축괘는 위는 간괘艮卦이고 아래는 건괘乾卦인데, 간괘는 산을 나타내고, 건괘는 하늘을 나타낸다.

남명 그 위대한 일생

들이 모두 남명선생을 스승으로 섬겼다. 덕계는 "선생은 마음을 먹고 절개를 굳게 지켰다"라고 말했고, 수우당은 "강대하면서도 원대한 재주였다"라고 말했고, 동강은 "강렬한[15] 햇빛과 가을 서리 같은 기상이었다"라고 했고, 한강寒岡[16]은 "태산泰山의 우뚝한 절벽 같은 기상이었다"라고 했다. 퇴도이선생退陶李先生(李滉)께서는 "건중楗仲은, 군자가 벼슬에 나가고 물러나는 의리에 합당하도다"라고 하셨다.

명銘은 다음과 같다.

고결함을 스스로 지켰고,	高潔自守
은거하여 의리를 행하였네.	隱居行義
그 몸을 욕되게 하지 않았고,	不辱其身

---

13) 덕계德溪(1521~1574) : 조선 중기의 문신, 학자인 오건吳健의 호. 자는 자강自强, 본관은 함양咸陽. 문과에 급제하여 이조정랑吏曹正郎을 지냈다. 남명南冥의 제자이면서 퇴계退溪의 문하에도 출입하였다. 문집『덕계집德溪集』이 있다.

14) 수우당守愚堂(1529~1589) : 조선 중기의 선비인 최영경崔永慶의 호. 자는 효원孝元. 남명의 문인으로 학행學行으로 천거되어 사축司畜을 지냈다. 기축옥사己丑獄事 때 무고誣告를 당해 옥사獄死했다가 1591년 신원伸冤되었다. 그에 관한 기록을 모은『수우당실기守愚堂實紀』가 남아 있다.

15) 강렬한 :『남명별집南冥別集』에는 '烈'자로 되어 있는데,『미수기언眉叟記言』에는 '洌'자로 되어 있다.

16) 한강寒岡(1543~1620) : 조선 중기의 학자이자 문신인 정구鄭逑의 호. 자는 도가道可, 본관은 청주淸州. 남명과 퇴계退溪의 문하를 동시에 출입하였다. 학행으로 천거되어 대사헌大司憲을 지냈다. 여러 학문에 두루 통달했고 저서가 아주 많다. 문집『한강집寒岡集』『심경발휘心經發揮』등이 있다.

그 뜻을 낮추지도 않았다네.	不降其志
도를 굽혀 시속에 따르지 않았으니,	不屈道而循時
그 일을 고상하게 하였다네.	高尙其事

■ 先生姓曹氏. 諱植. 字楗仲甫. 其先昌寧縣人. 高麗刑部員外郎瑞之後. 而中郎將殷之四世孫也. 曾大父國子生員安習. 大父永不見. 父承文院判校彦亨. 母淑人李氏. 皇明弘治十四年六月壬寅. 先生生於嘉樹縣. 少豪氣絶倫. 學文章. 好讀左柳氏. 自負其奇才. 二十六. 見魯齋心法. 志伊尹之志. 學顔子之學. 出則有爲. 處則有守. 惘然自失. 喟然嘆息而言曰. 古人爲己之學. 蓋如此. 刻意奮厲. 勇往直前. 旣博於百氏. 反而守約. 剛毅方嚴. 目無淫視. 耳無側聽. 莊敬不惰. 自成一家之學. 以太一爲宗. 以和恒直方爲符. 以克治爲先. 以沖漠爲本. 不喜論難答述. 以爲徒言無益於躬行. 尙志潔身. 不苟從不苟默. 不自輕以求用. 卓然有立. 言學必先自得而貴高明. 常言曰. 譬如登高. 萬品皆低. 然後惟吾所行自無不利. 以行己大方. 出處大節爲重. 作神明舍銘. 有曰. 九竅之邪. 三要始發. 動微勇克. 進敎廝殺. 又書之曰. 沈舡破釜甑. 燒廬舍. 持三日糧. 以示必死無還. 其心必如此. 廝殺可言. 於吾心. 須有汗馬之功. 敎人. 必隨人資稟而激勵之. 不開卷講論曰. 今之學者. 高談性理. 無實行於其心. 如遊通都大市. 見珍寶奇玩. 空談高價. 不如沽得一尾魚. 聖人之旨. 前儒旣盡言之. 學者. 不患不知. 患不行. 其得力之淺深. 在我之誠不誠如何

耳. 吾於學者. 喚覺昏睡而已. 開眼能見天地日月. 談經說書. 不如反求而自得之. 觀書. 亦不曾章解句釋. 領略其宗旨而已. 中宗, 明宗. 連以遺逸召. 不起. 明宗特拜丹城縣監. 又不起. 上疏曰. 國事已非. 邦本已亡. 天意已去. 人心已離. 慈殿塞淵. 不過深宮之一寡婦. 殿下幼冲. 只是先王之一孤嗣. 天災之百千. 人心之億萬. 何以當之也. 何以收之也. 殿下所從事者何事也. 好學問乎. 好聲色乎. 好弓馬乎. 好君子乎. 好小人乎. 所好在是而存亡繫焉. 疏入. 不報. 明年. 上大召儒學成運, 李恒, 林薰, 金範, 韓脩, 南彥經等. 先生亦在召中. 乃就徵. 拜尙瑞院判官. 上引見思政殿. 上問昭烈三顧草廬事. 先生對曰. 必得人. 然後可以有爲也. 然亮事昭烈數十年. 卒不能興復漢室. 臣不敢知者也. 卽還山. 丁卯. 宣祖卽位. 嚮用儒雅. 禮召甚至而先生終不起. 上疏言君德政弊曰. 臣索居深山. 俯察仰觀. 唏噓掩抑. 繼之以淚者. 數矣. 臣於殿下. 無一君臣之分. 何所感於君恩. 而咨嗟涕洟. 自不能已也. 食土之毛. 爲累世舊民. 可無一言於宣召之下乎. 己巳. 特拜宗親府典籤. 不就. 辛未. 令本道賜之粟以賙之. 先生上疏謝. 因進君義. 後年. 監司以疾聞. 上遣中貴人問之. 先生已沒. 二月八日. 年七十二. 先生嘗作佩劍銘曰. 內明者敬. 外斷者義. 窓壁. 又大書敬義曰. 吾家此二字. 如天地之有日月. 疾病. 呼鄭仁弘, 金宇顒. 語敬義亹亹曰. 用工旣熟. 無一物在胸中. 吾未到此境. 戒內外安靜. 旋席東首而歿. 時有南師古者善觀象曰. 少微無光. 處士之災. 先生沒. 上祭之曰天不憖遺大老小子疇依. 追爵大司諫. 其四月. 葬德山. 光海時, 加贈領議政. 諡文貞. 先生別

129

自號曰南冥. 嘉樹有鷄伏堂. 涵養如鷄抱卵之義也. 其溪上亭曰雷龍亭. 尸居龍見. 淵默雷聲之義也. 晉州德山. 有山天齋. 易. 大畜. 剛健篤實輝光. 日新其德者也. 墳墓在山天齋後. 德溪, 守愚, 寒岡, 東岡數賢者. 皆師事之. 德溪曰. 刻意堅節. 守愚曰. 剛大趫遠之才. 東岡曰. 冽日秋霜之氣. 寒岡曰. 有泰山壁立之像. 退陶李先生曰. 楗仲. 合於君子出處之義云. 銘曰.

高潔自守. 隱居行義. 不辱其身. 不降其志. 不屈道而循時. 高尙其事.

남명조선생南冥曺先生 신도비명神道碑銘
-서문도 아울러서-

조경趙絅[1] 지음.

우리 유도儒道가 동쪽 나라로 온 지가 오래 되었다. 우리 조정 여러 임금님들께서 솔선하여 유교의 도道에 입각하여 살면서 이단異端을 배척하고 공자孔子의 방식을 존경하게 되었다. 성균관成均館이나 향교鄕校에서 훌륭한 인재를 양성하여 발탁하고, 폐백을 갖추어서 산림山林에 숨은 선비를 초빙했다. 중종中宗, 인종仁宗, 명종明宗 3대에 이르러서는 이런 일에 더욱 뜻을 두었다. 이에 송도松都(開城)에서는 서화담徐花潭[2]을 얻고, 호서湖西(충청도)

---

1) 조경趙絅(1586~1669) : 조선 중기의 문신. 자는 일장一章, 호는 용주龍洲, 본관은 한양漢陽. 문과에 급제하여 벼슬이 판중추부사判中樞府事에 이르렀다. 문집 『용주집龍洲集』이 남아 있다. 인조반정仁祖反正 이후 한 동안 남인南人의 영수領袖로 활약하였다.

2) 서화담徐花潭(1589~1546) : 조선 중기의 학자 서경덕徐敬德. 화담은 그의 호. 자는 가구可久, 본관은 당성唐城. 평생 벼슬하지 않고 학문연구와 제자양성에 힘썼다. 성리학적으로는 기일원론氣一元論을 주장하였다. 문집 『화담집花潭集』이 있다. 남명이 화담의 시에 차운하여 지은 「차운서화담次徐花潭韻」이라는 시가 『남명집』에 실려 있다.

에서는 성대곡成大谷(成運)을 얻고, 호남湖南에서 이일재李一齋(李恒)을 얻었다. 남명선생南冥先生은 같은 시대에 영남嶺南에서 우뚝이 솟았으니, 실로 보통 사람들보다 뛰어났다.

선생은 영남의 삼가현三嘉縣 사람이다. 두류산頭流山 아래에 숨어 법도를 지키며 살아가면서 인의仁義를 가슴에 간직하여 그 깊은 맛을 보았다[3]. 학문은 안자顔子를 법도로 삼았고, 뜻은 이윤伊尹을 표준으로 삼았다. 자신이 사는 곳이 더러운 골목이라는 것도 알지 못하고, 한 소쿠리의 밥과 한 바가지의 물을 마시는 형편 없는 음식에도 근심하지 않았고, 4천 마리 말 정도의 큰 재물도 돌아보지 않았고, 만종萬鍾[4]의 녹祿도 받지 않고, 느긋하게 자신의 뜻대로 살아갔다. 자신이 즐기는 바를 버리고 세상에 마음을 맞춘 일이 전혀 없었다.

벼슬로 부르는 예禮가 세 임금님[5]에 걸쳐서 느슨해지지 않고 더욱 부지런히 애를 썼다. 선생은 마지 못하여 일어나 대궐로 나갔다. 앞쪽에 있는 궁전[6]에서 임금님께서 만날 기회를 주셨는데,

---

3) 그 깊은 맛을 보았다 : 조경趙絅의『용주유고龍洲遺稿』원문의 '제자啼藏' 아래에 '준승準繩' 두 글자가 더 있는데, 미주眉註를 달아 "'준승準繩'은 아마도 잘못된 것 같다"라고 했다.『남명집』권5, 23장에서는 '준승準繩' 두 글자를 새겼다가 깎아 버렸다.

4) 만종萬鍾 : 종鍾은 여섯 섬 네 말의 분량이다. 만종은 엄청나게 많은 양의 곡식으로, 아주 많은 봉록俸祿을 말한다.

5) 세 임금님 : 중종中宗, 명종明宗, 선조宣祖를 말한다.

6) 앞쪽에 있는 궁전 : 사정전思政殿을 말한다. 대궐의 앞쪽은 정사政事 공간이고, 뒤쪽은 임금의 생활공간이다. 조선시대 임금은 평상시에는 주로 사정전에서 근무했다.

남명 그 위대한 일생

그 때는 명종明宗 임금 시절이었다. 임금님께서 맨 먼저 다스리는 방법과 공부하는 방법에 대해서 물었는데, 선생은 바른 말로 이치에 맞추어 대답했다. 또 삼고초려三顧草廬한 일에 대해서 묻기에, 선생은, "한漢나라 왕실을 회복하는 데는 반드시 영웅의 도움을 받아야 했기 때문에 세 번까지 직접 찾아갔던 것입니다"라고 대답했더니, 임금님은 칭찬했다. 그 다음 날7) 산으로 돌아왔다.

처음에 선생이 단성현감丹城縣監을 사양하면서 상소하여, "나라 일이 잘못되었고, 하늘의 뜻은 떠났고, 인심은 흩어졌고, 임금님과 자전慈殿(文定王后)은 수레를 타고 조금도 조심하는8) 바가 없다"는 것을 아주 심하게 이야기했다. 명종明宗이, 그 말이 너무 강직한 것에 노하여 죄를 주려고 했으나, 대신들이 힘써 구제해 준 덕분에 아무 일 없이 끝났다.

그 뒤 선조宣祖 원(1568)년에 선생께서 봉사奉事를 올려, 임금이 정치를 하는 근본을 논하고, 또 아전들이 나라를 손아귀에 쥐고 있는 폐단을 논했다. 수백 글자의 말이 요점을 잘 잡아서 통쾌하였고, 내용이 아주 자세하였는데, 식견 있는 사람들은 2백 년 동안 국가가 만들어 온 병통病痛을 정확하게 파악했으니, 비록 창공倉公9)이나 편작扁鵲10)이라도 이보다 더 정확히 진단할

7) 그 다음날 : 면우俛宇 곽종석郭鍾錫이 지은 「남명묘지명南冥墓誌銘」에는 "7일 만에 돌아왔다"라고 되어 있다.

8) 조심하는 : 『남명집南冥集』에는 '기忌'자가 잘못'망忘'자로 되어 있다.

9) 창공倉公 : 전한前漢의 명의名醫. 본명은 순우의淳于意. 태창령太倉令을 지냈으므로 창공倉公이라고 불렀다. 의학에 정통하여 사람을 진단해 보고

수는 없다고 생각했다.

상소가 들어가자, 임금님께서 우대하여 비답批答을 내렸다. 부르는 유지諭旨와 곡식, 고기 등이 전후에 서로 이어진[11] 것이 여러 해였으나, 선생은 한번 거취를 결정한 뒤로 다시는 바뀌지 않았다.

임신壬申(1572)년 봄에 선생이 병으로 드러눕게 되자, 경상도慶尙道에서 아뢰었다. 임금님께서 내시를 보내어 문병하도록 했는데, 그 내시가 이르자 선생은 이미 세상을 떠났다.

부고訃告를 아뢰자, 임금님은 특별히 사간원司諫院 대사간大司諫에 추증하였는데, 일찍이 선생에게 임명하고자 했던 벼슬로 그 뜻을 펴 준 것이었다. 또 담당자에게 명하여 부의賻儀를 내리게 하고, 또 예조禮曹에 명하여 사제賜祭하게 하였다. 낭관郎官[12]이 글을 가지고 가서 치제致祭하였다.

아아! 선생의 도道는,『주역周易』고괘蠱卦의 상구효사上九爻辭[13]에 있다. 그 도덕을 유지하여 시대에 맞지 않더라도 고결하

생사를 정확하게 예측하였다.

10) 편작扁鵲 : 전국시대戰國時代 제齊나라의 명의名醫. 진월인秦越人 또는 노의盧醫라고도 부른다. 모든 방면의 의술에 정통하여 천하에 이름이 났다. 그의 저서라고 남아 있는『난경難經』은 후세 사람들이 그의 이름을 도용한 위작僞作이다.

11) 서로 이어진 :『남명집南冥集』에 '相御'로 되어 있는데,『용주유고龍洲遺稿』에는 '相衡'으로 되어 있다.

12) 낭관郎官 : 정랑正郎이나 좌랑佐郎 급의 관원. 남명에게 치제致祭하기 위하여 예조정랑禮曹正郎 김찬金瓚이 파견되어 왔다. 김찬은 이 신도비를 지은 용주龍洲 조경趙絅의 장인이다.

13) 상구효사上九爻辭 : 효사의 전문은 "임금을 섬기지 않고, 자신이 하는 일

게 스스로를 지키는 사람이 바로 그런 사람일 따름이다.

그러나 그 뜻은 임금과 백성을 걱정하는 것이었다. 그래서 선생의 입에서 나오는 모든 말이 한갓 처사處士의 큰 소리[14]만은 아니었다.

옛날 양털가죽 옷을 입은 남자[15]가 황제와 같이 누워잤지만, 밖에서 나라를 위해서 하는 말을 반 마디도 듣지 못했다. 태원太原[16]의 주당周黨[17]은 엎드려서 황제를 뵙지 않았을 따름이다. 이는 비록 한 때 고상한 선비라는 이름을 유지하기는 했지만, 운대雲臺[18] 박사博士 범승范升[19]의 비난이 그 뒤를 따랐다.

을 고상하게 유지한다[不事王侯, 高尚其事].”라는 것이다.
14) 처사處士의 큰 소리 : 『맹자孟子』 「등문공하편滕文公下篇」에, “벼슬하지 않은 선비들이 멋대로 논의한다[處士橫議].”라는 구절이 있다.
15) 양털가죽 옷을 입은 남자 : 후한後漢의 은자 엄광嚴光을 말한다. 엄광은 후한의 유수劉秀와 같이 공부했는데, 유수가 후한의 황제 광무제光武帝가 되자, 엄광은 성명을 바꾸고 숨어 살면서 양털가죽 옷을 입고 낚시하며 지냈다. 나중에 광무제가 그를 찾아내 서울로 불러올려 간의대부諫議大夫에 임명했으나, 그는 부춘산富春山으로 돌아가 농사지으며 지냈다. 남명과 달리 세상을 완전히 잊고 지낸 사람이었다.
16) 태원太原 : 『용주유고龍洲遺稿』와 『남명집南冥集』에는 모두 ‘태太’자가 잘못 ‘태泰’자로 되어 있다.
17) 주당周黨 : 후한後漢 때의 은사. 고향이 태원太原이다. 왕망王莽이 한漢나라를 찬탈하여 신新나라를 세웠을 때도 병을 핑계하고 벼슬에 나가지 않았다. 광무제光武帝가 한나라를 중흥하여 두 차례나 불렀으나 은거하고자 하는 자기 뜻을 이루게 해달라고 빌어 은거하면서 일생을 마쳤다. 『용주유고龍洲遺稿』에는 ‘당黨’자가 잘못 ‘당儻’자로 되어 있다.
18) 운대雲臺 : 후한後漢 광무제光武帝 때 군신들을 불러 모아 정사를 논의하던 곳.
19) 범승范升 : 후한後漢의 유학자. 자는 변경辨卿, 벼슬은 상서령尚書令에 이르

선생은 그렇지 않았다. 올린 바의 봉사封事는 임금님을 바로 잡는 일과 백성들을 구제하는 대책 아닌 것이 없었다. 천추千秋의 선비들 가운데서 반도 못 읽고서 책을 덮고 우는 사람이 반드시 있을 것이다. 애석하게도, 성스러운 임금님들이 계속 왕위를 이었으면서도 선생이 하신 말씀을 실제에 적용하지 못했으니, 허물을 돌릴 곳이 없도다. 이것이 어찌 꼭 선생만의 불행이겠는가?

나[趙絅]는 태어난 것이 후대인지라, 선생의 시대와 떨어진 것이 백여 년이 된다. 전에 내가 남쪽 땅을 여행하면서 선생의 고향을 지나간 적이 있는데, 높게 솟은 바위가 하늘에 닿아 있었고, 옥 같이 맑은 물이 골짜기에서 뿜어져 나오고 있어 한 점 티끌의 더러움도 받지 않았다. 황홀하여 선생의 가르치는 말씀을 그 곁에서 받드는 듯 했다. 거기서 왔다갔다하니 구슬퍼져 한참 동안 선생을 그리워하였다.

이제 선생의 후손 찰방察訪 진명晉明과 진사進士[20] 준명浚明[21] 등이 영남嶺南의 인사들과 도모하여 말하기를, "조정에서 처음에 간의대부諫議大夫[22]를 추증追贈했다가, 뒤에 영의정領議政

렸다. 광무제光武帝때 운대雲臺에 공경公卿, 대부大夫, 박사博士 등을 불러 모아『춘추좌씨전春秋左氏傳』의 박사를 두려고 했을 때 범승이 반대하여 막았다.

20) 진사進士 :『용주유고龍洲遺稿』와『남명집南冥集』에 모두 '진進'자가 '진晋' 자로 되어 있는데, 비문을 지은 용주龍洲 조경趙絅의 조상의 이름 자에 '진晋'자가 들어 있어 피휘避諱한 것으로 보인다.
21) 준명浚明 :『용주유고龍洲遺稿』에는 '준浚'자가 잘못 '준俊'자로 되어 있다.
22) 간의대부諫議大夫 : 대사간大司諫의 별칭.

남명 그 위대한 일생

으로 더 높여 추증했고, 또 시호諡號가 있으므로, 법도에 따라 무덤 가는 길에 큰 신도비神道碑를 세우는 것이 마땅합니다. 지금까지 행적을 나타내어 새긴 비석이 없으므로 불초不肖 등이 감히 선생님을 번거롭게 합니다"라고 했다.

내가[23] 예를 차려 사양하여, "무슨 말씀? 어찌 될 수가 있겠소? 재주 없는 나는 단지 고지식한 선비일 따름이오. 어찌 감히 노선생老先生의 성대한 덕을 형용할 수 있겠소. 부처 머리에 똥칠한다는 비난이 두렵소. 그러나 남명선생의 가을 서리나 매서운 햇빛 같은 준엄한 기상은 지금까지도 부녀자나 어린애, 농부들의 입에서도 없어지지 않고 있소. 내[24] 비록 불민하지만 유독 이들보다 못하겠소?"라고 했다.

드디어 먼저 돌아가신 임금님께서 어진이에게 몸을 낮추어 예를 차리고 멀리 있는 사람에게 친절히 하는 특별한 대우에 대해서 서술하였고, 이어서 선생의 출처出處와 말하는 것과 묵묵히 있는 것 등의 큰 지절志節에 미쳤다. 선생의 학문을 이룬 차례, 분발하고 힘써 도道에 들어간 것, 문장이 기이하면서 옛스러운 것에 대해서는 선생의 도의로 맺은 친구 대곡大谷 성선생成先生 (成運)께서 지은 묘갈명墓碣銘에 조금도 남김없이 갖추어 새겨놓았다. 다른 사람이 쓸데없이 뱀의 발을 그린다면 망령된 짓이다.

---

23) 내가 : 『용주유고龍洲遺稿』에 '某'자로 되어 있는 것을 『남명집南冥集』에서는 '絅'자로 고쳤다.
24) 내 : 『용주유고龍洲遺稿』에 '某'자로 되어 있는 것을 『남명집南冥集』에서는 '絅'자로 고쳤다.

선생의 휘諱는 식植, 자는 건중楗仲, 호는 남명南冥이다. 조씨曹氏는 옛날에 벼슬하던 집안이다. 고려高麗 때부터 우리 조정인 조선朝鮮에 들어와서까지 이름난 높은 관직이 끊어지지 않았다. 휘諱 언형彦亨인 분이 있었는데, 과거에 뽑혀 이조정랑吏曹正郎이 되었다가, 승문원承文院 판교判校로 세상을 마쳤으니, 선생의 아버님이다. 이국李菊[25]의 따님에게 장가들어 선생을 낳았다.

선생은 남평조씨南平曹氏에게 장가들어 아들을 낳았는데, 이름은 차산次山이었다. 싹만 트고 이삭은 패지 못했다[26]. 부실副室을 두어 약간의 자식을 두었다. 진명晋明과 준명浚明[27]은 손자이다.

선생先生의 묘소는 두류산頭流山의 운동雲洞 산천재山天齋 뒤쪽에 있다.

선생께서 세상을 떠난 지 5년 뒤 학자들이 덕천서원德川書院과 회산서원晦山書院[28] 두 곳을 창건하여 향사享祀하고 있다.

아아! 선생은 인품이 매우 높고 기국器局이 우뚝하고 정제整齊되어, 알건 모르건 간에 선생을 보고서 존경하는 마음을 일으키지 않는 사람이 없었다.

선생은 사람들을 인정하는 경우가 적었다. 유독 퇴계선생退溪

---

25) 이국李菊 : 『용주유고龍洲遺稿』에는 '국菊'자가 잘못 '원原'자로 되어 있다.
26) 싹만 … 못했다 : 총명하였으나 9세에 죽었으므로, 이렇게 표현하였다.
27) 준명浚明 : 『용주유고龍洲遺稿』에는 '준浚'자가 잘못 '준俊'자로 되어 있다.
28) 회산서원晦山書院 : 본래 합천군陜川郡 가회면佳會面에 있었는데, 임진왜란 때 불 타 없어지자, 다시 합천군 봉산면鳳山面에 복원하면서 용암서원龍巖書院으로 이름을 바꾸었다.

先生에게 있어서만은, 하루도 만나본 적이 없다는 것을 꺼리지 않고 서신을 주고받기를 자못 자주하면서 반드시 선생이라고 일컬었다. 후세에 논하는 사람들이 혹 두 선생이 서로 사이가 좋지 않은 것으로 여기니, 이상하도다.

　　명銘은 이러하다.

　　방장산方丈山은 험준하여 만 길인데,
　　　　　　　　　　　　　方丈之山嵒嵒而萬丈
　　선생의 기상이여! 백세百世토록 우러르는 바라.
　　　　　　　　　　　　先生之氣象兮百世所仰
　　쌍계雙溪[29]의 물은 깊고 맑고 깔끔하도다.
　　　　　　　　　　　　雙溪之水泓澄而蕭瑟.
　　선생의 도덕이여! 갈수록 힘 있게 뻗어나가네.
　　　　　　　　　　　　　先生之道德兮愈往而潑潑.
　　오직 군자가 신중히 하는 바는 진퇴와 출처이니,
　　　　　　　　　　　　　惟君子所愼進退出處兮
　　도로써 할 수 없으니 어쩌겠는가? 은둔하는 수 밖에.
　　　　　　　　　　　　不以道曷取夫隱遯
　　도를 행하기 어렵기에 차라리 거두어 감추었다니
　　　　　　　　　　　　　道之難行兮寧卷而懷兮
　　넓은 땅에 난초 기르면서 지내야지.[30]
　　　　　　　　　　　　滋蘭九畹

---

29) 쌍계雙溪 : 비문을 지은 용주龍洲 조경趙絅이 산천재山天齋의 위치를 잘 모르고, 덕천강德川江과 쌍계사雙磎寺 주변을 흐르는 시내를 같은 것으로 혼동한 것 같다.

30) 넓은 … 지내야지 : 초야에 묻혀서 자신의 수양에 힘쓰며 살아간다는 뜻이다.

옛날 성스러운 임금님들 괜히 불러 찬미한 것 아니니,

先聖王不徒徵辟而褒美之兮

장차 천하의 선비들에게 영향을 미치려 한 것이었지.

蓋將風之乎天下之士

산해정山海亭[31)의 풍경이 바뀌지 않음이여,

山海之洞雲物不改兮

거북이 짊어지고 이무기 서려 있는 것 선생 신도비라네.

負鼇蟠螭者先生神道碑耶

나의 명銘을 새겨서,

我命刻之

푸른 대가 아름다운 데서 멀리 생각을 일으키리.[32)

起遐想於綠竹猗猗

■ 吾道之東久矣. 本朝列聖率先登道岸. 斥異端尊孔軌. 以菁莪棫樸養 庠膠. 以玄纁禮幣聘岊穴. 至中仁明三世. 尤加意斯術. 於是松都得徐花潭. 湖西得成大谷. 湖南得李一齋. 南冥先生竝峙于嶺南. 實拔乎其萃. 先生嶺之 三嘉人也. 隱於頭流山下. 踐蹈矩矱. 佩服仁義. 必嚌藏. 學以顏子爲準繩.

---

31) 산해정山海亭 : 산해정山海亭은 김해金海에 있는 남명南冥이 강학하던 곳인 데, 비문을 지은 용주龍洲 조경趙絅은, 남명 산소가 산해정山海亭 주변에 있는 줄 잘못 알고 이렇게 지었다.

32) 『남명집南冥集』 권5, 25장, 26장에 다음과 같은 주석이 붙어 있다. "효종孝 宗 8(1657, 丁酉)년에 덕천서원德川書院 유생 1백 명과 선생의 여러 후손들 이 서로 의논하여 조용주趙龍洲에게 연명으로 서신을 올려 신도비명神道 碑銘을 요청하였다. 그러나 오래 되어도 지어 보내지 않았다. 선생의 여 러 후손들이 다시 허미수許眉叟에게 요청하여 이미 돌에 새긴 뒤에 이 신 도비명이 또 도착했다. 그래서 아울러 여기에 수록하여 참고에 대비하 도록 한다."

志以伊尹爲標的. 陋巷之不知. 單瓢之不憂. 千駟之不顧. 萬鍾之不受. 囂囂自得. 絶未有舍所樂爲世意. 徵招之禮. 歷三聖不解益勤. 先生不得已而起赴闕下. 上賜對前殿. 卽明廟時也. 上首問爲治爲學之方. 俱質言理對. 又問三顧草廬事. 先生對曰. 圖復漢室. 必資英雄. 故至於三顧. 上稱善. 翌日還山. 初. 先生辭丹城縣監也. 仍上疏劇言國事非. 天意去. 人心離. 上及慈殿乘輿. 亡少忌諱. 明廟怒其語太直. 欲罪之. 賴大臣力救而止. 其后宣廟元年. 先生上封事. 論人主出治之本. 又論胥吏專國之弊. 數十百言掣領痛快. 曲折撋撋. 識者以爲觀破二百年國家養癥. 雖倉扁何以加. 疏入. 上優批以答. 召旨粟肉前後相銜者累年. 先生一決去就. 不復幡然. 壬申春. 先生寢疾. 本道以聞. 上遣中使問疾. 至則先生已逝矣. 訃聞. 特命贈司諫院大司諫. 蓋嘗欲以命先生者申其志. 又命有司賜賻. 又命儀曹賜祭. 郞將文以祭. 嗚呼. 先生之道. 在易蠱之上九. 惟持道德. 不偶於時. 而高潔自守者是已. 然其志以君民爲憂. 故率所發於口. 不徒爲處士之大言也. 昔羊裘男子. 與帝共臥外無聞半辭裨補漢室. 太原周黨. 伏而不謁而已. 是雖宿高士名於一時. 雲臺博士范升之譏隨其后. 先生則不然. 所上封事. 無非匡君之事. 拯民救世之策. 千秋之士必有讀未半. 廢書而泣者矣. 惜也聖聖相繼. 而不能盡用其言. 歸咎無處. 寧獨先生之不幸. 綱生也後. 去先生之世. 幾乎百有餘載. 唯其昔客南土. 過先生桑梓鄕. 峭壁謁霄. 玉流噴壑. 不受一塵之惹者. 呪若把先生之謦欬其側也. 徘徊悵然. 慕之者久之. 今先生之後孫察訪晉明, 晉士浚明等. 與嶺之人士謀曰. 朝家始贈先生以諫議. 后加贈議政. 且有諡. 於法宜樹豐碑於墓道. 至今無顯刻. 不肖敢以煩執事. 綱禮辭曰. 惡, 惡可. 不佞直拘曲士耳. 安敢形容老先生盛德. 戴穢佛頭之譏是懼. 然南冥先生之爲秋霜烈日. 至今不泯於婦孺田畯之口. 綱雖不敏. 獨後是歟. 遂先敍先王就賢體遠之異數. 仍及先

제7부 남명조선생 신도비명

生出處語默大節. 若夫先生爲學次第. 入道憤孟. 文章奇古. 先生道義友大谷成先生備勤麗牲之石. 不遺錙銖. 他人畫蛇足則妄也. 先生諱植. 字楗中. 號南冥. 曹故爲官族. 自麗入我朝. 名卿大夫不絶. 有諱彦亨. 選爲吏曹正郎. 至承文院判校以卒. 先生皇考也. 娉李原之女生先生. 先生娉南平曺氏生子. 名次山. 苗而不秀. 置便房生若而人. 俊明, 晉明. 孫也. 先生墓在頭流之雲洞山天齋後. 先生沒五年. 學者創德川, 晦山兩處書院俎豆之. 於乎. 先生人品甚高. 器局峻整. 識與不識. 見先生莫不加敬. 先生於人少許可. 獨於退溪先生. 不以無一日雅爲嫌. 往復書牘甚數. 必稱先生. 后之論者, 或以爲二先生不相能. 異哉. 銘曰.

方丈之山嵒嵒而萬丈. 先生之氣象兮百世所仰. 雙溪之水泓澄而蕭瑟. 先生之道德兮愈往而潑潑. 惟君子所愼進退出處兮. 不以道曷取夫隱遯. 道之難行兮寧卷而懷兮. 滋蘭九畹. 先聖王不徒徵辟而褒美之兮. 蓋將風之乎天下之士. 山海之洞雲物不改兮. 負黿蟠螭者先生神道碑耶. 我命刻之. 起遐想於綠竹猗猗.

남명南冥 조선생曹先生 신도비명神道碑銘

송시열宋時烈[1] 지음

　　남명선생께서 세상을 떠난 뒤로 선비들은 더욱 구차해지고 풍속은 더욱 거짓스러워져, 식견 있는 사람들은 선생을 더욱더 그리워하고 있다.

　　그러나 사람마다 의리를 귀하게 여기고 이익을 천하게 여기어, 욕심 없이 물러나는 것이 훌륭하게 여길 만하고 탐욕스럽고 염치 없는 것을 부끄러워 할 만하다는 것을 그래도 알게 되었으니, 선생의 공로는 참으로 크도다.

　　선생은 타고난 자질이 아주 빼어났다. 태어나 아홉 살[2]이었을 때 매우 위독한 병에 걸렸다. 선생이 어머님에게, "소자小子가

---

1) 송시열宋時烈(1607~1689) : 조선 중기의 문신, 학자. 자는 영보英甫, 호는 우암尤庵, 본관은 은진恩津. 벼슬은 좌의정左議政에 이르렀다. 문집 『송자대전宋子大全』과 저서 『주자대전차의朱子大全箚疑』 등이 있다. 숙종 연간에 서인西人의 영수領袖로 활약하였다.

2) 아홉 살 : 대곡大谷 성운成運이 지은 『남명묘갈명』에는 '팔구 세'로 되어 있다.

다행히 남자로 태어났으니, 하늘이 반드시 부여한 사명이 있을 것인데, 어찌 소자가 지금 일찍 죽게 될까 봐 걱정할 필요가 있겠습니까."라고 말했다.

겨우 열다섯 살 정도[3] 되었을 때, 기묘사화己卯士禍의 참혹함을 직접 보고서, 마침내 과거科擧에 나아가지 않았다. 어버이의 명으로 일찍이 한 차례 응시한 적은 있었다[4].

글을 짓는 데 있어서는 『춘추좌씨전春秋左氏傳』과 당唐나라 유종원柳宗元의 글을 흠모하였다.

어느 날 염계濂溪(周敦頤)가 말한[5], "이윤伊尹이 뜻 둔 바에 뜻

---

3) 열다섯 살 정도 : 기묘사화己卯士禍가 일어났을 때 남명의 나이는 19세였다.

4) 한 차례 응시한 적은 있었다 : 이는 사실과 다르다. 남명은 과거에 여러 차례 응시하였고, 최종적으로 그만둔 것은 남명이 36세 때인 1536년의 일이다.

5) 염계濂溪(周敦頤)가 말한 : 동강東岡 김우옹金宇顒과 내암來庵 정인홍鄭仁弘이 지은 「남명행장南冥行狀」, 대곡大谷 성운成運이 지은 「남명묘갈명墓碣銘」 등에, 남명이 노재魯齋 허형許衡이 한 말을 읽은 것으로 되어 있다. 그러나 이 말의 근원은, 염계가 맨 먼저 한 것으로 염계의 『통서通書』 제10장에 나온다. 염계가 한 말은, "이윤이 뜻 둔 바에 뜻을 두고, 안자가 배운 바를 배운다[志伊尹之所志, 學顏子之所學]"란 두 구절뿐이고, 그 뒤에 붙은, "세상에 나가서는 하는 일이 있고, 물러나 있으면서는 지킴이 있어야 한다. 대장부라면 마땅히 이러해야 한다. 세상에 나가서 하는 일이 없고, 물러나 있으면서 지키는 것이 없다면, 뜻 둔 바와 배운 바로써 장차 무엇을 하겠는가?[出則有爲, 處則有守, 丈夫當如此. 出無所爲, 處無所守, 所志所學, 將何爲?]"라는 말은 노재魯齋의 말이다. 염계의 말과 노재의 말은 모두 다 『성리대전』에 실려 있다. 그러나 남명은 허노재許魯齋가 덧붙인 말에서 더 영향을 받아 자신의 출처出處의 대절大節의 근원으로 삼았다고 볼 수 있다.

을 두고, 안자顏子의 학문을 학문으로 삼는다"라는 말을 읽고서
분발하여 의욕을 내어, 산 속에 있는 서재에서 여러 서생書生들
과 작별하고 돌아왔다. 날마다 육경六經과 사서四書, 송宋나라 여
러 현인賢人들의 글을 읽었다. 정밀하게 궁구하고 힘써 탐색하느
라고 낮에는 물론이고 밤에도 계속해서 공부했다.

　　손수 성인 공자孔子와 주염계周濂溪, 정자程子, 주자朱子 등 세
선생의 초상화를 손수 그려 놓고 흠모하는 뜻을 붙였다.

　　규암圭菴 송선생宋先生[6]과 정승 이준경李浚慶[7]이 『대학大學』
과 『심경心經』등의 책을 선물하자, 선생은 곧, "이 책들을 얻고
나니, 흠칫하여 마치 언덕이나 산을 짊어진 듯 책임이 무거워졌
다"라고 써놓고 더욱더 실질적인 공부에 종사하였다.

　　그 당시 문정왕후文定王后가 수렴청정垂簾聽政을 하고 대윤
大尹(尹任의 일파)과 소윤小尹(尹元衡의 일파)이 서로 사건을 만들었
으므로, 선생은 그런 세상에 나갈 뜻이 더욱 없어져 과거공부를
영원히 단념하였다[8].

---

6) 규암圭菴 송선생宋先生(1499~1547) : 조선 중기의 학자 송인수宋麟壽. 자는
　미수眉叟, 규암은 그의 호. 본관은 은진恩津. 문과에 급제하여 벼슬이 대
　사헌大司憲에 이르렀으나, 을사사화로 귀양 갔다가 사사되었다. 남명과
　절친한 친구였다.「남명신도비명」을 지은 우암尤庵의 종증조부從曾祖父
　이다.
7) 이준경李浚慶(1499~1572) : 조선 중기의 문신. 자는 원길原吉, 호는 동고東
　皐, 본관은 광주廣州. 문과에 급제하여 벼슬이 영의정에 이르렀다. 문집
　『동고집東皐集』이 있다. 남명과는 어릴 때부터 친구였다.
8) 과거공부를 영원히 단념하였다 : 남명은 을사사화가 일어나기 9년 전인
　1536년 과거를 완전히 단념하였다.

지리산에 들어가9) 집을 짓고 '산천재山天齋'라 집 이름을 붙이고, 한결같이 학문을 닦아 그 조예가 더욱 고명한 경지에 이르렀다.

일찍이 회재선생晦齋先生(李彦迪)의 추천으로 참봉參奉에 임명되었으나 나아가지 않았다. 그 뒤 회재가 경상도 관찰사로 부임해 와서 만나고자 하였으나 역시 사절하였다.

명종明宗 3(1548)년에 서열에 얽매이지 않고 두 차례나 주부主簿에 임명했다. 그 때 퇴계退溪 이선생李先生이 조정에 있다가 서신을 보내어 벼슬에 나오기를 권유하였으나 선생은 끝내 나가려고 하지 않았다. 또 단성현감丹城縣監에 임명했으나 소疏를 올려 사양하였다.

명종 21(1566)년에 판관判官으로 승진시켜, 임금님께서 부르는 명을 두 차례나 내리고 또 약과 음식을 하사했으므로 선생이 할 수 없이 부르는 명에 응하였다. 이에 임금님께서 선생을 만나보고서 정치의 도리에 대해서 묻자, 선생이 아뢰기를,

　　도道는 책에 실려 있으므로 신臣의 말이 꼭 필요한 것은 아닙니다. 임금과 신하 사이에는 그 감정과 의리가 서로 미덥게 되어야만 정치의 도리를 이룰 수 있다고 신은 생각합니다.

---

9) 지리산에 들어가 : 남명이 지리산 덕산德山에 자리잡고 살기 시작한 것은 예순 한 살 때인 1561년의 일로서 과거를 포기한 바로 직후의 일이 아니다. 김해 산해정山海亭에 살던 1536년 과거를 포기한 뒤 1548년 다시 삼가현三嘉縣 토동兎洞으로 돌아가 살다가, 1561년에 이르러서 덕산으로 들어와 살았다.

하고는, 이어 백성들의 고달픈 상황을 들어 적극 진언하였다. 임금님께서 학문하는 방법에 대해서 묻자, "반드시 마음으로 체득해야 하는 것이요, 한갓 남의 말만 들을 것이 아닙니다"라고 답하였다.

임금님께서 또 제갈공명諸葛孔明에 대해 묻자,

> 공명이 소열제昭烈帝(蜀漢의 劉備)와 일을 같이 한 지 10년이나 되었지만 한漢나라 왕실을 일으키지 못하였으니, 신은 알지 못할 바입니다.

라고 대답하였다. 그 이튿날[10] 사절하고 돌아와 버렸다.

선조宣祖 임금 즉위 초에 두 차례 부르는 명이 있었으나 또 사양하였고, 그러고는 당시의 폐단 열 가지를 들어 아뢰었다.

선조 2(1569)년 다시 부르는 명을 받자 글을 올려, "나라를 다스리는 도는 임금님께서 착함을 밝히고 자신을 정성스럽게 하는 데 있으니, 반드시 경敬을 주主로 삼아야 합니다"라고 아뢰었다. 또 서리胥吏들의 실정과 폐단의 상황을 힘닿는 데까지 아뢰었다.

전첨典籤에 임명되었으나 여전히 나아가지 않았다.

그 해 큰 흉년이 들어 임금님께서 곡식을 하사하여 구제해 주었는데, 선생은 글을 올려 은혜에 감사하였다. 그러고는 "여러 차례 어리석은 말을 드렸으나 실현된 바가 없습니다"라고 말하

---

10) 그 이튿날 : 실제로는 그 이튿날이 돌아온 것이 아니고, 명종 임금을 만나고 나서 7일쯤 서울에서 머물다가 돌아왔다.

였는데, 말이 매우 간절하고 강직하였다.

얼마 있다가 선생께서 편찮다는 사실을 임금님께서 들으시고 얼른 어의御醫를 보내어 진찰하게 하였으나 선생이 이미 별세하였으니, 바로 융경隆慶(명나라 穆宗의 연호) 임신(1572)년 음력 2월 8일이었다.

그 앞 해에 산천재山天齋 뒷산의 나무에 상고대가 끼는 이변이 있었고, 또 명明나라의 별을 보고 점치는 사람이, 우리 나라 사신에게 말하기를, "당신 나라의 고명한 사람이 요사이 좋지 않게 되겠소"라고 했는데, 이 때에 이르러 과연 그대로 들어맞았으니, 아아! 훌륭한 인물이 나고 돌아가시는 것이 어찌 우연이겠는가?

음력 4월 6일에 산천재 뒷산에 안장하였다.

선생은 기상이 높고 빼어나고, 침착하면서도 무게 있어 준엄하고 굳세고 바르고 컸다. 장엄하고 경건한 마음을 항상 안으로 간직하였고, 나태한 기색을 일체 몸에 나타내지 않았다. 그윽한 방 안에 조용히 거처할 적에도 어깨와 등이 꼿꼿하였다.

매일 일찍 일어나서 조용히 앉아 있었는데, 말없이 사물을 보고 정밀하게 생각하니 마치 아무도 없는 듯이 조용하였다.

그 학문은 오로지 경敬 과 의義를 요결要訣로 삼아서, 주변에 있는 물건에 명銘을 붙여 스스로 경계한 바가 모두 이 경과 의였다, 그래서 선생의 풍채는 준엄하면서도 고결高潔하고 용모는 빼어나고 대단하였다. 자신의 사욕을 이기는 데는 마치 단칼에 두 동강을 내 듯하였고, 일을 처리하는 데 있어서는 물이 만 길 절벽에서 쏟아내리 듯하였고, 우물쭈물하거나 구차한 의도가 조금도 없었다.

평상시에 집안 사람들이 감히 마음껏 지껄이거나 깔깔거리며 웃지 못할 정도로 내외가 엄격하였다. 효도와 우애에 더욱 독실하였다. 어버이를 모실 적에는 온화하고 공손하였고, 착한 행실로써 봉양하여 어버이의 마음을 기쁘게 해 드리는 데 오로지 힘을 썼다.

부모상을 당해서는 피눈물을 흘리며 슬피 사모하였다. 부친상 때나 모친상 때 모두 시묘侍墓살이를 하였다. 하인들에게 집안일로 찾아와서 묻지 말라고 당부했다. 조문하러 오는 사람이 있으면, 그저 엎드려 곡哭하면서 답례로 절만 할 뿐, 앉아서 말을 나눈 적이 없었다.

아우 환桓과는 우애가 더욱 돈독하였다. 늘, "형제간은 사람의 팔다리와 몸뚱이와 같아 나눌 수 없다"라고 말했다. 같이 한 담장 안에 살면서 출입하는 데 대문을 따로 하지 않았다.

비록 산림山林에 물러나 있었지만 시대와 나라를 걱정하는 마음이 지성에서 우러나왔다. 한밤중에 홀로 앉아 슬픈 노래를 부르며 눈물을 흘렸으나, 사람들은 그런 줄을 전혀 알지 못하였다.

벗을 사귈 때는 반드시 그 사람됨을 살폈는데, 뜻에 맞지 않는 자는 아무리 높은 벼슬아치거나 중요한 사람이라 해도 마치 자신이 더럽혀지는 것처럼 생각했다. 청송聽松(成守琛), 대곡大谷(成運), 동주東洲(成悌元), 황강黃江(李希顏), 삼족당三足堂(金大有) 등 여러 군자다운 사람들과 서로 좋아하기를 마치 지초芝草나 난초

처럼 하였다.

퇴계선생과는 서신을 왕복往復하면서 논변論辨을 하였다. 일찍이 퇴계에게 보낸 서신에서, "평생 동안 태산북두泰山北斗처럼 우러러 흠모합니다"라고 했고, 퇴계는 선생을 논하여, "벼슬에 나아가거나 물러나 집에 있는 것이 군자의 의리에 부합된다"라고 했다.

선생은 사람을 가르치는 데 있어서 각기 그 재주에 따라 맞추어 하였고, 질문이 있으면 반드시 치밀하게 분석하여 집중하여 정성을 다했으므로, 듣는 사람이 훤히 꿰뚫어 이해할 수가 있었다.

일찍이 이렇게 말씀하셨다.

오늘날의 폐단은, 고원高遠한 것만 추구하기를 좋아하고, 자신에게 절실한 문제점은 살피지 않는 데 있다. 성현의 학문은 애당초 일상생활에서 벗어나지 않는다. 만약 이것을 버리고 급하게 심오한 성리性理만을 연구하려 한다면, 아무리 사람과 사물의 본성을 다 궁구하여 천명天命에 이른다 해도, 효도와 공경에 근본한 것이 되지 못한다.

또,

성인聖人의 정밀한 말과 깊은 뜻은, 이전의 학자들이 서로 계승하여 밝혀 놓았다. 배우는 사람들은 알기가 어려울까를 걱정할 것이 아니라 자기자신을 위하는 실제적인 공부가 없을까를 걱정해야 한다.

남명 그 위대한 일생

라고 했다.

글을 읽다가 요긴한 곳에 이르면 반드시 세 번씩 되풀이하고 서야 그만두었다. 요긴한 구절을 뽑아 모아 두 권의 책을 만들었 는데,『학기學記』라고 했다. 문집 몇 권이 세상에 전해지고 있다.

임금님께서 치제致祭를 내리시고 부의賻儀로 곡식을 내리시 고, 대사간大司諫에 추증追贈하셨다. 그 뒤에[11] 영의정領議政으로 추증하고 문정文貞이란 시호를 내렸다. 진주晉州, 삼가三嘉, 김해 金海 등 고을의 여러 선비들이 사당을[12] 세워 제사를 올리고 있 다.

선생의 휘諱는 식植, 자는 건중楗仲이다. 조씨曹氏는 창녕昌寧 을 본관으로 삼는데, 시조는 서瑞로, 고려 태조太祖(王建)가 그 외 조부이다. 이 때부터 사대부가 끊이지 않고 배출되었다. 우리 조선朝鮮 조정에 와서 석문錫文이란 분은 영의정을 지내고 부원군府院君에 봉封해졌는데, 선생의 6대조이다[13]. 증조부 안습 安習은 생원生員이고, 조부 영永은 벼슬하지 않았다. 아버지 언형

---

11) 뒤에 : 1615년 광해군光海君 7년이다. 이 때 대광보국숭록대부大匡輔國崇祿 大夫 의정부議政府 영의정領議政 겸 영경연홍문관예문관춘추관관상감사領 經筵弘文館藝文館春秋館觀象監事 세자사世子師에 증직되고, 시호도 받았다.

12) 사당을 : 진주의 덕천서원德川書院, 삼가의 용암서원龍巖書院, 김해의 신산 서원新山書院이다. 덕천서원이 있는 곳은 지금 산청군山淸郡에 속하게 되 었고, 용암서원이 있던 삼가는 지금 합천군陜川郡에 병합되어 있다.

13) 우리 나라 … 선생의 6대조이다 : 이는 잘못된 내용으로, 조석문曹錫文은 남명의 조상이 아니다. 현재 묘소 아래 세워져 있는 비석에는 이 부분을 삭제하였다. 비문을 요청한 사람이 잘못된 자료를 제공했을 가능성이 크다.

彦亨은 과거에 급제하여 중외中外의 관직을 역임하였다. 어머니 이씨李氏는 충의위忠義衛[14) 국국의 따님이다.

홍치弘治(명나라 孝宗의 연호) 신유(1501)년 음력 6월 26일에 삼가 三嘉 토동兎洞에서 선생을 낳았다.

부인은 조씨曹氏이고 그 아버지는 수琇인데 본관本貫은 남평南平 이다. 아들 차산次山은 요사夭死하였고, 딸은 만호萬戶 김행金行에 게 출가하였다.

측실側室에서 낳은 차석次石·차마次磨는 다 현감縣監을 지냈 고, 차정次矴은 호군護軍을 지냈다. 김행의 두 딸은 참판參判 김 우옹金宇顒과 감사監司 곽재우郭再祐에게 출가하였다. 차석의 아 들 진명晉明은 찰방察訪이다. 차마의 아들은 경명敬明, 익명益明, 복명復明이고 딸은 참봉 정흥례鄭興禮에게 출가하였다. 차정의 아들은 생원生員 준명浚明과 극명克明이고 딸은 정외鄭頠에게 출 가하였다. 진명의 아들은 계臬이다. 경명의 아들은 엽曄, 원晼, 철 曭, 오晤이다. 익명의 아들은 수晬·상晱이다. 복명의 아들은 미 暆, 단晹이다. 준명의 아들은 진晨, 변昪, 서曙이다. 극명의 아들은 경景, 안晏이다. 진, 변, 안은 다 생원이다. 내외의 증손曾孫과 현 손玄孫이 모두 약간 명에 이른다.

내가 후세에 태어나서 선생의 문하門下에서 물 뿌리고 비질

---

14) 충의위忠義衛 : 동강東岡 김우옹金宇顒이 지은 「남명행장南冥行狀」에는 충 순위忠順衛로, 대곡大谷 성운成運이 지은 「남명묘갈명南冥墓碣銘」에는 '충 무위忠武衛'로 되어 있다. 충의위는, 조선시대 중앙부대인 오위五衛 가운 데 충좌위忠佐衛에 소속됐던 양반 특수 병종兵種. 양반 자제들의 군역을 면제해 주기 위한 특수제도.

하며 제자 노릇을 하지 못 했다. 그렇지만 그 당시 여러 분들이 논의한 것에 의거해서, 천 길 절벽처럼 우뚝 선 듯하고 해와 달과 그 빛을 다툴 만한 선생의 기상을 상상하고 추측해 보니, 지금까지도 사람으로 하여금 흠칫하여 두려운 마음이 생기고 존경하게 한다. 선생께서 교화敎化를 붙들어 세워 퇴패한 습속을 진작시킨 것은 당연한 것이다.

마지막 돌아가시는 순간에 이르러서도 오히려 경敬과 의義로써 배우는 이들에게 정성스럽게 말하였으니, 이것이 이른바 '한 가닥 숨이 아직 남아 있는 한, 조금의 태만함도 용납하지 않는다[15])'는 것이 아니겠는가?

맹자孟子가 말하기를, "성인은 백세百世토록 스승인데, 바로 백이伯夷와 유하혜柳下惠 같은 사람이 그런 사람이다[16])"라고 하였다. 주부자朱夫子(朱子의 극존칭)가 이 말을 인용하여 동계東溪 고공高公[17])을 칭찬했다. 만약 주부자께서 다시 살아나신다면, 선생

---

15) 한 가닥 … 않는다 : 주자朱子의 『논어집주論語集注』에 나오는 말이다.

16) 성인은 … 사람이다 : 『맹자孟子』 「진심하편盡心下篇」에 나오는 말이다.

17) 동계東溪 고공高公(?~1148) : 송나라의 문신인 고등高登. 동계는 그의 자. 자는 언선彦先. 1125년 금金나라 군대가 남하할 때 상소하여 간신 채경蔡京을 목 베라고 상소했다. 흠종欽宗이 영토를 바치고 금나라와 화의和議를 하려고 했을 때 군사와 백성 수만을 이끌고 대궐에 엎드려 상소하여 화의의 잘못을 지적하였다. 그 뒤 과거에 합격하여 부천현富川縣의 주부主簿가 되었을 때 만언소萬言疏와 시의時議 6편을 올렸다. 정강부靜江府 고현古縣의 고을원이 되어 간악한 정승 진회秦檜가 자기 부친의 사당을 세우라는 부탁을 끝까지 거절하여 박해를 받았지만, 뜻을 굽히지 않았다. 문집 『고동계집高東溪集』이 있다.

에게 이 말을 쓰지 않을 것인지? 쓸 것인지? 반드시 이에 대해서
아는 사람이 있을 것이다.

　명銘은 다음과 같다.

타고난 자질은 높고,	天賦之高
가슴에 얽매임 없어,	襟懷無累
깔끔하고 시원하였네.	灑灑落落
옛것을 믿고 의리를 좋아해,	信古好義
명분과 절개로써 스스로 갈아,	名節自礪
물길 버티고 선 갈석산碣石山[18]이라.	橫流碣石
산 속에다 집을 짓고,	築室山間
요순시대 노래하면서,	嘯咏唐虞
한가하게 살며 스스로 즐겼네.	徜徉自樂
오직 경과 의만이,	惟敬與義
성인聖人께서 가르친 바,	聖師所訓
벽에다 크게 붙여 놓았었지.	大揭墻壁
마음 깨우치고 사욕을 씻고,	喚醒滌濯
하느님을 대하여,	對越上帝
낮에는 부지런하고 밤에는 두려워했네.	日乾夕惕
임금님께서 자리 비워두고 부르시기에,	聖朝側席
기대 갖고 서울 걸음했다가,	賁然來斯

---

18) 갈석산碣石山 : 중국 하북성河北省 황하黃河 하류에 있는 산 이름.

남명 그 위대한 일생

곧바로 처음 살던 곳으로 돌아왔네.　　　　　欻反初服

학덕을 닦는 용기는,　　　　　　　　　　　進修之勇
마치 용과 범을 포박하듯,　　　　　　　　　捕龍縛虎
늙을수록 더욱 독실하였네.　　　　　　　　　老而彌篤

그 명성 더욱 높아지자,　　　　　　　　　　聲名愈高
사림들이 더욱 경도하여,　　　　　　　　　　士林愈傾
마치 북두칠성처럼 여겼네.　　　　　　　　　如斗在北

상고대가 재앙을 보이고,　　　　　　　　　　木稼徵災
소미성少微星이 빛을 감추니,　　　　　　　　少微藏輝
훌륭한 분에게 액운이었네.　　　　　　　　　哲人之厄

높은 산이 이미 무너지니,　　　　　　　　　　高山旣頹
나라에는 전형이 없어지고,　　　　　　　　　邦無典刑
사림에는 존경하여 본받을 데 없었네.　　　　士靡矜式

그 기풍과 명성만으로도,　　　　　　　　　　惟厥風聲
탐욕스런 자 청렴케 겁 많은 자 서게 하여,　　廉頑立懦
우리 나라의 맥을 오래 전하도록 했네.　　　　壽我國脈.

두류산 하늘에 높이 솟았고,　　　　　　　　　頭流倚天,
시내가 땅을 갈라,　　　　　　　　　　　　　其川坼地,
물이 빙빙 돌며 좍 퍼져 있네.　　　　　　　　瀶淪磅礴

다가올 영원한 세월토록,　　　　　　　　　　有來千億
선생의 명성은,　　　　　　　　　　　　　　先生之名
이와 더불어 끝 없으리.　　　　　　　　　　與之無極

제8부 남명 조선생 신도비명

■ 南冥先生既沒. 士益苟俗益偸. 有識者思先生益甚. 然人人尙知貴義賤利. 恬退之可尙. 貪冒之可羞. 則先生之功實大矣. 先生天分絶異. 生九歲. 嘗疾甚. 先生告母夫人曰. 我幸爲男子. 天必有所與. 今日豈憂夭死乎. 甫成童. 目見己卯士禍之慘. 遂不赴擧. 以親命嘗一就. 爲文慕左柳. 一日讀濂溪志伊學顏之語. 慨然發憤. 自山齋揖諸生歸. 日讀六經四子及宋時諸賢書. 精究力索. 夜以繼日. 手摹先聖及周程朱三子像. 以寓景慕之意. 宋圭菴先生, 李相浚慶贈以大學心經等書. 先生輒書曰. 自得此書. 悚然如負丘山. 益從事於朴實之地. 時文定正位. 大小尹相構. 先生益無當世意. 永抛博士業. 入智異山. 築室以居. 扁曰山天齋. 一意進修. 所造益以高明. 嘗以晦齋先生薦. 授齋郎不就. 後晦齋按道求見. 亦辭謝. 明廟三年. 特命超敍. 兩拜主簿. 退溪李先生在朝. 以書勸起. 終不肯. 又除丹城縣監. 上疏辭. 二十一年. 陞判官. 召旨再下. 仍賜藥餌食物. 先生遂赴召. 上引見. 問以治道. 先生對曰. 道在方策. 不須臣言. 臣以爲必須君臣之間. 情義交孚. 然後乃可有爲也. 因極陳生民困悴之狀. 上問爲學之方. 對曰. 必須心得. 不可徒聽人言也. 上又問孔明事. 對曰. 孔明與昭烈同事十年. 不能興漢. 臣所不得知. 翌日謝歸. 宣廟初. 再有徵命. 又辭. 因進時弊十事. 二年又承召. 上章言爲治之道. 在人主明善誠身. 必以敬爲主. 又極陳胥吏情弊狀. 除典籤不拜. 歲大饑. 上賜粟以周. 先生上書陳謝. 且曰. 累陳愚言. 無所施用. 辭甚切直. 上俄聞其疾, 亟遣醫視之. 則先生已沒. 實隆慶壬申二月八日也. 前歲. 後山木稼. 帝京星官語本朝行人曰. 汝國高人. 近將不利. 至

남명 그 위대한 일생

是果驗. 噫. 哲人生沒. 豈偶然哉. 四月六日. 葬于山天齋後. 先生氣宇高凝. 嚴毅正大. 莊敬之心. 恒存于中. 惰慢之氣. 不設于形. 潛居幽室. 肩背竦直. 晨興靜坐. 默觀精思. 闃若無人. 其學專以敬義爲要. 左右什物. 所銘而自警者. 無非此事. 故先生神彩峻潔. 容貌俊偉. 其克己如一刀兩段. 其處事如水臨萬仞. 絶無依違苟且之意. 平居. 家人不敢闌語娛笑. 內外斬斬. 最篤於孝友. 在庭闈間. 油油翼翼. 以善爲養. 專以悅其心志. 其持制. 血泣哀慕. 前後皆盧墓. 戒僮僕毋以家事來諗. 人有來弔者. 只伏哭答拜而已. 未嘗與之坐語. 與弟桓友愛彌篤. 常曰. 支體不可分也. 同居一墻之內. 出入無異門. 雖退處山林. 傷時憂國. 出於至誠. 每中夜獨坐. 悲歌泣下. 人殊未之知也. 取友必審其人. 有不可於意者. 雖達官要人. 若將浼焉. 最與成聽松, 大谷, 東洲, 李黃江, 金三足堂諸君子. 相好若芝蘭. 與退溪先生往復辨論. 嘗與退溪書曰. 平生景仰. 有同山斗. 退溪論先生曰. 合於君子出處之義矣. 先生敎人. 各因其材. 有所質問. 必爲之剖析傾倒. 聽者洞然開釋. 嘗曰. 今日之弊. 喜趨高遠. 不察切己之病. 聖賢之學. 初不出日用之間. 如或捨此而遽欲窺性理之奧. 是盡性至命. 不本於孝悌也. 又曰. 聖人微辭奧旨. 先儒相繼闡明. 學者不患難知. 患無爲己之實也. 讀書至緊要處. 必三復乃已. 仍成二册. 曰學記. 其文集若干卷行于世. 上賜祭賻粟. 贈大司諫. 後加贈領議政. 諡文貞. 晉州, 三嘉, 金海諸邑章甫. 皆設祠以享焉. 先生諱植. 字楗仲. 曹氏出昌寧. 始祖瑞. 實麗祖外祖. 自是士大夫不絶. 國朝錫文. 領議政. 封府院君. 是先生六代祖. 曾祖安習. 生員. 祖永.

不仕. 考彥亨. 登第歷揚中外. 妣李氏. 忠義衛菊之女. 以弘治辛酉六月二十六日. 生先生于三嘉之兔洞. 夫人曹氏. 其父琇. 世爲南平人. 生子次山夭死. 女適萬戶金行. 側出次石, 次磨. 皆縣監. 次矼護軍. 金行二女適參判金宇顒, 監司郭再祐. 次石男晉明察訪. 次磨男敬明, 益明, 復明. 女適參奉鄭興禮. 次矼男浚明生員. 克明. 女適鄭頤. 晉明生曓. 敬明生曗, 晼, 暾, 晤. 益明生晬, 暝. 復明生暩, 暒. 浚明生曻, 昪, 暑. 克明生景, 晏, 曻, 昪, 晏皆生員. 內外曾玄摠若干人. 余生後世. 未及灑掃於門下. 然一時諸賢之論. 想像而揣摸其壁立千仞日月爭光之氣象. 至今猶使人凜然畏敬. 其扶樹風聲. 以振委靡之習俗也宜哉. 至於啓手足. 而猶以敬義諄諄語學者. 所謂一息尙存. 不容少懈者耶. 孟子曰. 聖人百世師也. 伯夷, 柳下惠是也. 朱夫子取此語以稱東溪高公. 倘使夫子復起. 則先生脚下. 其不用此語乎. 抑否乎. 必有能識之者矣. 銘曰.

　　天賦之高. 襟懷無累. 灑灑落落. 信古好義. 名節自礪. 橫流碣石. 築室山間. 嘯詠唐虞. 倘佯自樂. 惟敬與義. 聖師所訓. 大揭墻壁. 喚醒滌濯. 對越上帝. 日乾夕惕. 聖朝側席. 賁然來斯. 欻反初服. 進修之勇. 捕龍縛虎. 老而彌篤. 聲名愈高. 士林愈傾. 如斗在北. 木稼徵災. 少微藏輝. 哲人之厄. 高山旣頹. 邦無典刑. 士靡矜式. 惟厥風聲. 廉頑立儒. 壽我國脉. 頭流倚天. 其川坼地. 彌淪磅礴. 有來千億. 先生之名. 與之無極.

남명南冥 조선생曹先生 묘지명墓誌銘
-서문도 아울러서-

곽종석郭鍾錫[1] 지음

　황제나라 명明나라 홍치弘治 14년, 우리 조선朝鮮 왕조 연산군燕山君 7년 신유辛酉(1501)년 음력 6월 26일에 삼가현三嘉縣의 토동兎洞에서 남명선생南冥先生께서 태어나시었다. 집의 우물에서 무지개가 생겨나 검붉은 빛이 집안에 그득하였다.

　융경隆慶 6년 우리 소경대왕昭敬大王(宣祖) 5년 임신壬申(1572)년 음력 2월 초8일에 진주晋州[2]의 두류산頭流山 아래 사륜동絲綸洞(지금의 絲里)에 있는 집의 몸채에서 천수天壽를 다하고 일생을 마치시니, 산이 무너지고 나무에 상고대가 생기는 이변이 있었

---

1) 곽종석郭鍾錫(1846~1919) : 조선말기의 대학자. 자는 명원鳴遠, 호는 면우俛宇, 1910년 나라가 망한 이후로 자를 연길淵吉, 이름을 도鋾로 바꾸었다. 학행學行으로 추천을 받아 벼슬이 참찬參贊에 이르렀다. 1919년 전국유림대표가 되어 유림들을 규합하여 우리 나라의 독립을 청원하는 글을 파리평화회의에 보내었다. 문집『면우집俛宇集』과『몽어蒙語』『육례홀기六禮忽記』등의 저서가 있다.
2) 진주晋州 : 지금의 산청군山淸郡 시천면矢川面 일대가 조선시대에는 진주목晋州牧에 속했다.

다. 선생께서 태어날 때는 천지가 그것을 영광으로 여겼고, 돌아가실 때는 천지가 그 때문에 슬퍼한 것이니, 위대한 인물의 좋은 일과 나쁜 일에 있어서 옛날부터 다 그랬던 것이니, 아아! 어째서이겠는가?

선생의 장지는, 몸채 뒤 임좌壬坐의 언덕에 있으니, 유언을 따른 것이다. 선생의 벗 대곡大谷 성운成運 선생이 묘갈명墓碣銘을 지어 선생의 학문에 나아간 것과 덕德을 이룬 사실과 벼슬에 나아가고 물러나고 한 처신의 절조節操를 아주 잘 서술했는데, 마치 『논어論語』「향당편鄕黨篇」에서 성인聖人 공자孔子를 그림 그리 듯 묘사한 것과 같다. 아주 오랜 세월이 지난 뒤에 읽어 보니, 어렴풋이 선생을 다시 뵙는 듯하다.

다만 무덤 속에 묘지명墓誌銘을 지어 넣어 산소가 바뀌는 것에 대비하는 절차를 빠뜨린 것이 바야흐로 3백 년 남짓 되어 간다. 선생의 먼 후손 용상庸相[3])이 여러 어른들의 명령을 받들어 와서 나에게 그 글을 지어 줄 것을 요청했다.

선생께서 일찍이 말씀하시기를, "우리 집에 '경敬'과 '의義'가 있는 것은 마치 하늘에 해와 달이 있는 것과 같아서 만고의 오랜 세월이 흘러가도 바뀔 수 없는 것이다"라고 했다. 아아! 선생께서 살아계시는 것은, 그 당시 존재하던 경과 의이고, 선생이 돌아가셔도 그 마음은 오히려 없어지지 않았으니, 만고에 바뀔 수

---

3) 용상庸相(1870~1930) : 남명의 후손 조용상曺庸相. 자는 이경彝卿, 호는 현재弦齋, 산청군山淸郡 대포大浦에 살았다. 문집 『현재유초弦齋遺草』가 남아 있다.

남명 그 위대한 일생

없는 경과 의이다. 선생은 해와 달과 같은 존재다. 해와 달을 그려서 전할 수 있겠는가? 여러 번 사양해도 되지 않아, 삼가 선생의 일생의 처음과 끝의 대략을 차례로 서술하여 만고의 세월 동안 많은 사람들이 보기를 기다린다.

선생의 휘諱는 식植, 자는 건중楗仲이다. 창녕조씨昌寧曺氏로 고려高麗 평장사平章事 휘 겸謙의 후손이다. 여러 대에 이어 높고 들난 벼슬을 하여 우리 동쪽 나라의 대단한 집안이 되었다.

성균생원成均生員 안습安慴에 이르러서 비로소 삼가三嘉에 살게 되었는데, 선생에게 증조가 된다. 조부 휘 영永은 봉사奉事 직함을 가졌으나 벼슬은 하지 않았다. 부친 언형彥亨은 승문원承文院 판교判校를 지냈는데, 깨끗하고 고상한 것으로 일컬어졌다. 어머니는 충순위忠順衛 이국李菊의 따님인데, 부녀자로서의 규범이 있었다.

선생은 어려서부터 우뚝 뛰어나고 행동이 침착하여 무게가 있었다. 아이들과 어울려 놀거나 장난치지 않았고, 의젓하여 어른의 모습이 있었다. 타고난 자질이 빼어나고 이해를 잘 했다. 겨우 말을 할 줄 알게 되었을 때 아버지가 글자를 가르쳐주자, 바로 외워서 잊지 않았다.

공부를 하기 시작했을 때부터 그 내용을 알고자 했는데, 이해가 되지 않으면 그만 두지 않았다.

조금 더 자라서는 경서經書, 역사서歷史書 등을 두루 읽었다. 고문古文[4] 짓기를 좋아했는데, 문장의 정치情致가 옛스러우면서도 힘이 있었고 변화를 주어 상투적이지 않으면서 엄격하게 법

제9부 남명 조선생 묘지명

도가 있었는데, 사람들이 다투어 전하여 외웠다. 분발하여 과거 공부를 하여 스스로 기대하였다.

천문, 지리, 의학, 수학, 활쏘기, 말 타기, 진陣 치는 법 등도 두루 궁구하여 알아 그 지식을 풍부하게 했다. 온 세상을 다스려 구제하여 천고의 일을 능가할 뜻을 늘 갖고 있었다. 과거 시험장에 나가 여러 번 향시鄕試에 합격하였다.

25세 때 산속의 절에서 『성리대전性理大全』을 읽다가, 허노재 許魯齋(許衡)가 말한

이윤伊尹이 뜻 둔 바에 뜻을 두고, 안연顔淵(顔回)이 배운 바를 배워야 한다. 벼슬에 나가서는 하는 일이 있어야 하고, 물러나서는 지키는 바가 있어야 한다. 대장부라면 마땅히 이러해야 한다. 벼슬에 나가서는 하는 바가 없고, 물러나서는 지키는 바가 없다면, 뜻 둔 바와 배운 바를 가지고 장차 무엇을 하겠는가?

라는 구절에 이르러서, 드디어 마음이 가벼워지며 깨달은 바가 있었다.

그때부터 오로지 성현의 학문에 뜻을 두어 육경六經과 사서四書 및 주렴계周濂溪, 주자朱子가 남긴 책을 거듭거듭 반복해서 읽어 숙지하였다. 낮 시간을 다 사용해서 공부하고 나서 밤 시간에 계속하여 정밀한 것을 연구하여 알맹이를 맛보고, 마음으로 이해하고 몸에 돌이켜서 징험하니, 아는 바는 날로 극도로 높고 밝

---

4) 고문古文 : 한漢나라 이전의 문장처럼 인위적으로 형식적인 수식을 하지 않고 내용을 위주로 한 문장.

남명 그 위대한 일생

아지고, 행하는 바는 날로 평상적으로 되었다. 안으로 간직한 바가 더욱 무거워짐에 바깥으로 그리워하는 벼슬이나 명리 등에 대한 생각이 더욱 가벼워졌다. 마음으로 만족하며 즐겨, 장차 자신을 써 주면 자신의 도道를 행하고 자신을 써 주지 않으면 숨겠다는 뜻을 가졌다.

그래도 어버이가 계시기에 어쩔 수 없어 과거시험에 응시하였다. 세상의 도리가 날로 각박해지는 것을 보고 배운 바가 시대와 맞지 않다는 것을 파악하고는 어머님께 아뢰어 과거공부를 그만두었지만, 도道가 이루어지고 덕德이 충만해지자, 믿고 따르는 사람들이 날로 많아졌다.

명망과 실력이 점점 높아가자 고관들이 번갈아 글을 올려 인물됨을 논하여 추천하였다. 공희왕共僖王(中宗) 무술戊戌(1538)년에 헌릉獻陵 참봉參奉에 임명되었고, 공헌왕恭憲王(明宗) 무신戊申(1548)년에 전생서典牲署 주부主簿로 승진하여 임명되었고, 신해辛亥(1551)년에는 종부시宗簿寺 주부로 옮겨 주었으나, 모두 취임하지 않았다. 왜냐하면, 기묘사화己卯士禍 이래로 어진 사람이 나아갈 길이 험난하여, 없는 사실을 지어내어 사람을 얽어 처벌하였고, 을사사화乙巳士禍 이후로는 외척들이 위세를 부리고 사람들에게 복을 줄 수 있는 권력을 독점하여 정치기강이 무너지고 착한 사람들이 억울한 죽임을 당하였다. 선생과 더불어 평소에 교분이 두텁던 맑은 명예와 곧은 절개를 가지고 있던 인사들이 대부분 참혹한 화를 당했다. 선생은 이에 뽑히지 않는 뜻을 확고하게 갖고 있었다.

제9부 남명 조선생 묘지명

을묘乙卯(1555)년에 단성현감丹城縣監에 임명되었는데, 상소하여 말할 수 있는 것은 다 말했다.

　　나라일은 이미 잘못되었고, 나라의 근본은 이미 없어졌습니다. 낮은 벼슬아치들은 아래 자리에서 히히덕거리면서 술과 여색에만 빠져 있습니다. 높은 벼슬아치들은 윗자리에서 빈둥빈둥거리면서 뇌물을 받아들여 재산 긁어모으기에만 여념이 없습니다. 내직內職(중앙관서의 관직)의 벼슬아치들은 자기들의 당파를 심어 권세를 독차지 하려들기를, 마치 온 연못 속을 용이 독차지하고 있듯이 하고 있습니다. 외직外職(전국 각 도, 각 고을의 관직)에 있는 벼슬아치들은 백성을 멋대로 벗겨 먹기를, 마치 여우가 들판에서 날뛰는 것 같습니다.
　　자전慈殿(文定王后)은 신실하고 뜻이 깊다하나 깊은 궁궐의 한 과부에 불과하고, 전하께서는 아직 어리니 다만 돌아가신 임금님의 한 고아일 뿐입니다. 백 가지 천 가지로 내리는 하늘의 재앙을 어떻게 감당하시며, 억만 갈래로 흩어진 민심을 어떻게 수습하시겠습니까?

뒷 부분에 가서 이렇게 말했다.

　　나라 일이 정돈되는 것은 오직 전하의 마음 하나에 달려 있습니다. 진실로 하루라도 흠칫하여 정신 차려 학문에 힘을 들여 자신의 덕을 밝히고 백성을 새롭게 할 수 있는 도리를 얻을 수 있다면, 온갖 착한 일이 갖추어지고 백 가지 교화敎化가 거기서부터 나올 수 있을 것입니다. 그렇게 되면 나라는 고루 잘 다스려질 수 있고, 백성들은 화합되게 할 수 있고, 위급한 상황도 편안하게 할 수 있을 것입니다.

그렇게 된다면, 신은 마부들 사이에서 채찍을 잡는 것 같은 비천한 말단직에서 신의 마음과 힘을 다해서 직분을 다하겠습니다. 어찌 그런 날이 없기야 하겠습니까?

상소가 들어가자, 임금님께서 노하여 "상소에 쓰인 말이 자전慈殿을 핍박했다"라고 여겨 벌을 가하려고 했다. 마침 당시 정승들이[5] 선생을 구제하려고 노력하여 무사할 수 있게 되었다.

기미己未(1559)년 조지서造紙署 사지司紙에 임명되었으나, 취임하지 않았다.

병인丙寅(1566)년 7월에 유지諭旨를 내려 불렀고, 8월에는 상서원尚瑞院 판관判官에 임명하고 다시 유지를 내려 재촉하여 불렀다.

그때는 권세를 부리던 간신들이 모두 쫓겨났고, 귀양갔던 이름 있는 사람들이 모두 다시 불려와 조정에 죽 서게 되어, 조정이 좀 맑아졌다. 선생은, "은혜로운 유지諭旨가 거듭 내렸으니, 신하로서의 의리를 한번 표시해야 하지 않아서는 안 되겠다"라고 생각하고서, 드디어 서울로 들어가 선비의 복장으로 사정전思政殿에서 임금님을 뵈었다. 임금님께서 '다스리는 도道'에 대해서 묻자, 선생은,

---

5) 당시 정승들이 : 『명종실록明宗實錄』의 기록을 보면, 실제로는 정승들이 노력한 것이 아니고, 경연시강관經筵侍講官 정종영鄭宗榮과 사간원司諫院 정언正言 이헌국李憲國의 상주上奏로 인하여, 명종明宗의 노기가 풀려 무사하게 되었다.

제9부 남명 조선생 묘지명

임금과 신하 사이는 정분과 의리가 서로 들어맞아 아무런 틈이 없어야만 어떤 일을 할 수가 있습니다. 백성들은 곤경에 빠져 있으니, 불난 집에 불 끄듯 빨리 구제해야 합니다.

라고 대답했다.

또 학문하는 방법에 대해서 묻자,

임금의 학문은 마음으로 터득하는 것을 귀하게 여깁니다. 마음으로 터득해야 천하의 이치를 궁구窮究하여 사물의 변화에 대응할 수 있습니다. 그 요점은 단지 경敬에 있을 따름입니다.

라고 대답했다.

7일 동안 머물다가 바로 하직하고 돌아왔다.

정묘丁卯(1567)년에 소경왕昭敬王(宣祖)께서 즉위하셨는데, 특별히 유지諭旨를 내려 선생을 불렀다. 그 때 경연經筵에서 선생을 두고 질투하여 안 좋게 말한 사람이 있었다. 선생은 드디어 병으로 사양하였다. 또 유지諭旨가 있어 선생을 불렀는데, 글을 올려 사양하고 당시의 다급한 일을 다음과 같이 아주 철저하게 논하였다.

이런 것은 버려두고 구제하지 않으면서, 산야에 버려진 사람을 구하여 어진이를 구한다는 아름다운 이름만 내는 데 도움을 받으려고 하고 있습니다. 마치 그림의 떡을 가지고 배고픔을 해결할 수 없는 것과 같습니다.

그 다음해(1568) 또 유지諭旨를 내려 불렀는데, 상소하여 이렇게 하고 싶은 말을 다했다.

　　정치하는 도리의 요점은 임금님께서 착한 것을 밝히고 몸을 정성스럽게 하는 데 있습니다. 본성의 안에 만 가지 이치가 갖추어져 있고, 마음이란 것은 이치가 모인 주체이고, 몸이란 마음을 담는 그릇입니다. 그 이치를 궁구하는 것은 장차 실제에 쓰려는 것이고, 몸을 닦는 것은 장차 도道를 행하기 위해서입니다. 노력을 하는 데 있어서는 반드시 경敬으로써 위주로 해야 합니다. 자기 몸을 닦는 데 경으로써 하면, 하늘의 덕德에 이를 수 있고, 왕도정치王道政治를 행할 수 있습니다. 그러한 것을 정치와 교화에 적용하면 마치 바람에 풀이 흔들리듯 구름이 몰려가듯 하여 아래에서는 반드시 더 잘 될 것입니다.

기사己巳(1569)년에 종친부宗親府 전첨典籤에 임명되었고, 경오庚午(1570)년에 다시 불렀으나, 모두 사양하고 나가지 않았다.

신미辛未(1571)년에 임금님께서 경상도慶尙道에 명령하여 선생에게 음식을 내리도록 했다. 선생은 상소하여 사례하면서 이런 글을 올렸다.

　　나라 일은 이미 떠났는데도 모든 관리들은 둘러서서 구경만 하고 구제를 하지 않습니다. 신이 일찍이 두번 상소하여 아뢰었으나, 비답批答을 듣지 못했습니다. 빨리 은혜와 위엄을 내리셔서 기강을 세우시옵소서. 아래의 여러 사람들이 해체가 되고, 나라의 근본은 이미 잃었습니다. 이제 늙은 신하는 비와 이슬 같은 은혜에 감사하지만, 하늘이 새는 것을 막을 수는 없습니다.

그 다음해 선생께서 병으로 눕게 되었다. 문인인 동강東岡 김우옹金宇顒 마땅한 호칭을 물었더니, 선생께서 "처사處士로 하는 것이 옳겠다"라고 하셨다.

부고訃告를 아뢰자, 임금님께서 사간원司諫院 대사간大司諫에 추증하시고, 부의賻儀를 내리시고 치제致祭하셨다.

병자丙子(1576)년에 사림士林들이 덕천德川6)에 서원을 세워 선생을 제사지냈다. 삼가三嘉의 용암서원龍巖書院7)과 김해金海의 신산서원新山書院도 같은 체제體制로 선생의 위패位牌를 봉안奉安하였다.

광해군光海君 기유己酉(1609)년에 여러 서원에 아울러 사액賜額하였다. 얼마 있다가 의정부議政府 영의정領議政 겸兼 영경연홍문관예문관춘추관관상감사領經筵弘文館藝文館春秋館觀象監事 세자사世子師를 더 추증하였고, 태상시太常寺8)에서 시호諡號를 논의하여 문정文貞이라고 내렸다.

삼사三司9)와 성균관成均館, 삼남三南10)의 선비들이 여러 번

---

6) 덕천德川 : 지금의 산청군山淸郡 시천면矢川面 원리院里. 보통 덕산德山이라고 한다.

7) 용암서원龍巖書院 : 남명 사후 유림들이 합천군 가회면佳會面에 회산서원晦山書院을 세워 향사享祀했는데, 임진왜란 때 불탔다. 그 뒤 1603년 합천군 봉산면鳳山面에 다시 세우고 이름을 용암서원으로 바꾸었다. 1868년에 이르러 훼철되었다. 1980년 이후 합천댐을 축조하자 서원터는 수몰되었다. 2007년 용암서원龍巖書院을 합천군 삼가면三嘉面 토동兎洞 뇌룡정雷龍亭 북쪽에 복원하여 남명을 향사享祀하고 있다.

8) 태상시太常寺 : 조선시대 봉상시奉常寺의 별칭. 봉상시에서는 국가에서 주관하는 제사와 시호諡號 주는 일을 관장하였다.

남명 그 위대한 일생

상소하여 문묘文廟[11]에 종사從祀해 줄 것을 요청했지만, 조정에서 답이 없었다.

선생은 남평조씨南平曺氏 충순위忠順衛 조수曺琇의 따님에게 장가들어, 차산次山이라는 아들 하나를 낳았는데 일찍 죽었다. 딸 하나는 만호萬戶를 지낸 상산商山이 본관인 김행金行에게 시집갔다. 문정공文貞公 동강東岡 김우옹金宇顒선생과 충익공忠翼公 망우당忘憂堂 곽재우郭再祐가 만호의 두 사위다.

방실旁室 송씨宋氏가 아들 셋을 두었는데, 차석次石은 현감縣監을 지냈고, 차마次磨는 감찰監察을 지냈고, 차정次矴은 가선대부嘉善大夫 품계까지 올라갔다.

현감은 아들 하나를 두었으니, 진명晉明으로 찰방察訪[12]을 지냈다. 감찰監察은 아들 셋을 두었는데, 경명敬明은 사과司果를 지냈고, 익명益明과 부명復明은 모두 장사랑將仕郎이다. 가선嘉善은 두 아들을 두었는데, 준명浚明은 생원이고, 극명克明은 선무랑宣務郎이다. 그 이후로 번성하여 오늘날까지 뻗어왔는데 이루 다 기록할 수가 없다.

아아! 선생은 세상에 나기 드문 뛰어난 자질과 경륜經綸으로 임금을 도울 만한 재주를 간직하고서, 임금을 사랑하고 나라를

---

9) 삼사三司 : 사헌부司憲府, 사간원司諫院, 홍문관弘文館을 함께 일컫는 말.
10) 삼남三南 : 충청도忠淸道, 전라도全羅道, 경상도慶尙道를 합쳐서 일컫는 말.
11) 문묘文廟 : 성균관成均館과 전국 각고을의 향교鄕校에 설치된 공자를 모시는 사당. 곧 대성전大成殿이다. 학자로서 사후에 문묘文廟에 종사從祀되는 것이 가장 큰 영광이다.
12) 찰방察訪 : 조선시대 역참驛站을 관리하던 종6품의 지방관.

걱정하고 시대를 구제하고 사물에 혜택을 끼치려는 정성이 늘 간절하였다. 그러나 자기 도道를 굽혀서 따르거나, 어떤 곳에 들어간 뒤에 옳고 그름을 헤아리는 방식은 군자다운 선생에게는 없었다.

늘 말씀하시기를,

처신處身하는 처음부터 조그마한 티끌의 더러움도 받지 말아야 한다. 행동거지行動擧止는 산악의 절벽이 만길 우뚝 솟은 것처럼 하여, 때가 되면 펼쳐야 많은 일을 해낼 수 있다.

라고 하셨다. 이 점이 종신토록 때를 만나지 못한다 해도, 초야에서 요순堯舜의 도道를 즐기고, 그윽이 홀로 있는 데서 주자朱子를 좋아한 까닭이다.

벼슬에 나아가고 물러나는 절조節操에 있어서는 헤아려 판단하는 것이 정밀하고 간절하여 털끝만큼도 구차하게 하지 않았다. 세상에서 간혹 과감하게 세상을 잊고서 세상 제도 바깥에서 고상하게 지낸 것으로 선생을 의심하는 사람이 있었는데, 그런 의심하는 사람 모두가 다 자기 몸을 파는 사람들이었다. 선생은 일찍이 말씀하시기를, "자릉子陵(嚴光)과 나는 도道를 같이 하지 않는다. 나는 이 세상을 잊지 않은 사람이다"라고 했다. 선생의 뜻은 이윤伊尹의 뜻이었지만, 뿌리를 둔 바가 있나니, 이른바 안연顔淵의 배운 바를 배운다는 것이 바로 그 것이었다.

선생은 도학道學이 무너진 뒤에 태어나 스승이나 벗의 연원淵

남명 그 위대한 일생

源으로 계발啓發해 줌을 받은 것 없이 홀로 남아 있는 글 속에서 여러 성현들의 심법心法이 '경敬'과 '의義' 두 글자에서 결코 벗어나지 않는다는 것을 알고서, 마음을 간직하고 이치를 밝히는 두 가지 공부를 하였다. 그윽하게 홀로 지내면서 귀신을 엄숙하게 만들고 천지의 조화造化에 참여하였고, 섬세하고 미미한 것을 접함에 있어 저울을 가지고 아주 가벼운 무게를 달 듯이 했다.

무릇 움직임과 고요히 있음, 말함과 묵묵히 있음, 봄과 들음, 한 가지 일과 한 가지 행동에 있어서 이 경敬과 의義의 도道를 말미암아 따라가 서로 보완적으로 유지하여 하늘의 덕德에 통달하였다. 개인의 사사로움이 깨끗이 없어져, 타고난 바탕이 녹아 변화되고 가슴이 깔끔해지고, 기상이 맑게 통하여, 일을 처리하고 행동함에 있어서 저절로 법도에서 벗어나지 않았다.

평소에 눈으로 음란한 것을 보지 않았고, 귀로는 삐뚤어진 것을 듣지 않았다. 음란하고 더러운 말은 입에서 나오지 않았고, 게으른 모습은 몸에 붙이지를 않았다.

고요한 방에서 차분하게 지내며 새벽에 일어나서 한밤중에 주무셨다. 갓과 띠를 잘 가다듬어 살아 있는 사람의 허리면서 시동尸童처럼 앉아 있어 마치 그림이나 새긴 조각 같았다.

책을 펼치고서 말없이 궁구하였고, 글 읽을 때는 소리를 내지 않았다. 공부가 즐거워서 근심을 잊었고, 느긋하고 즐겁고 한가하여 비록 다급한 때라도 평상시의 태도를 잃지 않았다.

손으로 위대한 성인聖人 공자孔子 및 주렴계周濂溪, 정자程子, 주자朱子 세 선생의 초상을 손수 그려서 감실龕室에 받들어 모셔

제9부 남명 조선생 묘지명

두고서 날마다 가묘家廟에 참배하였는데, 참배를 마치고는 반드시 우러러 예를 표하고 마주 대하였는데, 마치 직접 가르침을 받는 듯이 했다.

이연평李延平13)의 옛 일을 본떠서 쇠 방울을 차고 다니면서 정신을 깨우치고 반성했는데, 그것을 '성성자惺惺子'라고 이름 했다.

어버이를 섬김에 있어 얼굴빛을 부드럽게 가졌고, 부모님의 뜻을 받들어 봉양했다. 맛있고 부드럽고 깨끗하고 풍성한 음식을 정성스런 마음으로 마련하였다.

상喪을 당해서는 슬피 사모하여 피눈물을 흘렸다. 새벽부터 밤늦게까지 머리에 수질首絰14)과 허리 띠를 하고 빈소殯所 곁을 떠나지 않았다. 조문弔問하는 사람이 이르면 엎드려 곡하고는 답례로 절만 하였을 뿐, 앉아서 이야기한 적이 없었다. 아이 종에게 집안일을 가지고 여막廬幕15)에 와서 묻지 말라고 당부를 했다.

아우 환桓과 같이 살면서 같은 이불을 덮고 잘 정도로 우애가 흐뭇했는데, "팔다리와 몸은 연결되어 있어 나눌 수 없는데 형제간도 그런 관계다"라고 생각했다.

집안의 분위기가 경건하여 손님 대하는 것 같았고 엄숙하기

13) 이연평李延平(1193~1163) : 송宋나라의 학자인 이통李侗. 연평은 그가 살던 곳인데, 세상 사람들이 높여서 그렇게 불렀다. 자는 원중愿中. 평생 벼슬 하지 않고 학문 연구와 강학에 전념했다. 주자朱子가 그의 제자다. 문집 『이연평집李延平集』이 있다.
14) 수질首絰 : 상주가 머리에 두르는 짚을 삼으로 엮은 둥근 띠.
15) 여막廬幕 : 상주가 무덤 곁에 지어놓고 거처하는 오두막.

남명 그 위대한 일생

는 조정과 같았다. 여종이 머리를 단정히 하고 옷을 정돈하지 않으면 감히 선생을 만나뵙지 못했다.

궁벽한 오두막에 살면서도 시대를 슬퍼하고 나라를 걱정하는 것이 지극한 정성에서 나왔다. 맑은 밤 달이 환할 때면 홀로 앉아 슬피 노래하였는데, 노래가 끝나면 눈물을 흘러내렸다.

임금님의 기일忌日을 만나면 음악을 듣지 않았고 고기를 먹지도 않았다.

다른 사람과 사귈 때는 반드시 그 사람의 뜻을 보았다. 베옷을 입은 사람일지라도 왕이나 정승처럼 존경하여 예를 표하는 경우가 있었고, 높은 관직에 있는 사람일지라도 흙탕 속의 지푸라기처럼 더럽게 낮추어 보는 경우가 있었다.

선생이 공부하는 사람들과 이야기할 때는 정성스럽고 절실하였는데, 가까운 것은 버려두고 높고 먼 곳으로 달려가는 것을 경계하여, 어버이를 섬기고 형을 공경하고 어른을 잘 모시고 어린애들을 자애롭게 대하는 데 힘을 다하도록 했다. 평소에 "사람의 일에서 하늘의 이치를 구하지 않으면 끝내 실제적으로 얻는 것이 없다"라고 말했다. 늘 불교佛敎에서는 상달上達에만 곧장 힘쓰는 것을 두고 '발로 땅을 밟는 것이 없는 것'이라고 말했고, 육씨陸氏[16])가 강학講學에 종사하지 않는 것을 '잘못됐다고' 간주

---

16) 육씨陸氏(1139~1193) : 송나라 유학자 육구연陸九淵. 자는 자정子靜, 호는 상산象山. 벼슬은 지형문군知荊門軍을 지냈다. 주자朱子와 달리 심학心學의 사상체계를 형성하였는데, 명明나라에 들어와 양명陽明 왕수인王守仁이 그 주장을 더 확산시켜 육왕학파陸王學派를 형성하였다. 저서로는『상산전집象山全集』이 있다.

하였다.

의심 나는 것을 묻고 도와줄 것을 요청하는 사람이 있으면 그를 위해서 정밀하게 분석해 주었는데, 터럭만큼도 틀리지 않았고, 듣는 사람도 마음이 후련해졌다.

매양 말씀하시기를,

공부를 하려면 지식을 고명高明하게 만들어야 한다. 마치 태산泰山에 올라가면 온갖 사물이 다 낮게 보이는데, 그렇게 된 뒤에라야 내가 행하는 바가 순조롭지 않음이 없게 되는 것이다.

라고 했다. 그러나 일찍이 글을 장황하게 쓰고 저술을 현란하게 하여서 귀로 들은 것을 말로 나타내어 허황하게 자랑하는 습관을 기른 적은 없었다. 그래서 자공子貢[17]의 대열에 있는 사람이 아닌 사람들은, 본성本性과 하늘의 도리의 오묘함은 대체로 듣지 못하고서, "선생의 학문은 실행하는 것에만 독실하여 아는 것은 요긴하게 여기지 않았다"라고 생각했던 것이다.

선생은 일찍이 옛 사람이 도道를 논하고 학문을 논한 것 가운데서 요긴하고 마음에 맞는 말을 모아 편집하여 『학기學記』라고 이름했다. 몸으로 궁구窮究하고 마음으로 증명하면서 잠시도 방심하여 지내지 않았다.

---

17) 자공子貢 : 공자孔子의 제자. 『논어論語』「공야장편公冶長篇」에, 자공이, "선생님의 문채는 들을 수 있지만, 선생님께서 본성과 하늘의 도리에 대해서 말하시는 것은 들을 수 없었다.[夫子之文章, 可得而聞也. 夫子之言性與天道, 不可得而聞也.]"라고 한 말이 실려 있다.

또 「성위태극誠爲太極(정성이 태극임)」, 「천인일리天人一理(사람과 하늘은 한 가지 이치)」, 심통성정心統性情(마음이 성과 정을 통괄함) 등의 사실을 그림으로 그렸는데, 조리가 상세하면서도 치밀하였고, 뜻이 정밀하면서도 순수하였다.

마음이 아직 발發하지 않은 상태를 성性이라고 보고, 이미 발한 것을 정情으로 보았다. 그런데 발함에 있어서 사단四端과 칠정七情은 이理가 발한 것이냐? 기氣가 발한 것이냐? 하는 구분이 있다. 그러면서 또 "이목구비耳目口鼻의 욕망은 다 같이 천리天理에서 나온 것이다"라고 말했는데, 이 말은 큰 근본이 하나라는 것을 잘 보았으면서 나누어져 달라지는 경우를 분명히 본 것이다. 횡적으로나 종적으로 모두 잘 살펴서 빠뜨린 것이 없었다. 후세에 말만 잘하면서 한쪽 것에만 근거한 사람들이 미치기를 바랄 수 없는 것이다.

「신명사도神明舍圖」와 「신명사명神明舍銘」을 만들었는데, 태일진군太一眞君으로 마음을 나타내어 태극太極의 취지로 삼고, 경敬을 총재冢宰(총리)로 삼아 하늘의 덕德과 왕도王道의 요점으로 삼고, 지知로 백규百揆(여러 정승)로 삼아 사물의 기미에서 자세히 살피고, 의義를 사구司寇(법무부장관)로 삼아 발동하는 기미를 용감하게 이기게 했다. 밖으로는 귀 입 눈 세 관문을 막아 다급할 때도 감히 소홀히 하지 않고, 안으로는 사직社稷을 지켜 엎어지고 자빠질 때라도 잠시도 떠나지 않았다. 이를 데를 알아서 이르고, 끝낼 때를 알아서 끝낸 것이다. 마음을 간직하고, 이치를 살피고, 몸을 반성하고, 자신을 이기고, 도道에 나아가고, 덕을 이룬 실체가 정연井然하게 조리가 있고, 확실하게 근거가 있어 만세토록 공부하는 사람에게 지침이 될 만했다.

이 어찌 여러 편을 이어 많은 글을 쓴 그런 뒤에라야 지극해질 수 있겠는가? 대개 보는 것이 참 되면 말하는 것이 저절로 간명簡明해지고, 아는 것이 밝으면 행하는 것이 저절로 순수해진다.

일찍이 가만히 내 분수에 넘치지만, 선생을 논하려 이렇게 생각했다. 선생께서 명분과 이름을 연마한 것은 무극옹無極翁(周濂溪)와 비슷하다. 뛰어나고 고상하여 세상을 덮는 것은 소요부邵堯夫[18]와 비슷하다. 정밀하게 생각하여 힘써 실천하는 것은 횡거씨橫渠氏(張載)와 비슷하다. 엄숙하고 정제整齊한 것은 이천자伊川子[19]와 비슷하다. 저술을 숭상하지 않고 고요히 보고서 묵묵히 알아 산뜻하고 밝은 것은 연평씨延平氏(李侗)과 비슷하다. 경敬에 입각해서 살고 의義에 정밀하고, 태극太極과 동정動靜의 이치에 들어맞아 어두운 것 밝은 것 큰 것 작은 것 할 것 없이 하나로 관통하지 않은 것이 없는 것에 있어서는 진실로 자양紫陽(朱子)의

---

18) 소요부邵堯夫(1011~1077) : 송나라의 학자 소옹邵雍. 요부는 그의 자, 호 안락와安樂窩. 시호諡號가 강절康節이므로 보통 소강절邵康節이라고 부른다. 역리易理에 정통하였다. 저서로 『황극경세서皇極經世書』가 있고, 문집 『이천격양집伊川擊壤集』이 있다.

19) 이천자伊川子(1033~1107) : 송나라의 성리학자 정이程頤. 이천伊川은 그에 대한 존칭. 자는 정숙正叔, 형 명도明道 정호程顥와 함께 정자程子라고 일컬어진다. 염계濂溪 주돈이周敦頤의 제자로 성리학의 토대를 마련하였다. 그의 저서와 정명도程明道의 저서는 『이정전서二程全書』에 다 수록되어 있다.

남명 그 위대한 일생

핵심에까지 들어갔다고 하기에 부끄러움이 없다고 하겠다.

그 마음은 이치와 더불어 조화되었고, 행실은 아는 것과 하나가 되었다. 한 가지 생각도 구차하게 하여 스스로를 속인 것이 없었고, 한 가지 일도 흐릿하게 하여 스스로 편하려고 한 적이 없었다. 차분하면서도 엄격하고 굳세었고, 똑바르게 서서 한쪽으로 기울지 않은 사람을 동방東方에서 구한다면, 비록 선생을 두고 일러 지금까지 있지 않았던 호걸다운 인물이라고 해도 괜찮을 것이다. 아아! 그 성하도다.

선생은 일찍이 남명南冥이라고 스스로 호를 지었는데, 대개 자신을 감추는 데 뜻을 둔 것이었다. 마음을 오로지하여 공부하던 집 가운데서 김해金海에 있는 것을 산해정山海亭이라 했는데, 태산泰山에 올라가서 바다를 본다는 뜻을 붙인 것이다. 삼가三嘉에 있는 것을 계부당鷄伏堂이라고 했는데 함양涵養한다는 뜻이 있었다. 뇌룡정雷龍亭은, '연못처럼 묵묵히 있다가 우레처럼 소리치고, 시동尸童처럼 가만히 있다가 용처럼 나타난다'는 뜻을 취한 것이다. 진주晉州에 있는 것을 산천재山天齋라고 했는데, '앞 시대분들의 말과 행실을 많이 알아서 그 덕德을 쌓아 강건剛健하고 독실篤實하게 살아 빛을 내어 날로 새로워진다'는 뜻을 취한 것이다. 여기에서 선생이 일생토록 공력功力을 들인 바를 뚜렷이 볼 수가 있다.

명銘은 이러하다.

나를 알아주는 사람들은,   人之知我

봄바람처럼 화락和樂하고,   春風之樂
강호에 묻힌 호걸이라 한다네.   湖海之豪

나를 모르는 사람은,   人不知我
뇌수산雷首山의 맑음[20]과,   雷首之淸
부춘산富春山의 고상함[21]이라 하네.   富春之高

나는 뜻이 있나니,   我則有志
세상에 나가서 나의 뜻을 행하게 되면,
하늘의 음악 같은
순舜임금의 음악[22]을 하리라.   行而爲勻天之簫韶

나는 걱정 없으리니,   我則無憫
물러나 누추한 골목에서 숨어서는,
한 소쿠리의 밥과
한 바가지의 물로 살아가리.   藏之爲陋巷之簞瓢

빛나도다! 「신명사도神明舍圖」는,   有赫神明
태극太極의 영기靈氣로다.   太極之靈
경敬과 의義는 만고에 걸쳐,   敬義萬古
해와 달의 정기로다.   日月之晶

하늘과 사람 이치와 일은

---

20) 뇌수산雷首山의 맑음 : 뇌수산은 곧 수양산首陽山이다. 백이伯夷 숙제叔齊
　　의 맑은 절조節操를 말한다.
21) 부춘산富春山의 고상함 "엄광嚴光이 부춘산에 숨어서 세상을 잊고 농사지
　　으며 고상한 생활을 한 것을 말한다.
22) 순舜임금의 음악 : 남명南冥이 정치에 나아가 임금을 보좌하면 순임금 같
　　은 정치를 이루어내겠다는 뜻이다.

남명 그 위대한 일생

본래 간격이 없고,　　　　　　　　　　天人理事本無間
명明과 성誠[23], 박문博文과
약례約禮[24]는 두 갈래 아니네.　　　　明誠博約匪二途
지나간 것을 물어 다가오는 것을 기다리나니,　質往俟來
나를 알 사람은 하늘인져!　　　　　　知我者天乎

■　皇明弘治十四年, 我朝燕山主七年辛酉, 六月二十六日,
南冥先生, 生于三嘉縣之兎洞, 有虹起于宅井, 光紫滿室. 隆慶六
年, 我昭敬大王五年壬申, 二月初八日, 考終于晉州之頭流山下
絲綸洞正寢, 有山崩木稼之異. 其生也, 天地爲之榮, 其歿也天地
爲之衰, 哲人休咎, 自古則然. 旰! 其胡爲哉? 先生之葬在寢後壬
坐之原, 遵遺命也. 先生之友大谷成先生運, 叙其碣, 極道先生進
學成德之實, 出處動止之節, 有若鄕黨之畫聖人. 百世之下, 讀之
者, 怳然如復見先生也. 特其所以誌之玄竁, 而備陵谷之遷者, 闕
焉不事, 且三百年餘. 先生遠孫庸相, 以諸君子之命, 命其辭于鍾
錫. 先生嘗曰, 吾家之有敬義, 如天之有日月, 亘萬古, 不可易.
嗚乎! 先生之存, 卽當日有象之敬義也. 先生之歿, 其心猶不泯,
卽萬古不可易之敬義也. 先生, 卽日月也, 日月可繪而傳耶? 辭

---

23) 명明과 성誠 :『중용中庸』제21장에, "정성으로부터 밝아지는 것을 본성이
라 하고, 밝음으로부터 정성스러워지는 것을 교화라고 한다[自明誠, 謂之
性, 自誠明, 謂之敎]."라는 말이 있다.
24) 박문博文과 약례約禮 : 공자孔子가 "군자는 글에서 널리 배우고 예로써
요약하면, 도에서 어긋나지 않을 것인져![君子博學於文 約之以禮 亦可以不畔矣
夫]."라는 말을 했다. -『논어論語』「옹야편雍也篇」-

제9부 남명 조선생 묘지명

之屢, 而不得, 則謹次其始卒大槩, 而聽萬古之目焉. 先生, 諱植, 字楗仲, 昌寧曹氏. 高麗平章事諱謙之後也. 奕世隆顯, 爲東土鉅宗. 至成均生員安習, 始居于三嘉, 是於先生爲曾祖. 祖永奉事, 不仕. 考彥亨, 承文院判校, 以淸介稱. 妣仁川李氏, 忠順衛菊女, 有閨範. 先生幼而岐嶷, 擧止凝重, 不遊嬉押弄, 儼然有成人儀. 天才穎悟, 甫能言, 大人公, 授以字, 輒成誦不忘. 及就學, 必求其義, 不解不止. 稍長涉獵經史, 喜爲古文, 辭致蒼勁, 變化無常, 而森然有律度, 人爭傳誦, 慨然以功業自期. 如星緯方輿醫經算術弓馬行陣靡不旁通究知, 以富其蓄. 常有經濟一世, 駕軼千古之志. 就場屋, 累擧于鄉. 二十五歲, 讀性理大全於山寺, 至許魯齋言志伊尹之志, 學顏淵之學, 出則有爲, 處則有守, 大丈夫當如此, 出無所爲, 處無所守, 則所志所學, 將何爲? 遂脫然契悟, 專意聖賢之學, 將六經四子及濂閩遺書, 循環熟複, 窮日繼夜, 硏精咀實, 會之心, 而反之躬. 所知日極乎高明, 而所行日就乎平常, 存乎內者益重, 而慕於外者益輕, 囂囂以樂, 而盖將有用行舍藏之意焉. 猶以親在, 黽勉就公車, 見世道日漓, 而度所學之乖於時, 則雖稟請於母夫人, 而廢擧業, 然道成德充, 而信從者日衆, 望實漸隆, 而公卿交章論薦. 恭僖王戊戌, 除獻陵參奉. 恭獻王戊申, 陞典牲署主簿. 辛亥, 遷宗簿寺, 幷不就. 盖自己卯來, 賢路崎嶇, 誣網羅織, 而乙巳以後, 戚畹擅威福, 政紀隳壞, 善類坑戮. 先生平日所與契厚淸名直節之人, 强半遭慘禍矣. 先生, 於是, 確然有不可拔之志焉. 乙卯 除丹城縣監, 上疏辭, 極言國事已非, 邦本已亡, 小官嬉嬉於下, 姑酒色是樂, 大官泛泛於上, 惟貨賂是

남명 그 위대한 일생

殖. 內臣樹援, 龍挐于淵, 外臣剝民, 狼恣于野. 慈殿塞淵, 不過
深宮之一寡婦, 殿下幼冲, 只是先王之一孤嗣. 天災之百千, 人心
之億萬, 何以當之? 何以收之? 末言國事整頓, 惟在殿下之一心.
苟能一日惕然警悟, 致力於學問之上, 有得於明新之道, 則萬善
具在, 百化由出, 國可使均也, 民可使和也, 危可使安也. 臣當執
鞭於厮臺之末, 竭其心膂, 以盡臣職. 寧無日乎? 疏入, 上怒以爲,
語逼慈殿, 將加之罪, 賴時相營救, 得無事. 己未, 除造紙署司紙,
不就. 丙寅七月, 有旨召, 八月除尙瑞院判官, 有旨促召. 時, 權
奸放黜, 名流之被謫者, 皆召列於朝, 朝著稍清明. 先生以爲恩旨
荐下, 不容不一伸分義. 遂入都, 以白衣登對于思政殿. 上問治
道, 對以君臣之際, 情義相孚, 洞然無間, 可與有爲. 生民困悴,
當汲汲救之如失火之家. 問爲學之方, 對曰, 人主之學, 貴於心
得, 得於心, 可以窮天下之理, 應事物之變, 其要只在敬而已. 留
七日, 卽辭歸. 丁卯, 昭敬王卽祚, 以特敎召. 時有娼嫉者, 短先
生於筵中. 先生遂辭以疾. 又有旨召, 先生以狀辭, 因極論時急,
且曰舍此不救, 求山野棄物, 以助求賢之美名, 猶畫餠之不足以
充飢. 翌年又有旨召, 上疏辭, 極言爲治之道, 要在人君明善誠身
而已. 性分之內, 萬理備具. 心者, 是理所會之主也. 身者, 是心
所盛之器也. 窮其理, 將以致用也, 修其身, 將以行道也. 其所以
爲助, 則必以敬爲主, 修己以敬, 達天德行王道, 則施之政敎, 風
動雲驅, 下必有甚焉者. 己巳, 授宗親府典籤. 庚午, 再召, 皆辭
不就. 辛未, 命本道 賜食物, 上疏謝曰, 國事已去, 百工環視, 莫
救. 臣嘗再陳荒疏, 未聞亟下恩威以立紀綱, 群下解體, 邦本遂

喪, 今老臣徒謝雨露之恩, 而無以補天之漏. 明年而先生寢疾, 門人金東岡宇顯, 問所宜稱, 曰處士, 可也. 訃聞, 贈司諫院大司諫, 賜賻致祭. 丙子, 士林建書院于德川, 以祀先生. 三嘉之龍巖, 金海之新山, 亦一體奉安. 光海主己酉, 並宣額于諸院, 已而加贈議政府領議政兼領經筵弘文舘藝文舘春秋舘觀象監事, 世子師. 太常議謚曰文貞. 三司舘學及三南紳士, 屢疏請躋享聖廡, 而不報. 先生娶南平曹氏忠順衛琇女, 生一男次山, 蚤夭. 一女適商山人萬戶金行. 東岡金文貞先生, 及忘憂堂郭忠翼公再祐, 萬戶之二女婿也. 旁室宋氏, 擧三男, 次石縣監, 次磨監察, 次矴階嘉善. 縣監, 一男, 晉明察訪. 監察三男敬命司果, 益明, 復明, 並將仕郎. 嘉善二男, 浚明生員, 克明宣務朗, 以後, 克蕃以延今, 不可勝錄. 於乎! 先生以間世豪傑之姿, 抱經綸王佐之才, 常惓惓於愛君愛國濟時澤物之誠, 而枉道而徇, 入而後量, 君子無此道也. 常曰, 行己之初, 當如金玉, 不受微塵之污. 動止, 如山嶽, 壁立萬仞, 時至而伸, 方做出許多事業. 此其所以終身不遇而樂堯舜於畎畝, 媚寒雲於幽獨. 出處之間, 權度精切, 有不可以一毫苟者也. 世之或以處士之高蹈, 方外之果忘, 疑先生者, 皆不恥於自鬻者也. 先生嘗曰, 子陵與我不同道. 余未忘斯世者也. 先生之志, 卽伊尹之志也. 而乃其所本則有之, 所謂學顏淵之所學者是也. 先生生道學斬伐之餘, 無師友淵源以啓發之, 而獨得於遺言之中, 見千聖心法之斷斷不外於敬義二字. 存心明理, 兩下用功, 幽獨之居, 而可以肅鬼神, 而參天地纖微之接, 而有如持權衡而稱毫釐. 凡一動一靜, 一言一默, 一視一聽, 一事一行, 罔不由這上循

남명 그 위대한 일생

蹈夾持, 達于天德, 以至己私淨盡, 天質融化, 襟宇灑落, 氣象清通, 而周旋作止, 自不離於規矩丈度之內矣. 平居目無淫視, 耳無傾聽, 淫穢之評, 不出於口, 惰慢之容, 不設于體. 靜室潛居, 晨興夜寢, 冠帶整飭, 生腰尸坐, 望之若圖形刻象. 開卷默究, 不作呻唔, 樂而忘憂, 舒遲閑雅, 雖在匆卒, 不失常度, 手摹大聖及周程朱三子像, 安之龕. 日拜廟畢, 瞻禮對越, 若親熏炙. 倣李延平故事, 常佩金鈴, 以警省, 名曰惺惺子. 事親, 容色愉悅, 養之以志, 甘毳洗腴, 需之以忠. 其丁艱, 哀慕泣血, 晨夜絰帶, 不離几側, 弔者之至, 伏哭答拜, 未嘗坐與之語. 戒僮僕, 勿以家事, 謁于廬. 與弟桓, 同居共被, 友愛怡怡, 以爲肢體之連, 不可分也. 閨門之內, 敬如賓客, 肅如朝廷. 雖婢使, 不端髻整服, 不敢見. 深居窮蓽, 而傷時念國, 發於至誠, 每淸宵皓月, 獨坐悲歌, 歌竟, 涕下. 其値國諱, 不聆樂啖肉. 與人交, 必視其志, 布褐而有尊禮王公者, 軒冕而有鄙夷泥梗者. 其與學者言, 懇懇以捨切近趨高遠爲戒, 令盡力於事親敬兄悌長慈幼之間. 常曰, 不於人事上求天理, 終無實得. 常以佛氏之徑務上達, 謂無脚踏地, 以陸氏之不事講學爲非. 有質疑請益者, 爲之剖析精微, 絲毛不爽, 而聽者渙然. 每曰, 爲學, 要使知識高明, 如上東岱, 萬品皆低, 然後惟吾所行, 無不利矣. 然而亦未嘗張皇於書牘, 衒輝於著述, 以長其口耳虛夸之習. 故其不在子貢之列者, 盖莫聞性道之妙, 而謂先生之學, 篤於行而不急于知也. 先生嘗裒輯古人論道論學喫緊會意之說, 命曰學記. 體究心驗, 頃刻不放過. 又圖誠爲太極天人一理心統性情等事, 條理詳密, 而旨義精粹, 如以心之未發爲性, 已發爲情, 而其發也四端七情, 有理發氣發之分. 旋曰, 耳目口鼻之欲, 同出於天理, 此其卓見于大本之一, 而瞭然於分殊之際, 橫竪俱勘, 絶無滲漏, 非後世能言, 各據一偏者, 所可企及也. 其爲神明舍圖銘, 以太一眞君, 揭心爲太極之旨, 敬爲冢宰, 而立天德王道之要, 知爲百揆, 而致察於事物之幾, 義爲司寇, 而勇克於發動之微, 外禦三關, 造次而不敢踈, 內守社稷, 顚沛而不暫去, 知至而至, 知終而終, 其存心察理, 省身克己, 造道成德之實, 莫不井然有條, 確然有據, 而可以爲萬世學者之指南. 此何待於連篇累帙, 而多其辭說然後爲至哉. 盖見之眞, 則所言自簡, 知之明則所行自純. 竊嘗僭論以爲, 先生砥礪名行, 似無極翁. 英邁盖世, 似邵堯夫. 精思力踐, 似橫渠氏. 嚴肅整齊, 似伊川子. 不尙纂述, 而靜觀默識, 灑然瑩澈, 似延平氏. 居敬精義, 會之於太極動靜之理, 而幽明鉅細無不貫于一者, 則固無愧入紫陽之室矣. 其心與理涵, 行與知一, 無一念苟且以自欺, 無一事糊塗, 以自便, 從容嚴毅, 中立而不倚者, 求之東方, 雖謂之未始有之人豪, 可也. 於乎! 其盛矣. 先生嘗自號曰, 南冥, 盖志于韜晦也. 藏修之在金海曰, 山海亭, 有寓於登泰山而觀於海也. 在三嘉曰, 鷄伏堂, 涵養之義也. 曰雷龍亭, 取淵默却雷聲, 尸居却龍見之義也. 在晉曰山天齋, 取多識前言往行, 以畜其德, 剛健篤實輝光日新之義也. 卽此而先生所以用功於一生者, 可躍如而見也. 銘曰

人之知我, 春風之樂, 湖海之豪. 人不知我, 雷首之淸, 富春之高. 我則有志, 行而爲勻天之簫韶. 我則無憫, 藏之爲陋巷之簞瓢. 有赫神明, 太極之靈. 敬義萬古, 日月之晶. 天人理事本無間,

남명 그 위대한 일생

明誠博約匪二途. 質往俟來, 知我者天乎.

제9부 남명 조선생 묘지명

제10부

남명선생행록南冥先生行錄

김우옹金宇顒 지음

▶ 중종中宗 임금 때, 이언적李彦迪[1]과 이림李霖[2]의 추천으로 헌릉참봉獻陵參奉에 임명되었다.

▶ 계해癸亥(1563)년에 우옹宇顒이 처음으로 선생을 뵈었을 때, 선생은 차고 계시던 방울[3]을 나에게 주면서 말씀하시기를, "이것의 맑은 소리가 사람을 깨우쳐 살피게 한다. 이것을 차고 있으면 깨닫기에 매우 좋다. 내가 귀중한 보배를 너에게 주는 것이다. 너는 잘 지닐 수 있겠는가?"라고 하셨다. 또 "이

---

1) 이언적李彦迪(1591~1553) : 조선 중기의 학자. 자는 복고復古, 호는 회재晦齋, 본관은 여강驪江. 벼슬은 좌찬성에 이르렀다. 윤원형尹元衡 일당에게 몰려 강계江界로 귀양가서 거기서 죽었다. 『회재집晦齋集』, 『구인록求仁錄』 등 많은 저서가 남아 있다.
2) 이림李霖(?~1546) : 조선 중기의 문신. 자는 중망仲望, 본관은 함안咸安. 문과에 급제하여 대사간大司諫을 지냈다. 윤원형尹元衡 일파의 모함을 받아 죽임을 당했다. 남명과 절친하였다.
3) 차고 계시던 방울 : 주자朱子의 스승 연평延平 이통李侗이 평생 쇠로 만든 방울을 차고 다니면서 자신을 성찰했다.

것이 너의 옷띠 사이에 있으면서 움직일 때마다 너를 경계하고 꾸짖을 것이니, 매우 경건하고 두려워할 만하다. 너는 경계하고 두려워하여 이것한테 죄를 얻지 말 지어다"라고 말씀해 주셨다. 내가 "옛날 사람들이 옥玉을 차던 뜻이 아닙니까?"라고 물었더니, "정말 그렇다. 그러나 이것을 차는 뜻이 더욱 절실한 것이니, 옥을 차는 의미에서 그치지 않는다"라고 했다. 이 방울이 성성자惺惺子라는 것이다.

▶ 거처하는 서실에 모두 단청丹靑을 했는데, 밝고 깨끗한 점을 취한 것이다. 이전에 내가, "단청은 가난한 선비에게 알맞은 것이 아닌 듯하니, 이렇게 하지 않았으면 합니다"라고 의견을 말씀드렸더니, 선생은 우스개로 "나는 부귀한 기상이 있으니, 자네의 청빈淸貧한 모양과는 같지 않다네"라고 하셨다.

▶ 해학海鶴[4]을 기르기를 좋아했다. 이를 두고 일찍이 시 한 수를 지은 것이 있다. 그 중에 두 구절은 이러하다. "두 마리 학과 내 몸이 세 식구 되고, 세 산과 우리 집 네 이웃이 되었네."

▶ 사람을 사랑하고 선비를 좋아하였는데, 자신을 내세우지 않았다. 마음을 열고 생각을 솔직하게 가져 한 번 만나면 옛날부터 알던 사람처럼 되었다. 호걸스런 기운이 보통 사람들보다 뛰어나고 논의가 엄정嚴正하여 사림士林의 본보기가 되었다. 수준 낮은 사람들이나 시골 사람들도 모두 남명선생南冥

---

4) 해학海鶴 : 학의 일종. 갈매기라는 설도 있으나, 갈매기를 키우기는 어렵다.

先生이 계시다는 것을 알았고, 학사學士 대부大夫 들 가운데는 남명선생을 알건 모르건 간에 선생을 칭찬하는 사람들은 '추상열일秋霜烈日(가을 서리와 강렬한 햇빛)'이라고 칭찬했다.

▶ 일찍이 자굴산闍崛山[5)]의 명경대明鏡臺를 사랑하여 여러 해 동안 오가면서 깃들어 살았다. 늘 문을 열어 놓고 혼자 앉아서 글을 보다가 새벽에까지 이르렀다. 고요하게 말없이 종일토록 지냈다. 그 절의 스님이, "거처하는 방은 종일토록 고요하여 소리가 없답니다. 다만 때때로 손가락으로 책상을 쳐서 가늘게 소리가 있는데, 그것으로 인해서 아직도 글을 읽고 있다는 것을 알 수 있지요"라고 말했다.

▶ 돌아가신 아버님[6)]께서 평소에 남명선생을 존경하여 비중 있게 생각하셨다. 일찍이 사명使命을 받들어 영남嶺南으로 왔다가 토동兎洞으로 고상하게 숨어지내는 선생을 방문하여 시를 선생에게 주었다. "옛 사람이 고요히 앉아 있기를 좋아하였는데, 오늘 그대를 보았구려[古人好靜坐, 今日見夫君]."

▶ 선생은 비유譬喩하는 데 뛰어나 사물을 인용하거나 비슷한

---

5) 자굴산闍崛山 : 의령군宜寧郡 서부에 위치한 의령宜寧의 진산鎭山. 남명이 살던 삼가현三嘉縣 토동兎洞에서 보면 남쪽에 위치해 있다. 『남명집南冥集』에는 '굴堀'자로 되어 있지만, '굴崛'자로 쓰는 것이 맞다. '자굴산闍崛山'은 본래 인도印度에 있는 산 이름으로 불교식 이름이다.
6) 돌아가신 아버님 : 동강東岡 김우옹金宇顒의 부친인 칠봉七峰 김희삼金希參(1507~1560). 조선 중기의 문신. 자는 사로師魯, 호는 칠봉七峰, 문과에 급제하여 삼척부사三陟府使를 지냈다. 생전에 남명을 여러 차례 방문한 적이 있다. 문집 『칠봉일집七峰逸集』이 있다.

것을 연관시켰는데, 분명하고 시원하여 평범하지 않았다. 또한 영걸스런 기운이 너무 드러난 경우에는 우스개와 풍자하는 말을 곁들였다.

▶ 집이 가난했으나, 재물을 가벼이 여겨 베풀기를 좋아했다. 자신을 이겨 의로운 일을 하였다. 형제자매 사이에 우애가 매우 도타웠다. 집안의 재산을 나눌 때, 선생은 제사 지내는 몫으로 서울 장의동藏義洞[7]에 있던 집을 받았는데, 바닷가 김해金海에 살면서 그 집을 자형姉兄 이공량李公亮[8]에게 주었다. 이공량이 값을 쳐서 주자, 선생은 그것을 받아서 여러 아우와 누이들 가운데서 가난한 사람에게 나누어주고, 자기는 털끝만큼도 차지하지 않았다. 또 토동兎洞에 있던 전답은 모두 아우 환桓에게 주었다. 김해金海서 토동으로 처음 돌아왔을 때는 송곳 하나 세울 땅도 없었고, 옷과 음식을 아우나 누이의 도움으로 마련했지만, 마음을 텅 비우고 개의치 않았다.

▶ 그 당시 이름난 선비 청송聽松 성수침成守琛[9]선생, 대곡大谷 성운成運선생, 동주東洲 성제원成悌元[10]선생, 송계松溪 신계성

---

7) 장의동藏義洞 : 지금의 종로구鍾路區 청운동靑雲洞 지역에 해당된다. 장의동壯義洞으로 표기하기도 하는데, 나중에는 장동壯洞으로 불렸다.

8) 이공량李公亮(1500~1565) : 조선 중기의 선비. 자는 인숙寅叔, 호는 안분당安分堂, 본관은 전의全義, 진주 금산琴山에서 살았다. 남명의 자형이다.

9) 성수침成守琛(1493~1564) : 조선 중기의 선비. 자는 중옥仲玉, 청송은 그의 호, 본관은 창녕昌寧, 정암靜庵 조광조趙光祖의 문인이다. 남명과 어릴 때부터 친하게 지냈다. 문집 『청송집聽松集』이 있다.

10) 성제원成悌元(1506~1559) : 조선 중기의 문신. 자는 자경子敬, 동주는 그의 호. 본관은 창녕, 추천을 받아 보은현감報恩縣監을 지냈다. 문집 『동주집

申季誠선생 등이 다 마음을 알아주는 친구였다.

참봉參奉 성우成遇[11], 사간司諫 곽순郭珣[12]과도 우정이 두터웠는데, 을사사화乙巳士禍로 두 분이 죽임을 당했다. 매양 그들을 생각하게 되면 눈물을 흘리지 않은 적이 없었고, 다른 사람과 이야기하다가 그 분들의 일에 미치면 반드시 슬퍼 목이 메였다. 선생은 세상 떠날 때까지 그 분들을 잊지 못했다. 삼족당三足堂 김대유金大有선생과 우정이 가장 깊었는데, 일찍이 천하의 선비로 그를 인정하였다. 삼족당은 집이 부유하였는데, 그가 세상을 떠나려 할 때 선생께서 문병하러 갔더니, 삼족당은 선생이 가난하고 궁핍한 것을 생각해서 여러 아들들에게 유언을 남겨 얼마간의 곡식을 선생에게 보내주도록 했다. 그러나 선생은 받지 않으면서, 이런 시를 지어 보냈다. "사마광司馬光[13]한테서도 받지 않았나니, 그 사람은 바로 유도원劉道源[14]이라네. 그런 까닭으로 호강후胡康侯[15]는,

東洲集』이 있다.

11) 성우成遇(1495~1546) : 조선 중기의 선비. 자는 중려仲慮, 본관은 창녕, 서울에서 살았다. 남명의 친구 대곡大谷 성운成運의 둘째 형이다. 을사사화乙巳士禍로 죽임을 당했다.

12) 곽순郭珣(1502~1545) : 조선 중기의 문신. 자는 백유伯瑜, 호는 경재警齋, 본관은 현풍玄風. 문과에 급제하여 사간司諫을 지냈다. 을사사화乙巳士禍 때 장살杖殺 당했다.

13) 사마광司馬光 : 송나라의 학자, 정치가. 자는 군실君實, 시호는 문정文正. 벼슬은 승상에 이르렀고, 온국공溫國公에 봉해졌다. 19년 걸려 저술한 『자치통감資治通鑑』은 중국의 대표적인 편년체 사서史書이다. 문집으로 『독락원집獨樂園集』이 있다.

14) 유도원柳道源 : 송나라 학자 유서劉恕를 말한다. 도원은 그 자. 벼슬은 비

죽을 때까지 가난을 말하지 않았다네[於光亦不受, 此人劉道原. 所以胡康侯, 至死貧不言]". 선생이 사양하고 받음에 구차하지 않는 것이 이러하였다.

▶ 혼인, 상례喪禮, 제사 등의 예법은 모두 대체적으로 『주자가례朱子家禮』[16]를 본받았는데, 그 큰 뜻은 따르고 세세한 절차는 꼭 다 합치되기를 구하지 않았다. 선생이 부모님 상을 집행하는 3년 동안 곡哭을 하면서 상복을 벗지 않았고, 여막廬幕에서 한 발짝도 나가지를 않았다. 혼례에 있어서는 우리 나라 풍속에 혼례를 신부 집에서 거행했으므로 친영親迎[17]이라는 절차 하나를 거행할 수가 없었다. 그래서 단지 신랑과 신

서승秘書丞에 이르렀다. 총명하고 사학을 매우 좋아하였는데, 사마광이 『자치통감資治通鑑』을 저술하다가 복잡하여 처리하기 어려운 곳을 만나면 그에게 맡겨 처리하였다. 집이 매우 가난하여 겨울에도 추위를 막을 의복이 없었다. 그가 하직하고 남쪽으로 갈 때 사마광이 옷 몇 가지를 주었더니 받지 않으려고 했다. 굳이 주자 받아 가지고 영주潁州에 이르러서 봉하여 돌려보냈다. 자기를 알아주던 사마광한테도 받지 않았으니 다른 사람한테는 어떻게 처신했는지 알 수 있다.

15) 호강후胡康侯 : 송나라 학자 호안국胡安國을 만한다. 강후는 자. 천거를 받아 중서사인中書舍人을 지냈다. 평생 춘추를 깊이 연구하여 『춘추전春秋傳』을 지었다.

16) 『주자가례朱子家禮』 : 송宋나라 주자朱子가 고대의 예법을 간략히 하여 만든 책. 고려 후기에 우리 나라에 전래되어 우리 나라의 풍속과 생활상에 많은 영향을 미쳤다.

17) 친영親迎 : 혼례를 치를 때, 신랑 될 사람이 신부 집에 가서 직접 신부를 데리고 자기 집으로 가서 자기 집에서 혼례를 올리는 절차다. 중국에서는 실제로 친영 절차를 행했지만, 우리 나라에서는 신부집에서 혼례를 거행하였으니, 친영의 절차가 시행되지 않았다.

부로 하여금 대청에서 서로 만나보고 서로 절하는 예를 행하였다. 대개 이렇게 함으로써 옛날 예법을 회복하는 점진적인 조처로 삼았다. 또 혼사나 상례 때 높이 과일을 괴는 상은 쓰지 않았는데, 이것은 세상 풍속을 따르지 않은 것이었다. 그 당시 사대부士大夫들 집에서 이것에 감화를 받은 사람이 많이 있었고, 이로 인해서 풍속도 조금 바뀌었다.

▶ 젊은 시절에 크게 분발하여 문장가가 되려고 노력하였다. 유종원柳宗元의 글 읽기를 좋아하여 힘써 본받았다. 비록 자존심을 낮추어 과거시험장에 나아갔지만, 우리 나라 사람들의 속되고 수준 낮은 문장은 잠시도 보려고 하지 않았다. 시를 짓는 데 있어서도 마음 먹고 옛날 것을 본떴다. 만년에 스스로 이렇게 말한 적이 있다. "나는 고문古文을 배웠으나 이루지 못했다. 퇴계退溪의 문장은 본래 금문今文[18]인데, 도리어 성숙되어 있다. 비유하자면, 나는 비단을 짰지만 한 필匹을 이루지 못했으니, 세상에 쓰이기 어렵게 되었고, 퇴계는 명주를 짜서 필을 이루었으니, 쓸 수가 있도다".

▶ 선생이 큰 글자를 쓰면 자못 굳세고 힘이 있었는데, 설암雪菴[19]의 「병위삼첩兵衛森帖」[20]을 본받았다. 그러나 글씨에 마

---

18) 금문今文 : 그 당시 시속에서 쓰는 내용 위주의 실용적인 문장.
19) 설암雪菴 : 원元나라의 승려이자 서예가. 속명은 이부광李溥光. 자는 현휘玄暉, 법호法號는 현오대사玄悟大師. 조맹부趙孟頫와 동시대 인물인데, 큰 글씨는 제일이라고 하였다. 우리 나라 현액懸額 글씨에 많은 영향을 미쳤다.
20) 「병위삼첩兵衛森帖」 : 설암雪菴 이부광李溥光의 큰 글씨를 모각한 법첩法帖.

음을 둔 적은 없었다. 스스로 말하기를, "글씨가 이루어지지 않았다"고 했다.

▶ 병인丙寅(1566)년 임금님의 부름을 받았을 때, 일재一齋(李恒) 등 여러 분들도 함께 서울에 와 있었다. 일재는 스승의 도리를 갖춘 사람으로 자처하며 후배 학자들을 접견하여, 머무르는 집의 대문과 뜰에 사람이 가득하게 넘쳤다. 선생 혼자만 행적을 드러내지 않고 문을 닫고 있었다. 선비들 가운데 혹 가르침을 구하는 사람이 있으면 우스개로 답하였다.

▶ 선생이 서울에서 남쪽으로 돌아온 뒤 옥계玉溪 노진盧禛[21]이 서신을 보내 급히 돌아오게 된 사연을 물었다. 선생이 이렇게 답장하였다. "내가 여러 번 임금님의 은혜로운 명命을 받들었으니, 예의상 한번 대궐로 나아가 절을 올려야 했다오. 서울에서 어정어정하여 다시 무엇 하겠소? 그대가 아침 저녁으로 대궐에 출입하면서 도道를 행하는 일이 없이 오래도록 머물러 물러나지 않는다면, 또한 구차하게 녹을 먹는 것에서 면하지 못할 것이오". 그 때 옥계는 집에서 지내고 있었다.

▶ 또 문인 정인홍鄭仁弘[22]에게 이런 답장을 보냈다. "지금이 어떤 때오? 거짓의 무리들은 모두 겉 모습만 그럴듯한 빈껍데

조선 초기에 국가에서 탑인搨印하여 보급한 적이 있었다.

21) 노진盧禛(1518~1578) : 조선 중기의 문신. 자는 자응子膺, 옥계玉溪는 그의 호. 본관은 풍천豐川 함양咸陽에 거주하였다. 문과에 급제하여 벼슬이 이조판서吏曹判書에 이르렀다. 문집 『옥계집玉溪集』이 있다.

22) 정인홍鄭仁弘 : 인조반정 이후로는 『남명집南冥集』에서 '鄭仁弘'이라는 세 글자를 삭제하였다.

남명 그 위대한 일생

기들이요. 이런 때 체면도 없이 점잖게 현자賢者의 자리에 거처하며 으뜸가는 학자인 듯이 하는 것이 될 일이요? 기자箕子23)가 거짓으로 미친 체하였는데, 은殷나라 왕실의 흥망에 관계되지 않았지만, 자신이 명이明夷24)에 처한 것이지, 성현으로 자처하지 않으려고 했소. 근래의 한훤당寒暄堂25)이나 효직孝直26)도 모두 선견지명이 부족한데, 하물며 나 같은 사람이겠소? 나는 조화롭게 세상을 살아가려고 하는 사람이니, 술이나 마시면서 사는 사람과 다를 것이 없소. 또 어찌 소리치며 기운을 부려 사물事物을 잊은 사람처럼 할 수 있겠소? 지금 나는 단지 내 몸만 지키면서 무거운 이름에서 멀리 도망가고자 하오. 내가 본 바가 없어서 이러는 것은 아니오".

---

23) 기자箕子 : 은殷나라 주왕紂王의 숙부. 주왕이 난정亂政을 일삼자 자주 간하다가 잡혀 종이 되자, 거짓으로 미친 체했다. 나중에 은나라가 망하자, 새로 천자天子가 된 주周나라 무왕武王이 기자를 조선朝鮮의 왕으로 봉했다 한다. 기자가 조선으로 왔는지의 여부에 대해서 학자들 사이에 논란이 있다. 『서경書經』에 실려 있는 「홍범구주洪範九疇」를 그가 지었다 한다.

24) 명이明夷 : 『주역周易』의 괘卦 이름. 암울한 시대에 어진 사람이 상처를 받으므로 숨는 형상이다.

25) 한훤당寒暄堂(1454~1504) : 조선 전기의 문신인 김굉필金宏弼의 호. 자는 대유大猷, 본관은 서흥瑞興. 점필재佔畢齋 김종직金宗直의 제자이다. 추천으로 형조좌랑刑曹佐郞을 지냈다. 무오사화戊午士禍 때 귀양갔다가 갑자사화甲子士禍 때 처형되었다. 그에 관한 기록을 모은 『경현록景賢錄』이 있다.

26) 효직孝直(1482~1519) : 조선 중기의 문신 조광조趙光祖의 자. 호는 정암靜庵. 본관은 한양漢陽. 한훤당寒暄堂 김굉필金宏弼의 제자다. 벼슬은 대사헌大司憲을 지냈다. 중종中宗의 신임을 얻어 이상적인 도학정치道學政治를 시행하려고 하다가 반대파들에게 몰려 죽임을 당했다. 문집 『정암집靜庵集』이 있다.

▶ 내가 일찍이 가르침을 청하자, 선생은 '뇌雷'자와 '천天'이라는 두 글자를 써 주었으니, 『주역周易』에 나오는 '대장大壯'27)의 뜻이다.

▶ 계해癸亥(1563)년에 가르침을 청했더니, 선생이 옛 말을 인용하여, "처신하는 처음부터 마땅히 금이나 옥처럼 하여 조그마한 먼지의 더러움도 받아들이지 않아야 한다"라고 가르쳐 주셨다. 또 "장부의 거동은 무겁기가 산악과 같고 만 길 절벽처럼 우뚝해야 한다. 때가 이르면 펼쳐서 많은 일을 해내야 한다. 비유하자면, 3천 근 나가는 큰 쇠뇌는 한번 발사하면 능히 만 겹의 단단한 성곽을 부순다. 그러나 날다람쥐를 잡기 위해서 발사하지는 않는다.

▶ 처음에 선생을 뵙고 가르침을 청했더니, 선생께서 말씀하시기를, "침잠沈潛하는 사람은 모름지기 굳세게 자신을 이기며 일을 해야 한다. 하늘의 기운은 굳세다. 그래서 어떤 일이고를 막론하고 다 꿰뚫어야 한다"라고 하셨다. 또 "자네는 역량이 얕고 얇으니, 모름지기 다른 사람이 하나를 할 때 자신은 백 배를 하고 다른 사람이 열을 할 때 자신은 천 배로 하는 공부를 해야 거의 될 수 있을 따름이다.

▶ 신미辛未(1571)년 12월 21일에 선생께서 등창을 앓으셨다. 임신壬申(1572)년 정월에 병세가 위독해졌는데, 여러 제자들이

---

27) '대장大壯' : 『주역』의 괘 이름. 위는 우레[雷]이고, 아래는 하늘[天]이 합쳐져 이루어진 괘로, 군자가 이것을 보고 차례에 어긋나는 일이나 예禮에 벗어나는 일을 삼가면서 자신을 수양한다.

남명 그 위대한 일생

모시고 앉았다. 선생께서 말씀하시기를, "나는 학자가 아니다. 평생 호협豪俠한 기운을 많이 띠고 있었지만, 공부의 힘을 가지고 잘 해결해 나갔다. 도량은 좁고 재주는 작았으므로 큰 일을 담당하지 못할 것 같았다. 다만 사람을 사랑하고 착한 것을 좋아하였다. 많은 사람을 얻어 각자에게 많은 일을 맡기려고 한다면, 나는 도리어 물러나 앉을 것이다. 재주가 없기 때문이다.

▶ 선생께서 나에게 일러 말씀하시기를, "나는 평생 하나의 장점은 있나니, 죽어도 구차하게 따르려하지 않는 것이다. 자네는 오히려 기억하겠지?"라고 하셨다. 또 정인홍鄭仁弘[28], 나 및 정구鄭逑에게 일러서 말씀하시기를, "자네들은 출처出處에 있어서는 조금 본 바가 있겠지. 내가 마음으로 인정한다. 사군자士君子의 큰 절조節操는 오직 출처出處 한 가지에 있을 따름이다"라고 하셨다.

▶ 나와 정구鄭逑에게 일러 말씀하시기를, "천하에서 제일 통과하기 어려운 철통 같은 관문은 여색女色 관문이다. 자네들은 능히 이 관문을 통과하겠는가?"라고 하셨다. 그리고는 우스개로 말씀하시기를, "이 관문은 쇠나 돌도 녹인다. 자네들이 평소에 가졌던 지조가 여기에 이르면 아마도 당연히 녹아 남은 것이 없을 걸"이라고 했다.

▶ 정월 14일에 선생의 병세가 매우 심하였다. 제자들이 나아가

28) 정인홍鄭仁弘 : 인조반정 이후로는 『남명집南冥集』에서 '仁弘' 두 글자를 삭제하였다.

"선생께서 저희들을 가르쳐주시기를 청합니다"라고 하자, 선생께서는, "무릇 모든 의리義理는 자네들이 스스로 알지만, 독실하게 믿는 것이 귀하다"라고 말씀하셨다. 또 말씀하시기를, "여러 벗들이 여기에 있으니, 내가 죽어도 영광스럽다. 또 아녀자들이 슬피 우는 모습을 보지 않으니, 대단히 즐거운 일이다"라고 하셨다. 또 당시의 일을 논하다가 평소처럼 강개慷慨하여 주먹을 쥐고 부르르 떨었다.

▶ 내가 청하기를 "만약 피할 수 없어 선생께서 돌아가시게 되면, 무슨 호칭으로 선생님을 일컬으면 되겠습니까?" 선생께서는, "처사處士로 쓰는 것이 옳다. 이는 평소의 내 뜻이다. 만약 이 것을 쓰지 않고 벼슬을 일컫는다면 이는 나를 버리는 것이다. 김해金海에 있는 묘갈墓碣29)에 영인令人30)이라고 일컬은 것은, 아들 차석次石이 세웠기 때문이다.

▶ 정월 15일 아침에 정인홍鄭仁弘31)과 나32)를 불러서 말씀하시기를, "내가 오늘은 정신이 전과는 다르니, 아마 죽을 것 같다. 다시는 약을 들이지 말아라"라고 하셨다. 손으로 두 눈을 비벼 떴는데, 눈동자가 정기가 있으면서 밝아 평소와 다름이

---

29) 묘갈墓碣 : 남명南冥의 부인 남평조씨南平曺氏의 묘소에 세워진 것을 말한다.
30) 영인令人 : 정4품, 종4품 문무관의 부인에게 봉하는 칭호.
31) 정인홍鄭仁弘 : 인조반정 이후로는 『남명집』에서 '仁弘'이라는 두 글자를 삭제하였다.
32) 나 : 기유본 『남명집』에는 '顯'으로 되어 있다가 갑신본 『남명집』 이후로는 '字顯'으로 되어 있다.

남명 그 위대한 일생

없었다.

또 창문을 열라고 하시면서, "하늘의 해가 이다지도 맑고 밝구나"라고 하셨다. 또 "벽에 써 둔 '경敬'과 '의義' 두 글자는 매우 절실하고 중요하다. … 배우는 사람은 공부가 푹 익도록 해야 한다. 공부가 푹 익으면 가슴 속에 아무 것도 없게 된다. 나는 그런 경지에 이르러 보지 못하고 죽는구나"라고 하셨다.

▶ "내 빈소殯所를 산천재山天齋에 차리는 것이 옳다"라고 말씀하셨다. 내가 선생에게 머리를 동쪽으로 가게 해서 생기를 받도록 하시라고 청하자, 선생께서는, "동쪽으로 머리를 둔다고 어찌 생기를 받겠는가?"라고 하셨다. 내가 두 번 세 번 청하고, 또 '바르게 죽는다'는 뜻을 말씀드리자, 선생께서 허락하시면서 말씀하시기를, "군자가 예법으로 사람을 사랑하는구나"라고 하시고는 마침내 머리를 동쪽으로 돌리셨다.

▶ 이날 선생은 이미 약을 끊었고, 미음도 입에 넣지 않았고, 종일토록 푹 묻혀 누워계셨는데, 정신이 분명하여 어지럽지 않았다. 정인홍鄭仁弘[33]이 나아가 "약을 끊는다는 것은 이미 말씀을 들었습니다. 미음마저도 입에 넣지 않는 것은 자연스런 도리가 아닌 듯합니다"라고 말씀드렸다. 선생께서 이 때문에 조금 들었다. 저녁 때가 되자 조금 기운을 차렸다. 다시 20여 일을 끌다가 숨을 거두었다. 선생께서는 심한 병 속에서도

---

33) 정인홍鄭仁弘 : 인조반정 이후로는 『남명집』에서 '仁弘'이 '侍者'로 바뀌었다.

잠시도 마음을 붙잡아 간직하는 뜻을 잊은 적이 없었다. 옛 사람[34]이 이른바, '숨 한 가닥이 아직 남아 있으면 이 뜻을 조금도 게을리해서는 안 된다'는 격이었다.

- 中廟朝. 用李霖, 李彦迪薦. 除獻陵參奉.
- 惺惺子. 癸亥歲. 宇顒初拜門下. 先生出所佩囊中鈴子以贈曰. 此物淸響. 解警省人. 佩之覺甚佳. 吾以重寶與汝. 汝其堪保 此否. 又曰. 此物在汝衣帶間. 凡有動作. 規警誚責. 甚可敬 畏. 汝其戒懼. 無得罪於此子也. 問莫是古人佩玉意否. 先生 曰. 固是抑此意甚切. 不止於佩玉也.
- 所居書室. 皆施丹艧. 蓋取其明淨也. 宇顒嘗問丹艧, 恐非寒 士所宜. 願不必如此. 先生戲云. 吾郤有富貴氣. 不似儞苦淡 模樣也.
- 好養海鶴. 嘗有一詠曰. 雙鶴身同三作口. 三山家在四爲隣.
- 愛人好士. 不事表襮. 開心坦懷. 一見如舊. 豪氣絶倫. 議論凜 然. 儀表士林. 至於鄙夫野人. 皆知有南冥先生. 而學士大夫 識與不識. 稱先生者. 必曰秋霜烈日云.
- 嘗愛闍堀山之明鏡臺. 往來棲息者累年. 常開門獨坐. 看書達 曉. 靜嘿終暑. 有寺僧言, 其所處之室. 終日寂然無聲. 但時 聞以手指抵書案微有聲. 因知其尙讀書也.

---

34) 옛 사람 : 주자朱子.

남명 그 위대한 일생

▶ 先君子雅敬重先生. 嘗奉使嶺表. 訪高隱於免洞. 贈之以詩曰. 古人好靜坐. 今日見夫君.

▶ 長於譬諭. 引物連類. 明爽不凡. 亦有英氣太露處. 雜以諧謔嘲諷之言.

▶ 家貧. 輕財好施. 克己爲義. 兄姊弟妹. 友愛篤至. 分家產時. 先生以承祀. 受京中藏義洞家舍. 及居海上. 以與姊夫李公亮. 公亮以直歸之. 受而頒諸弟妹之貧者. 一毫不自取. 又盡以免洞田產與弟桓. 迨其始還. 無立錐之地. 資衣食於弟妹. 亦曠然不以爲意也.

▶ 一時名士. 如聽松成先生守琛仲玉, 大谷成先生運健叔, 東洲成先生悌元子敬, 黃江李先生希顔愚翁, 松溪申先生季誠子諴, 皆爲知己友. 成參奉遇仲慮, 郭司諫珣伯瑜, 交契亦厚. 二人死於乙巳. 每念之. 未嘗不流涕. 與人語及. 必嗚咽哽塞. 至死不忘. 與三足金先生大有天祐, 交道最深. 嘗以天下士許之. 三足家富. 其卒也. 先生視之. 三足念先生貧乏. 遺令諸子歲遺之粟若干. 以示先生. 先生不受. 以詩復之曰. 於光亦不受. 此人劉道原. 所以胡康候. 至死貧不言. 其辭受之不苟又如此.

▶ 婚姻喪葬祭祀之禮. 皆略倣家禮. 取其大意. 其節文不求盡合. 其執親之喪. 哭泣三年. 身不脫衰. 足不出廬. 於婚禮. 則以國俗行禮於婦氏. 不得行親迎一節. 只令壻婦相見於廳事. 行交拜之禮. 蓋以是爲復古之漸也. 又於婚喪. 不從俗設高排果床. 一時士夫之家. 多有化之者. 而風俗亦爲之少變矣.

▶ 少時. 大奮業文章家. 最喜讀柳文. 而力慕效之. 雖俯就場屋. 亦不肯暫看東人俗下文字. 其爲詩. 亦刻意慕古. 晚歲嘗自言. 吾學古文而不能成. 退溪之文. 本是今文. 然却成熟. 譬之. 我織錦而未成匹. 難於世用. 渠織絹成匹而可用也. 寫大字頗遒勁. 效雪菴兵衛森帖. 然亦未嘗留意. 自言其不成也.

▶ 丙寅被召時. 與一齋諸先生竝在都. 一齋以師道自居. 接引後學. 門庭塡溢. 先生獨杜門掃軌. 士子或有求敎者. 至以戲語答之.

▶ 南還後. 玉溪盧公禛, 以書問其遽歸之事. 報書曰. 某累承恩命. 禮宜一進拜闕. 栖遲都下. 更欲何爲耶. 明公朝夕入朝. 若無行道之事. 而久留不退. 亦未免苟祿也. 時玉溪家食.

▶ 又答門人鄭仁弘書曰. 此何等時也. 何等地也. 虛僑之徒. 盡是麟楦. 於此而儼然冒處賢者之位. 若宗匠然. 可乎. 箕子之佯狂. 非關商室之興亡. 身處明夷. 欲不以聖賢自居也. 近日之寒暄, 孝直. 皆不足於先見之明. 况如我者乎. 吾欲渾渾處世. 無異於杯酒間人也. 亦何叫呶使氣. 若忘物者然乎. 今吾只是自守其身. 邁邁逃走重名之下耳. 老夫非無所見而然也.

▶ 宇顒嘗請敎. 先生寫雷天二字與之. 蓋大壯之義.

▶ 癸亥. 請敎. 先生擧古語誨之曰. 行己之初. 當如金玉. 不受微塵之汚. 又曰. 丈夫動止. 重如山岳. 壁立萬仞. 時至而伸. 方做出許多事業. 譬之. 千鈞之弩. 一發能碎萬重堅壁. 固不爲鼷鼠發也.

▶ 初見先生求敎. 先生曰. 沈潛底人. 須剛克做事. 天地之氣剛.

남명 그 위대한 일생

故不論甚事. 皆透過. 又曰. 公力量淺薄. 須做人一己百. 人十己千底工夫. 庶可耳.

▶ 辛未十二月二十一日. 先生患背疽. 壬申正月. 疾革. 諸門人侍坐. 先生曰. 我非學者. 平生多俠氣. 但濟以學力耳. 量狹而才小. 似不能當大事. 但愛人好善. 欲得許多人各付許多事. 我却要退坐. 爲其無才故也.

▶ 謂宇顒曰. 吾平生有一長處. 抵死不肯苟從. 汝尙識之. 又語仁弘及顒. 逑曰. 汝等於出處. 粗有見處. 吾心許也. 士君子大節. 唯在出處一事而已.

▶ 謂宇顒. 逑曰. 天下第一鐵門關. 是花柳關也. 汝等能透此關否. 因戲言此關能銷鑠金石. 汝輩平日所操. 到此想應消散無餘矣.

▶ 是月十四日. 先生病甚. 門生等進曰. 請先生有以敎小子. 先生曰. 凡百義理. 君輩所自知. 但篤信爲貴. 且曰. 諸朋友在此. 吾死亦榮矣. 且不見兒女悲啼之態. 此是大段快樂事也. 又極論時事. 慷慨扼腕. 有如平日.

▶ 宇顒請曰. 萬一不諱. 當以何號稱先生乎. 曰. 用處士. 可也. 此吾平生之志. 若不用此而稱爵. 是棄我也. 若金海墓碣稱令人者. 以次石所立故也.

▶ 十五日朝. 呼仁弘, 宇顒曰. 吾今日. 精神異前. 殆其死矣. 其勿復進藥. 以手拭兩眼. 開視, 眸子精明無異平生. 又令開窓曰. 天日如許淸明也. 又曰. 書壁敬義二字. 極切要云云. 學者要在用工熟. 熟則無一物在胸中. 吾未到這境界以死矣.

▶ 又曰. 殯我於山天齋. 可也. 宇顒請東首以受生氣. 先生曰. 東首豈能受生氣. 再三請之. 且言正終之說. 先生許之曰. 君子之愛人也以禮. 遂東首.

▶ 是日. 先生旣斷藥物. 米飮不入口. 終日沈臥. 了了不亂. 仁弘進曰. 藥物之斷. 固聞命矣. 至於米飮不入口. 恐非自然底道理. 先生爲進少許. 日夕而稍蘇. 更留連二十餘日而終. 先生雖在甚病之中. 未嘗一刻忘操存之意. 殆古人所謂一息尙存. 此志不容少懈者也.

남명 그 위대한 일생

제11부

남명연보南冥年譜

허권수 편

▶ 1501년(연산군 7), 1세

음력 6월 26일에 경상도 삼가현三嘉縣 토동兎洞(현 합천군 삼가면 외토리)의 외가에서 태어났다.

자는 건중楗仲, 호는 남명南冥, 또는 산해山海, 본관은 창녕昌寧. 아버지는 승문원承文院 판교判校를 지낸 조언형曹彦亨이고, 어머니는 인천이씨仁川李氏인데 충순위忠順衛 이국李菊의 따님이다. 선생의 증조부 생원 조안습曹安習이 비로소 삼가현三嘉縣 판현板 峴에 자리잡아 살았다.

▶ 1507년(중종 2), 7세

아버지로부터 글을 배웠다. 아버지가 『시경詩經』, 『서경書經』 등을 입으로 가르쳐 주면 바로 외워 잊지 않았다. 독려하지 않아도 부지런히 공부하였고, 의심스럽거나 알기 어려운 곳에 이르러서는 반드시 질문하여 이해한 뒤에 그만두었다.

▶ 1509년(중종 4), 9세

선생이 병이 들어 위독하게 되자 어머니가 매우 걱정을 하였다. 선생은 아픈 것을 참고 기운을 내어 어머니에게 "조금 낫습니다. 하늘이 사람을 태어나게 한 것이 어찌 우연이겠습니까? 지금 제가 다행히 장부로 태어났으니 하늘이 저에게 부여한 사명이 반드시 있을 것입니다. 어찌 지금 갑자기 요절할까 걱정할 것이 있겠습니까?"라고 말하며 어머니를 위로했다.

▶ 1518년(중종 13), 18세

아버지를 모시고 단천端川의 임지로부터 서울로 돌아왔다. 선생이 15세 때 쯤에 아버지가 단천군수에 임명되어 임지로 따라가서 살다가 이때 서울 장의동藏義洞으로 돌아와 살았다.

단천에서 생활하는 동안 선생은 다른 선비들과는 달리, 공부의 범위를 유교경전儒教經典에만 한정하지 않고, 아주 폭넓게 공부하였다. 유교경전과 거기에 따른 후세학자들의 주석서는 물론, 제자백가諸子百家, 천문天文, 지리地理, 의학醫學, 수학數學, 병법兵法 등을 두루 공부하여 안목을 넓혀 나갔다. 또 아버지를 따라 관아에서 생활하면서, 직접 행정체제의 불합리성, 아전衙前들의 농간, 백성들의 곤궁상 등을 눈으로 보게 되었다.

이 시기부터 남명은 자기자신의 수양방법을 스스로 두 가지 마련했다. 한 가지는 깨끗한 그릇에 물을 가득 담아 꿇어앉아 두 손으로 받쳐들고서 기울어지거나 흔들리지 않은 채로 밤을 새우며 자신의 뜻을 가다듬는 것이었고, 다른 한 가지는 옷 띠에 쇠

방울을 차고 다니면서 그 소리를 듣고 정신을 깨우쳐 자신을 성찰하는 것이었다

서울에서 대곡大谷 성운成運과 같은 깨끗한 선비와 이웃하여 살면서 서로 절차탁마切磋琢磨하며 학문을 닦고 인격을 수양해 나갔다. 이 시기에 동고東皐 이준경李浚慶, 청송聽松 성수침成守琛 등 뒷날 유명한 인물이 된 사람들과 사귐을 맺었다.

▶ 1519년(중종 14), 19세

기묘사화己卯士禍가 일어났다. 산 속의 절간에서 공부하다가 정암靜庵 조광조趙光祖의 부고를 들었다. 이 때 숙부 조언경曺彦卿도 조광조 일파로 몰려 파직되었다. 나라를 바로잡고자 일하던 어진 사람들이, 자신의 경륜을 펴보지도 못한 채 간신배들에게 몰려 목숨을 잃는 것을 보고서 남명은 못내 슬퍼하였다.

▶ 1520년(중종 15), 20세

진사進士, 생원生員 초시初試와 문과 초시에 모두 급제하였다. 그러나 생원, 진사 회시會試에는 응하지 않았다.

▶ 1522년(중종 17), 22세

남평조씨南平曺氏 충순위忠順衛 조수曺琇의 따님에게 장가들었다.

▶ 1525년(중종 20), 25세

절간에서 친구들과 함께 공부하다가, 원나라의 학자 노재魯齋 허형許衡의 다음과 같은 말을 『성리대전性理大全』에서 읽게 되었다. "이윤伊尹의 뜻을 뜻으로 삼고, 안자顏子가 배운 바를 배워, 벼슬에 나가서는 경륜을 펴서 업적을 이루고 초야에 있으면서는 지조를 지켜야 한다. 대장부라면 마땅히 이와 같이 해야 한다. 벼슬에 나가서는 아무 하는 일이 없고 초야에 있으면서는 아무런 지조도 지키지 않는다면, 뜻을 세우고 학문을 닦아 장차 무엇하겠는가?" 허노재의 이 말에서 남명은 자신의 학문하고 처신할 방향을 찾아 결심이 섰던 것이었다. 드디어 과거하기 위해서 하는 공부가 그릇되었음을 깨닫고서 마음 속으로 크게 부끄러워하였다. 다음날 날이 새자마자 같이 공부하던 친구들에게 작별인사를 하고는 집으로 돌아왔다(「남명묘갈명」이나 『연보』 등에 의하면 『성리대전』을 보고 이런 결심을 하게 된 것은 25세 때라고 되어 있으나, 남명 자신의 기록에 의하면 31세 때인 것으로 추정된다.

이 때부터 모든 공명功名을 위한 형식적이고 지엽적인 학문은 떨쳐 버리고, 유학의 정수를 공부하기에 전념하였다. 육경六經과 사서四書와 송宋나라 유학자들이 남긴 글을 정력을 쏟아 공부하였다.

공자孔子, 주렴계周濂溪, 정명도程明道, 주자朱子의 초상화를 그려 네 폭의 병풍을 만들어 자리 곁에 펴 두고서 아침마다 우러러 절을 올리며, 마치 직접 가르침을 받는 듯이 하였으며, 그 학문을 올바로 배우겠다고 마음 속으로 맹세하였다.

▶ 1526년(중종 21), 26세

부친상을 당하였다. 남명은 서울에서 영구를 모시고 고향으로
가서 장례를 치르고 시묘侍墓살이를 하였다.

▶ 1529년(중종 24), 29세

의령宜寧 자굴산闍崛山에 있는 절에서 머물며 글을 읽었다.

▶ 1530년(중종 25), 30세

어머니를 모시고 김해金海의 신어산神魚山 아래로 옮겨가 살았
다. 따로 정사精舍를 지어 산해정山海亭이라 이름하였다. '높은
산에 올라가 바다를 내려다본다'는 뜻으로 남명의 학문의 방법
을 함축한 말이다. 대곡大谷 성운成運, 청향당淸香堂 이원李源, 송
계松溪 신계성申季誠, 황강黃江 이희안李希顔 등이 내방하여 학문
을 강론하였다.

▶ 1531년(중종 26), 31세

동고東皐 이준경李浚慶이 『심경心經』을 보내왔기에, 책 뒤에
「서이원길소증심경후書李原吉所贈心經後」라는 글을 써넣었다.

▶ 1532년(중종 27), 32세

규암圭菴 송린수宋麟壽가 『대학大學』을 보내왔기에, 책 뒤에
「서송규암린수대학후書宋圭菴麟壽大學後」라는 글을 써넣었다. 성
우成遇가 『동국사략東國史略』을 보내왔기에, 책 뒤에 발문跋文을

붙였다.

▶ 1536년(중종 31), 36세

첫째 아들 차산次山을 낳았다. 가을에 향시에 응시하여 3등을 하였다. 이 해 서암棲庵 정지린鄭之麟이 와서 배웠다. 남명이 제자를 가르친 것은 이 때부터 시작되었다.

▶ 1538년(중종 33), 38세

회재晦齋 이언적李彦迪과 이림李霖의 천거薦擧로 헌릉獻陵 참봉參奉에 임명되었으나, 나아가지 않았다.

▶ 1543년(중종 38), 43세

경상감사慶尙監司로 와 있던 이언적李彦迪이 서신을 보내 만나자고 했지만, 남명은 사절하였다.

▶ 1545년(인종 1), 45세

이 해 을사사화乙巳士禍가 일어났는데, 10월에 친구 이림李霖, 곽순郭珣, 성우成遇 등 어진이들이 아무런 경륜經綸도 펼쳐보지 못한 채, 간신들에게 죽임을 당했다는 소식을 듣고서 목이 메여 눈물을 흘렸다.

11월에 어머니상을 당하였는데, 12월 영구를 모시고 삼가三嘉로 돌아가 아버지 산소의 동쪽 언덕에 장사지내고는, 시묘살이를 하였다.

남명 그 위대한 일생

▶ 1548년(명종 3), 48세

전생서典牲署 주부主簿에 임명되었으나 나아가지 않았다. 어떤
경륜을 펴 볼 만한 자리가 아니고, 또 조정에서는 간신들이 실권
을 잡고 있는데, 남명이 벼슬에 나가서는 괜히 '숨어 있는 어진
사람을 등용했다'라고 간신들의 명분만 세워줄 것이기 때문이
었다.

김해로부터 삼가현三嘉縣 토동兎洞으로 돌아와 살았다. 계부당
鷄伏堂과 뇌룡정雷龍亭을 지어 강학講學하는 장소와 제자들이 거
처할 집으로 삼았다. '계부鷄伏'는 '닭이 알을 품어 병아리가 부
화한다'는 뜻인데, 학문을 통해서 사람을 길러 내는 것을 이처럼
해야 한다는 것이고, '뇌룡雷龍'은, '시동처럼 가만히 있다가 때
가 되면 용처럼 나타나고, 깊은 연못처럼 묵묵히 있다가 때가 되
면 우레처럼 소리친다尸居而龍見, 淵默而雷聲'라는 뜻이다.

▶ 1551년(명종 6), 51세

종부시宗簿寺 주부主簿에 임명되었으나 나가지 않았다.

덕계德溪 오건吳健이 와서 배웠다.

▶ 1553년(명종 8), 53세

벼슬에 나올 것을 권유하는 퇴계退溪의 서신에 답장을 보내어
벼슬하러 나가지 못할 뜻을 밝혔다. 퇴계가 '지금은 벼슬하러 나
올 만한 때'라고 권유하였으나, 남명의 시각에서는 벼슬할 만한
때가 아니라고 보았던 것이다. 남명은 국가와 민족을 등지고 자

기 자신만을 깨끗이 간직하기 위해서 숨는 것만을 고집하는 은
자隱者는 아니었다.

▸ 1555년(명종 10), 55세

단성현감丹城縣監에 임명되었으나 나가지 않고, 상소하여 국정
國政 전반에 대해서 신랄하게 비판하였다. 남명의 상소 가운데
는, "대비[文定王后]는 진실로 생각이 깊다하나 깊은 궁궐 속의
한 과부에 불과하고, 전하는 어리니 돌아가신 임금님의 어린 자
식일 따름입니다"라는 구절이 있었다. 왕대비王大妃를 모독하였
다 하여, 명종明宗이 처벌하려고 했으나, 산림처사山林處士의 우
국연민憂國憐民의 상소를 처벌하는 것은 언로言路를 막는 부당한
조처라는 조정 신하들의 변호로 무사하였다. 온갖 부조리가 만
연하던 당시 정치상황에서 남명의 과감한 직언直言은 산림처사
의 비중을 높이는 계기가 되었다.

▸ 1557년(명종 12), 57세

보은報恩의 속리산俗離山으로 대곡大谷 성운成運을 방문하였다.
거기서 보은현감으로 있던 동주東洲 성제원成悌元을 만나 명년
팔월 한가위 때 합천陜川 해인사海印寺에서 만나기로 약속했다.

▸ 1558년(명종 13), 58세

진주晋州 목사牧使 김홍金泓, 자형 이공량李公亮, 황강黃江 이희
안李希顔, 구암龜巖 이정李楨 등과 함께 지리산智異山을 유람하

였다.

이 해 8월 15일에, 작년의 약속에 의하여 성제원成悌元과 해인사에서 만났다. 밤 늦도록 이야기했는데, 그 내용이 모두 국가와 백성들에 관한 이야기였다.

▸ 1559년(중종 14), 59세

조지서造紙署 사지司紙에 임명되었으나 병을 핑계하고 나가지 않았다.

▸ 1561년(명종16), 61세

지리산 아래 덕산德山의 사륜동絲綸洞으로 옮겨 살면서 산천재山天齋를 지었다. '산천山天'은 『주역周易』 대축괘大畜卦로서, '하늘이 산 속에 있는 형상으로서, 군자가 이를 본받아 강건剛健하고 독실하게 하여 스스로 빛냄으로써 날로 자신의 덕德을 새롭게 한다는 뜻이다.

▸ 1563년(명종 18), 63세

남계서원灆溪書院에 가서 일두一蠹 정여창鄭汝昌의 사당祠堂을 참배하고 나서, 여러 학생들이 강講하는 것을 들었다.

▸ 1565년(명종 20), 65세

수우당守愚堂 최영경崔永慶이 서울에서 폐백을 들고 찾아와 가르침을 주기를 청했다.

▶ 1566년(명조 21), 66세

봄에 한강寒岡 정구鄭逑가 찾아와 집지執贄하였다.

7월에 임금의 부르는 전지傳旨가 있었으나 나아가지 않았다.
8월에 상서원尙瑞院 판관判官으로 불렀다. 10월 3일에 대궐에 나아가 숙배肅拜하고 사정전思政殿에서 명종明宗을 만나 이야기를 나누었는데, 같이 무슨 일을 해 볼 만한 임금이 못된다고 판단하고는, 11일에 돌아왔다. 이 때는 문정왕후文定王后가 죽고 권간權奸 윤원형尹元衡도 쫓겨나, 을사사화 등으로 축출되었던 사류士類들이 돌아오게 되어 조정이 좀 맑아졌으므로 남명도 한 번 벼슬에 나가 경륜을 펼쳐볼까 하는 생각이 없지 않았기에 임금을 만나러 갔던 것인데, 실망하고 돌아왔다.

▶ 1567년(선조 즉위년), 67세

11월에 새로 즉위한 선조宣祖 임금이 교서敎書를 내려 특별히 불렀으나, 상소만 하고 나아가지 않았다. 12월에 또 다시 불렀지만, 사장辭狀만 올리고 나아가지 않았다. 남명은 상소하여, 역대 임금들의 치국治國에 실패한 전례를 지적하고서, "나라를 다스리는 길은 다른 데 있지 않고 임금 자신의 학문과 인격을 닦는 데 있습니다"라고 직간直諫을 하였다.

망우당忘憂堂 곽재우郭再祐가 와서 『논어論語』를 배웠다.

▶ 1568년(선조 원년), 68세

5월에 선조 임금으로부터 부르는 전지傳旨가 있었지만, 상소

남명 그 위대한 일생

하여 사양하였다.

7월에 부인 조씨曺氏가 세상을 떠났다.

▸ 1569년(선조 2년), 69세

종친부宗親府 전첨典籤에 임명되었으나 병으로 사양하고 나아가지 않았다.

▸ 1570년(선조 3년), 70세

선조 임금이 다시 벼슬에 나오라고 불렀지만, 사양하였다. 남명은 벼슬을 계속 사양하여 끝내 나아가지 않았는데, 이는 남명에게 내린 벼슬이 무슨 경륜經綸을 펼칠 수 있는 그런 자리가 아니었기 때문이었다.

▸ 1571년(선조 4년), 71세

4월에 선조 임금이 경상감사慶尙監司를 통하여 남명에게 음식을 내려보냈다. 남명은 상소하여 사례하였다.

12월 21일부터 병을 얻어 낫지 않고 계속 끌었다.

▸ 1572년(선조 5년), 72세

1월에 옥계玉溪 노진盧禛, 동강東岡 김우옹金宇顒, 한강寒岡 정구鄭逑, 각재覺齋 하항河沆 등이 찾아와 문병을 하였다. 동강이 "혹시 선생께서 세상을 떠나게 되면, 마땅히 어떤 칭호를 써야 하겠습니까?"라고 물으니, 남명은 "처사處士라고 쓰는 것이 옳겠다"라고 했다.

2월 8일에 몸채에서 숨을 거두었다. 1월에 경상도 감영監營에서 남명에게 병이 있다고 임금에게 아뢰니, 임금은 특별히 전의典醫를 파견하였지만, 전의가 도착하기 전에 남명은 세상을 떠났다. 숨을 거두는 순간까지도 '경敬'과 '의義'의 중요함을 제자들에게 이야기했고, 경의에 관계된 옛 사람들의 중요한 말을 외웠다.

부고가 알려지자, 선조 임금은 통정대부通政大夫 사간원司諫院 대사간大司諫을 추증追贈하였다. 부의賻儀를 내리고, 예관禮官을 보내어 남명의 영전에 치제致祭하였다.

4월에 산천재山天齋 뒷산 임좌壬坐의 언덕에 장사지냈다. 이때 문인이나 친구들이 보내온 만사挽詞와 제문祭文이 수백 편이 되었다.

남명은 사림士林이 권간權奸들에게 여러 차례 죽임을 당하여 도학道學이 거의 사라지려는 시대에 태어나서 아주 분발하여 정진해서 유학을 진흥시키고 후학後學들을 가르쳐 인도한 큰 공이 있었다. 노년에 이르기까지도 이러한 정신이 조금도 쇠퇴하지 않았다. 비록 초야에 묻혀 지냈지만, 국가와 민족을 잊은 적은 한 번도 없는 학문으로 현실을 구제하려는 생각을 갖고 있었다.

▶ 1576년(선조 9)
유림들과 제자들이 덕산서원德山書院을 건립하여 석채례釋菜禮를 행하였다.

남명 그 위대한 일생

유림들이 삼가三嘉에 회산서원晦山書院을 건립하였다.

▶ 1578년(선조 11)

유림들이 김해金海에 신산서원新山書院을 건립하였다.

▶ 1592(선조 25)년

임진왜란이 발발하자, 남명의 제자인 망우당忘憂堂 곽재우郭再祐, 내암來庵 정인홍鄭仁弘, 송암松庵 김면金沔 등이 의병義兵을 일으켜, 국가, 민족을 구제하는 공을 세웠다.

▶ 1604(선조 37)년

제자 정인홍鄭仁弘의 주관하에 『남명집南冥集』이 처음으로 간행되었다.

▶ 1609(광해군 1)년

초간본 『남명집』 목판木版이 소실되어 다시 간행하였다.

국가에서 덕천서원德川書院(덕산서원의 바뀐 이름), 용암서원龍巖書院(晦山書院의 바뀐 이름), 신산서원에 사액賜額하였다.

▶ 1615년(광해군 7)

성균관成均館 유생들이 상소하여 증직贈職과 증시贈諡를 요청함으로 인해서, 남명에게 대광보국숭록대부大匡輔國崇祿大夫 의정부議政府 영의정領議政 겸 영경연홍문관예문관춘추관관상감사領

經筵弘文館藝文館春秋館觀象監事 세자사世子師를 추증하고, 문정文貞이라는 시호를 내렸다. 시주諡注에, "도덕이 있고 들은 것이 넓으면 '문文'이라고 하고, 곧게 도를 지키면서 꺾이지 않는 것을 '정貞'이라고 한다"라고 했다.

▸ 1617(광해군 9)

생원生員 하인상河仁尙 등 유림儒林이 연명으로 상소하여 남명을 문묘文廟에 종사從祀할 것을 건의했지만, 받아들여지지 않았다. 이 이후로 남명의 문묘종사文廟從祀를 건의하는 상소를, 경상도 유림이 7회, 충청도 유림이 8회, 전라도 유림이 4회, 성균관과 사학四學 유생들이 12회, 개성부開城府 유림이 1회, 홍문관弘文館에서 1회, 양사兩司(司憲府와 司諫院의 합칭)에서 1회 했으나, 끝내 허락을 받지 못했다.

▸ 1623(인조 원)년

인조반정仁祖反正으로 인해 주로 남명의 제자나 재전제자再傳弟子들로 이루어졌던 대북정권大北政權이 몰락함으로 인해서 남명 및 남명학파南冥學派는 몰락의 길을 걷게 되어 남명에 대한 올바른 평가가 되지 못한 채 최근에까지 이르렀다.

최근에 와서 남명학 연구가 상당히 활기를 띄고 많은 연구업적이 나와 남명의 위상이 회복되고 있다.

남명 그 위대한 일생

허권수許捲洙

문학박사

중국화중사범대학中國華中師範大學 겸직교수

우리한문학회회장(전)

한국한문교육학회부회장(전)

남명학연구소장(전)

경남문화연구원장(전)

연민학회淵民學會 회장

경상대학교 한문학과 교수

<저서> 『대동운부군옥大東韻府群玉』 외 60여 권.

<논문> 「강희자전康熙字典의 한국 수용과 활용」 외 70여 편.

남명 그 위대한 일생 -행장·비문의 번역-

인 쇄	2010년 1월 20일
발 행	2010년 1월 29일
편 역	허권수
발행인	한정희
편 집	신학태 문영주 정연규 안상준 김지선 문유리
영 업	이화표 관리 하재일 양현주
발행처	경인문화사
주 소	서울특별시 마포구 마포동 324-3
전 화	02-718-4831~2
팩 스	02-703-9711
이메일	kyunginp@chol.com
홈페이지	http://www.kyunginp.co.kr	한국학서적.kr
등록번호	제10-18호(1973. 11. 8)

값 9,500원

ISBN 978-89-499-0695-9 03810